오, 도라지꽃

―이름 모르는 '疑問의 꽃'을 찾아서

* 이 책은 필자의 진실에 접근해가는 의도와 방식을 인정하고, 또한 그만의 감성에 충실을 기하기 위해 비속어, 사투리 등 구어체 문장을 최대한 존중했음을 밝혀둡니다./편집자 주

리토피아신서 · 21
오, 도 라 지 꽃

인쇄 2019. 6. 13 발행 2019. 6. 18
지은이 김씨돌 펴낸이 정기옥
펴낸곳 리토피아
출판등록 2006. 6. 15. 제2006-12호
주소 22162 인천 미추홀구 경인로 77
전화 032-883-5356 전송 032-891-5356
홈페이지 www.litopia21.com 전자우편 litopia@hanmail.net

ISBN-978-89-6412-112-2 03810

값 12,000원

이 도서의 국립중앙도서관 출판예정도서목록(CIP)은 서지정보유통지원시스템 홈페이지(http://seoji.nl.go.kr)와 국가자료종합목록 구축시스템(http://kolis-net.nl.go.kr)에서 이용하실 수 있습니다.(CIP제어번호 : CIP2019021855)

김씨돌의 산중일기 · 1

오, 도라지꽃
—이름 모르는 '疑問의 꽃'을 찾아서

저 하늘나라 둥지 없는 새들과 우주에 푸르른 의인들과, 이 땅의 딸 '말쑥이', 세상의 아들 '말뚝이', 그리고 보고픈 온 세상 '가슴앓이 어머님'께 바칩니다.

이 땅의 똑바른 민주화와 순통일! 자주군대! 환경 파수꾼! 이 외길에서 우리 모두의 고른 인권과 드넓은 생존권 확보에 온몸으로 투신하시고 꽃펴 나실 넋들, 그리고 앞으로도 민주 군인이 되실 사랑하는 청년 학생, 어여쁜 우리 토끼 친구들, 학부형 여러분께 삼가 이 책을 올립니다.

보라! 여기 내 '한 표의 주권', '하나뿐인 생명'과 맞바꾼 이웃을 보시라! 그 날, 사랑하는 백성들의 피는 하나였다. 꽃다운 동·서·남·북의 눈물도 하나였다. 그러나 각기 잘난 신들은 피도 눈물도 없었다.

세상에 가장 진한 사랑은 무엇일까? 어느날 갑자기 죽음 앞에 서서 나의 양심은 숨이 막혔다. 나는 의문사를 놓고 벌이는 신들과의 한 판 청문회를 벌였다.

이 한 편의 '진땡이 소설' 속에 시, 뮤직, 비디오, 다큐멘터리, 꿈결대화, 창극, 사설시조, 꽃놀이가 있고, 가장 길고도 짧은 나의 생명과 죽음의 필름이 내 어머님 '진실 보시기'에 버무려져 맛있게 담겨져 있다

오, 저 쓰러져 춤추는 산! 저 들판을 바라보며, 쩍쩍! 우째 덥다, 춥다, 밉다, 죽겠다, 노래하리요.

산도라지 김씨돌

차례

참꽃 피는 연분홍 언덕에
백도라지 움이 돋았다.
보랏빛 잔대 싹이 치솟았다.

증인

우렁 증인
엄살 부린다고 흥분들 해가지고,
군화 신은 발로 바우의 배를 차고 다시 밟고,
주위에 있던 삼사 명이 가세하여
슬리퍼 신은 채로 차면서 구타하였습니다.
군화발로 밟을 때, 이것은 아니다, 이 새끼들 미쳤구나,
하고 소리를 지르며 뜯어 말렸습니다.
응급조치를 위하여 그의 팔과 다리를 주물렀는데
몸이 점점 굳어갔습니다.

다슬 증인
1내무반 교육군번들이 그 내무반으로 넘어와
니들 군대생활을 어떻게 하려고 하느냐,
화를 내면서 일제히 그 내무반 전원을 기상시켜,
침상 끝선에 일렬로 정렬을 시키고,
먼저 싸리반장에 앞서 교육군번 두 명이
혼신의 힘을 다해 두 대씩 치고 나갔습니다.

싸리 증인

중대장이 저희들에게 평소 여당 지지 교육을 그렇게 시켰는데, 애들 관리를 어떻게 했길래 야당 지지자가 3명이나 나왔느냐, 선거 한 바로 그날 어떻게 알았는지, 중대장 헌병대 보안부대에 정신없이 불려다니면서 교육을 받았습니다. 확 불어버릴까도 고민했습니다. 그런데 저 혼자만 그렇게 사실대로 말했을 때, 저만 정신병자 취급을 당할까봐 참아왔습니다. 지금 와서 솔직히 이야기를 털어놓고 나니, 이제 다소나마 억울함도 풀리고, 죽은 자에게도 덜 미안한 것 같습니다. 정말 죄송합니다. 사죄를 드립니다.

다슬 증인

더 정확히 말하자면 바우가 꾀병을 부린다고, 사정없이 배와 몸통을 발로 차고 밟았습니다. 반대편 침상에서 구타를 하고 있던 교육군번들과 후속 교육군번들이 또 일제히 달려들어 몸통을 발로 차고 밟고 하니까, 그의 입에서 꾸욱꾸욱 소리가 나면서 배가 불러왔습니다. 사태의 심각성을 깨달은 내무반장이 이 새끼들이 바우를 죽이려고 작정했냐며 강하게 교육군번들을 제쳤습니다. 그래도 이성을 잃고 계속해서 구타하자, 내무반장이 온몸을 던져서 그를 안으며 주물렀습니다. 마지막으로 주먹질한 싸리도 사태의 심각성을 알고, 팔다리를 주무르고 했으나 깨어나지를 않았습니다. 반장실로 옮기라는 말과 함께 빨리 일직사관에게 보고하라고 고함을 질러 저는 불침번 자리로 돌아왔습니다.

어사

(이때 옆에 앉아 있던 우렁이가 다슬기를 쳐다보며 정확하게 기억하고 있네, 하고 말했다.)

어사 : 현재까지 진술한 내용을 모두 다 들었는가요?

우렁 : 네 정확하게 들었습니다.

어사 : 그럼 다슬기가 진술한 내용이 모두 사실인가요. 틀림없는 사실인가요?

우렁 : 예 틀림없는 사실입니다.

어사 : 그런데도 불구하고 여태껏 진실을 말하지 않은 이유가 무엇인가요?

우렁 : 정말 죄송합니다. 그 당시도 그러하였고, 이후에도 그러하였으며, 솔직히 말해 그러한 여건이 되지를 않아 진실을 이야기하지 못했던 자신이 부끄럽습니다. 국회 청문회에서 모든 것을 이야기하려는 생각이 목구멍까지 치밀어 올라왔는데, 저와 같이 갔던 친형이 지금 너 혼자서 모든 진실을 말하여도 다른 사람들이 전부 아니라고 하는 상황이다. 너만 병신이 되고 또라이 취급을 받으니 하지 말라고 말려 진실을 말하지 않았습니다. 그 이후 계속해서 저 자신도 괴로웠습니다.

어사 : 사건 발생 이후 헌병대 및 보안대로부터 입조심에 대한 교육이나 그 당시 그의 죽음이 군부재자 투표와는 아무런 관련이 없고, 말하자면 빠가사리 혼자 때려 사망하였다고 진술하라는 교육이나 강요를 받은 사실은 없는가요?

우렁 : 당시 중대장이었던 꼼장어에게서 여러 번에 걸쳐 입조심에 대한 교육과 강요를 받았습니다. 헌병대에서는 당시 담당 수사관이었던 눈치 상사에게 바우 사건은 군부재자 투표와 전혀 관련이 없다고 말하라는 입조심에 대한 교육과, 또 그렇게 진술을 하라는 교육과 강요를 당한 일이 분명히 있었습니다. 또 바우가 빠가사리 혼자에게 가슴을 두 대 맞고 죽었다고 진술하라는 교육과 강요를 당한 일이 있습니다. 그리고 당시 ○○○보안부대에서는 다른 근무자들은 사복을 입고 있어서 누가 누구인지 알 수가 없었고, 그때 야간 당직사령의 명찰을 보고 훗날을 대비하여 한 사람의 이름이라도 알아두어야겠다는 생각이 문득 들어, 제가 지금까지 생생하게 기억하고 있습니다. 그 당시 정복을 입고 있던 논메기 소령이 근무하던 보안부대의 왼손에 봉황시계를 차고 있던 사람과, 또 나머지 다른 사복을 입은 사람이, 이 사건은 군 부재자 투표와는 전혀 관련이 없는 것으로 진술하고 입조심 하라고 교육을 받았고, 또 빠가 혼자서 주먹으로 바우 가슴을 때리다가 사망한 사건이라고 이야기할 것을 강요받았습니다. 그렇게 교육을 받았습니다.

어사 : 우렁쌤이 친구, 더 하고 싶은 말이 있나요?

우렁 : 예! ○○○보안부대에서 이름도 모르는 사람으로부터 평생 기억 속에서 잊어버리라는 위협을 받았기 때문에 청문회에서도 허위진술은 어쩔 수가 없었습니다. 군 헌병대나 보안대 국회 청문회에서도 진실을 이야기할 수 없는 현실이어서 허위진술을 하고, 위원회에 와서야 모든 것을 사실대로 진술하였으니 마음이 홀가분합니다.

어사 : 다슬기 여러분, 참 훌륭하십니다.

참다슬 : 예. 사건이 발생하고 초기에 헌병대에서는 위 진술이 솔직히 겁이 났고, 군대생활이 많이 남아서 허위 진술한 기억이 있습니다. 잘못됐습니다.

어사 : 빠가사리 식구들이 수면 위로 헤엄쳐 올라오신 걸 보면 산소 부족이십니다. 하도 고냉지 배추농사에 온 산천을 다 갈아엎고 맹독성 농약을 갖은 친환경 제품으로 포장하여 개떡이 되도록 둘러치니, 가만, (옛 개떡이 있으면 먹어나 보지.) 아직도 장바닥 어머니께서는 보리개떡을 절구질로 만들어 지난 장날 조금만 달라는 돌이를 보고 덤으로 더 주셨다. 이때 우르르 선전물을 들고서, 믿어라, 변치 마자, 지옥 간다, 어디 떨어진다는 서양떡 동양신도 보리개떡 잡숫고 맛있다 하시고, 먹어야 사니 먹어야 돌아다니다 하신, 일류신을 살리시는 의문사 어머니셨다. 천심이 흐르셨다. 아! 우리네 가슴에 끊임없이 흐르는 속눈물 같은 강! 우리 자식 난데없이 잃으시고서 마디마디 손발이 저려 오신답니다. 움직여야 진실을 얻어 듣게 되신답니다. 봐요! 잘난 신들이 잘 먹었다고, 배고픈데 맛있게 잘 먹었데요. 내 이르노니 믿는 신들은 떡장수가 되시라. 이 땅에 눈물어린 보리개떡신을 우러르라! 다시는 '남을 귀찮게 하라'는 구절이 없길 바라면서, 가만 내가 너무 옆뿔때기로 빠졌나? 산토끼 여러분! 어디까지 했던가요? 예, 온 강산 배추 이파리에 개떡농약을! 아, 그 이야긴 기름차가 사라지고 봅시다. 훌륭하신 환경농업인 여러 어르신네들이 계시고 또 바른 농사가 많으니 다음 달궁치 마당을 기대하시고 자아, 뒤에 '호소문' 참조하시구요. 듣기에 그 싸리부대, 내무반 고참 병장에게도 책임이 있는 걸로 아는데, 할 말씀 있나요. 저 언 강 어

린 빠가사리 새끼들을 위해 앞으로 남길 말은…….

청싸리 : 예, 당시 병장 돌바까. 불괴리. 버들치가 큰물이 지난 후라 오염도가 낮을 무렵 개울가 물살에 잘 오르내리다가, 갑자기 면 뱃때지 부른 인간들이 술병을 들고 투망질을 해대니, 고참! 고참 들이 욕하고 질책해서 제가 화가 머리끝까지 치밀어 올라……. (굉장히 흥분되어 심호흡한다. 처음부터 나도 양심은 살아있었다. 내가 다 덮어썼다. 장호원육군교도소로, 안양구치소로, 바닷가 집으로, 바우의 어머니가 돌아와 찾아오셨다. 그때까지도 아무 말 못 하고 목사가 되겠다고 하여 어디에 하소연할 길이 없었다. 이불 속에서 난 울어야만 했다. 갈매기도 따라 울었다.) 예! 당시 교육군번들이 저와 똑같은 입장에서 순식간에 반짝하는 동안 일어났던 관계로, 저는 이 부분에 불만이 굉장히 많습니다. 그때 처음부터 부재자 투표로 야당을 찍은 사람이 나온 문제 때문에 구타가 일어나고, 그 과정에서 바우 가족이 있다 하고 사실대로만 (아! 사실대로만, 싸실대로만 오! 주여!) 수사가 되었더라면, 저 뿐만이 아니라 여러 사람들이 지금까지 십 하고 팔년 동안이나 모른 체하고 이 생고생을 하지 않았을 것입니다. 수사가 똑바로 되지 않았습니다. 그 부분을 감추려고 하다보니 일이 이렇게 오래되어 커진 것입니다. (아, 우리들의 성스런 침묵이요. '묵상기도'로 내 친한 동료 바우 아버지마저 돌아가시고, 돌은 산간오지로 내쫓기고, 어머니는 감옥살이 하시고, 압류다 머다 온 집안 풍비박산 나시고, 그러자 뿔뿔이 말 잘하는 신들을 따르시다보니.)

어사토끼

와! 참꽃 피는 연분홍 언덕에 백도라지 움이 돋았다. 보랏빛 잔대 싹이 치솟았다. 그러나 막사 안에서는 중대장과 인사계가 기호1번 보이는 대로 하면 된다는 교육이 있었고, 함께 투표를 마치고 저녁 점호가 끝나고, 내무반장이 중대장한테 불려가 야당 찍은 놈이 3명이나 나왔다고 심한 꾸지람을 받았다면서, 매우 기분 나쁜 표정으로 꼭 우리가 말년에 더러운 소리를 들어야 되겠느냐, 왜 그런 짓을 하느냐, 그러자 교육군번 일당은 지체 없이 내무반 전원을 기상시켜 놓고, 빠가 동기인 땡쑤, 뚝꾸, 그리고 뻗적이는 비늘을 날리며, 메짜, 뻔데 등이 혼신의 힘을 다해…… '앗하! 사랑! 싸랑의 어머니는 안 보이고' 우린 보았다. 들었다. 그날 진실맞이 마당, 뒷자리에는 사복을 입었지만 수십 개의 별스런 은하수가 포진하고 있었다. 왠지 살벌한 분위기였다. 이때였다. 누군가 소리쳤다. '노태우! 처단하라!' 붉은 피 같은 머리띠를 치켜들고 있었다. 천지신령이 봐도 죽음을 각오한, 그러나 혼신의 부정한 힘을 다해 동료 가슴에! '보통사람 노태우'가 부른 살기였다. 그러니까 꿩갈매기만 서럽게 울었던 것이다. 육군교도소로 간 청사리는 실상 피죽음을 부른 윗선에 치인 것이다. 즉 대대장, 사령관, 가짜 통령까지! 불쌍하다.

이제 거름 만들자, 문안인사 올립니다. 내일 밤! 여봐라! (천둥소리!) 시방은 어떻게 생각하는고? 끼니 걱정에 사무친 우리 갈피리처럼 물쌀 쎈 데로 나와 이웃니웃 다 노나주고서 이 책임을 짊어질 생각은 없느냐고 여쭈어라! 저 들머리 분칸 거름지게꾼은 어떠신고? 당시 가짜 6공 아래에서 똥배 채운 자들도 듣거라. 87년 전후 무수한 의문의 죽음, 아니 확인사 영령들 앞 청숫잔에 불 밝히고 이 진솔산 토끼봉 마루에 피눈물로 쓴 반성문 올리고 고이 엎드릴지어다.

골바람이 차다. 오늘도 소나무가 운다.

먹구름 따라 눈발이 날린다.

산까치 한 마리가 보이지 않았다.

강냉이 한 통이 오늘은 그대로 개복숭 낭구에 매달려 있다.

꿩! 꿩은 퍼득이는데…….

참다슬 : 반갑습니다. 저도 환경농산물 가게를 떠맡고 있습니다. 제가 하고 싶은 말을 대신한 것 같습니다. 끝으로 고인의 진실과 청싸리 병장의 명예를 회복했으면 하는 바람을 가지며 진술을 마칩니다. 여러분 파이팅! 건투를 빕니다.

오, 살풀이
―우리 살아있음에!

그이들이 살아났답니다

고 정연관 상병 의문사의 진실이 쪼끔 밝혀졌다고 한다. 정말 얼마나 우리도 기다렸던가. 얼마나 울었던가.

양심증언 해준 동료 장병 여러분들의 용기 있는 결단에 따뜻한 박수를 보냅니다. 이제 시작입니다. 무수한 의문의 죽음이 남아 있습니다. 늘 정의는 살아 있습니다.

여러분! 숨겨둔 진실을 들려주십시오. 엽서 한 장으로, 전화 한 통화만이라도, 가까운 친구들, 성직자, 제 시민단체, 의문사 위원회, '한 울 삶'으로, 부디, 한마디만이라도 하시어 억울한 넋을 달래주십시오.

돌아보면, 정 상병 의문사도 독재군부 내 민주화운동 과정에서 묻혀 있었습니다. 진정 그동안 수많은 인사들과 학생들이 몸을 다쳤습니다.

기도했습니다. 그 중에서도 누구보다 최일선에서 알려주고 규탄

해 준 1987년 전후 전국 방방곡곡 노동단체 숨은 일꾼들이었습니다.

정 상병 부친도 이 일로 돌아가셨습니다. 전·노 일당은 당연히 이 모든 책임을 져야 합니다. 의문사를 밝히려다 짓밟힌 이들에게도 마찬가지입니다. 우리는 기억합니다.

1988년 7월 1일, 정치군부 내 부정, 부패, 폭력, 강제징집, 구타, 살인 훈련, 의문사, 무기밀매 등 모든 의혹을 사실 규명하고 진실한 역사적 증언을 남기고자 국민적 운동을 시작합니다.

동참인사
문익환(민주통일민주운동 연합의장)
김승훈(천주교정의구현전국사제단 대표)
이창복(민통련 부의장)

오늘을 계기로 더욱 힘차게 이어갈 것입니다.

2004년 7월 15일

유가족 일동(지게꾼 씨돌)

저고리타령

아! 꿈속에서도 만져보고픈 우리 엄마,
예쁜 저고리!
계절이 오고갈 때마다 그리운 어머님의 빛 바랜,
누렁 저고리!
힘들고 고단할 때마다 한 모금 머금고 싶은 첫사랑 나의 인심이,
젖뽕 저고리!
사랑이 무엇인지도 모르고 업고 건너던 샘네 너의,
진분홍 저고리!
억울하게 죄 얻어 연기로 사라지던 일가창립 봉이 나그네의,
눈물 저고리!
한이 맺혀 울부짖다가 태극기에 감긴 내 소꿉동무,
달랑 저고리!
아! 왜놈의 총칼에 짓밟혀 목메어 울던 저,
핏빛 저고리!
한발 앞서가다 어머니를 부르며 생매장된 외삼촌의,
무명 저고리!

똥지게 짊어진 아버지께로 새참 이고 가다 구른 우리 동생,
개똥 저고리!
넘어넘어 산이 좋아 의문의 낙엽이 된 뉘 혼백이 서린,
새치 저고리!
오! 다시 태어나도 내 손으로 지어 입히고 날마다 뒹굴 우리,
색시 저고리!
'먼 해방 안 민주'라, 가정엔 더욱 빵점인 바보 나,
머슴 저고리!
알보리 곰불에 끄슬려 입산 기도하던 누이의,
잿물 저고리!
사모하던 서방님에 안겨 휘날리던 한민족,
아리랑 저고리!
아! 만나자 이별이라네, 이 땅 의문사 휘감고 떠나신 선신네,
베모시 저고리!
몰래 떨어뜨린 가슴팍 홍시에 물든 내 순정,
연시 저고리!
달밤에 얼싸안다가 노루에 놀라 아무거나 가리고 들고 뛰던,
부랄 저고리!
끊어진 샛강 따라 얼어터진 자식 얼굴 묻어주신 우리 어머님의,
막솜 저고리!
아! 한 번 가면 얼마나 좋길래 돌아오지 않으시남. 그대,
하늘 저고리여!
오! 하늘 가신 내 사랑 저고리여!

울었소!

난 그만 소리쳐 울고 말았소!

보고 싶어 엄마! 하늘 가신 울 엄마 보고 싶어.

엄마 정말 보고 싶다. 엄마!

세상이 험해도 정말 고마운 사람들이 더 많다. 오늘따라 진실이 밝혀진다니 얼마나 고마운지……. 지금까진 날 업신여기고 짓밟은 자들을 내 손으로 끌어 묻고 갈려 했거든. 엄마! 그런데 날은 춥고 밥 지을 땔감을 찾다가 산간오지 빈집 쓰러진 장롱 안에 세상에 하늘저고리가 진짜 나타났다. 흐르는 저고리 속에 우리 엄마, 엄마의 젖가슴, 엄마의 젖꼭지, 엄마의 눈물, 울 엄마의 사랑이 막 쏟아지는 거야.

어루만지며 엄마가 보고 싶어 얼마나 울었는지 몰라. 그토록 착하게 살아라, 땅만 보고 살아라, 하시던 울 엄마! 산새 따라 이 빈집으로 밀려올 수밖에 없었어! 이 땅엔 밤피리새인지 흑뻐꾸기가 울어 가는지도 모르고, 이 망사 저고리를 빨간 찔레숲에 걸어두고서는 날마다 찾아갔지. 새빨간 열마구리 한 알마다 엄마의 눈동자 일렁거렸지.

다른 신들은 얼마나 겁을 주는지 몰라. 높은 신들은 엄마! 만질 수가 없다. 눈이 오고 비에 젖으면 빈집 툇마루 다드미돌 위에 곱게 두고도. 빈손으로 뵙기가 그래서 서낭당 휘감은 칡넝쿨을 한 지게씩 지고 와 쌓아 두었거던. 그새 고라니 노루 쪽제비 다람쥐 새끼들까지 옴팡옴팡 돌려 말아 초롱초롱한 눈망울을 굴리며 눈보라를 피하고 있었어.

눈꽃구름, 저 위 참꽃 피던 사랑골로
막 뛰쳐나가는 귀혼이 있으면 어쩌나 하는 순간,
뿌시럭! 토끼 아씬 우리 안 잡아 먹쪼오?
으응! 그래! 가만, 고추 말리던 화덕 위 양철이 녹슬자,
서까래가 썩자, 삐꺼덕! 웃물마루 기우는 것 같구나.
야들아! 무너지면…… 얼른 저 구들을 놓고
대들보를 공구자마자, 후다닥!
뛰쳐나가면서도 돌아서서 보고 또 보고, 오!
집도 없고 먹이도 없이 쫓기고 또 쫓기면서…….
그래, 우린 서로 눈시울이 젖고 또 젖었지.
아! 어찌 니네들을 산짐승이라 부르리. 혹시나!
돌아오신 의문의 넋이 아니시런가……?
그래 반갑따아. 잔설이 녹으면 너희 엄마들도
놀러 오시라고 그래라. 그때까지 파롬한 저 칡
꼭꼭 씹어 먹고 목마르면 처마 밖 저 하얀 눈물 알지.
그때 저 울어주는 산새들도 폭설에 배고파 흐느끼니
나도 따라 바보같이 울었단다. 흥건한 눈망울들!
참 공평치 못한 세상 같애. 정말이야.
다리가 떨리고 초점이 흐려지는 것 같애.
난 이 빈손에 낫과 톱밖에 없단다. 그래, 내년엔 좁쌀농사 해보자.
착한 내 씨동무들아! 내일 또 보자. 그래 찾아보자.

오! 꽃 같은 내 아가들!
송아지 먹던 콩깍지라도 갖다 줘야지.
앗따! 출출하다 나도. 별로 한 일도 없이.
이리하여 찰바우 녀석!

하늘저고리 다음날 어느 혼백이 물고 가
거친 칡 둥지에 깔고 앉았는지도 모르고
오늘 하루 즐거웠는지.
씽글벙글! 곤히 잠들었다. 향긋한 풀더미에 누웠다.
고름을 부빈다. 당신을 품에 안은 듯 웅얼거리면서!
쩌엄! 꿀꺽! 사랑! 사아랑에 저고리로! 오! 다아! 사랑!
내 사아랑! 으음! 싸, 사내자식들은 마, 마이크에서 멀리
머얼리 사라져뿌려라아! 머어, 최애써언?

오! 온 두메에 피고 지는 꽃! 저고리!
사랑하올 저고리시여!
움마아! 보고 ~ 싶따아.
울엄마! 보고 ~ 싶퍼 ~ ♪

　♪ 추석날 산꼭대기에 올라가니, 먹고 간 멧돼지들 발자국에 짓
밟혔는지 뽈갛게 움치 튼 ~ 당신의 꿀밤 ~ 한 알 ~ 그만 울면서 ~
깨물다 ~ 말던 날도 ~ 울 어머이가 어찌나 보고 싶던지. ♪
　(갈 곳 모른 꼰돌바우는,)

23

찾아온 새들이
왜 모두들 꽃다운 청춘에
날아들 가셨느냐고?

도라지꽃

산도라지꽃이 부르는 노래

배영 성찰낭 이오순 어머니 송광영꽃!
밀혁 섬향낭 강연임 어머니 최우혁꽃!
늘밀 두례낭 이소선 어머니 전태일꽃!
땅진 산괴낭 이미선 어머니 박영진꽃!
큰태 베틀낭 허두추 어머니 김종태꽃!
산수 솔송낭 전영희 어머니 김성수꽃!
길원 높팽낭 이계남 어머니 우종원꽃!
참근 동백낭 임복심 어머니 허원근꽃!
새열 후박낭 배은심 어머니 이한열꽃!
손기 갈매낭 권채봉 어머니 김의기꽃!
꽃철 능화낭 정차순 어머니 박종철꽃!
옥전 향백낭 김근순 어머니 박래전꽃!
올식 거전낭 이을순 어머니 정경식꽃!
갈숙 떡감낭 최영자 어머니 김경숙꽃!
볼식 볼레낭 이순절 어머니 조정식꽃!
빛영 대죽낭 오영자 어머니 박선영꽃!

멋수 느티낭 고순임 어머니 최덕수꽃!

숲철 박달낭 임금순 어머니 강상철꽃!

논오 종려낭 전계순 어머니 이재오꽃!

꿈진 솜대낭 김순정 어머니 김세진꽃!

솔대 미루낭 이덕순 어머니 강경대꽃!

날만 들메낭 김복성 어머니 조성만꽃!

콩기 떡갈낭 정정원 어머니 김윤기꽃!

해권 삼닥낭 박명선 어머니 김용권꽃!

별철 비자낭 김인런 어머니 한희철꽃!

등희 다닥낭 이양순 어머니 박승희꽃!

벗규 산배낭 황정자 어머니 이철규꽃!

설정 대추낭 김종분 어머니 김귀정꽃!

입호 옻닥낭 정영자 어머니 신장호꽃!

철영 감밤낭 유수자 어머니 박태영꽃!

앞동 단풍낭 김순옥 어머니 최동꽃!

잎근 어름낭 고금숙 어머니 박종근꽃!

끈춘 당체낭 박영옥 어머니 이태춘꽃!

눈진 가래낭 정봉순 어머니 양영진꽃!

불희 수리낭 라화순 어머니 고정희꽃!

설관 친선낭 임분이 어머니 정연관꽃!

들현 섬엄낭 박행순 누나 박관현꽃!

일곤 산돌낭 박문숙 부인 김병곤꽃!

깨식 산초낭 황규남 부인 이재식꽃!

달만 산닥낭 조인식 부인 박종만꽃!
맞수 활꽃낭 김정자 부인 박창수꽃!
시경 오동낭 박명애 어머니 권미경꽃!

눈보라가 휘날립니다. 여기, 청봉천산에 입장하신 순으로 우리 가락에 실었습니다. 아직 먼 길, 덜 오신 님들이 많으시답니다. 어느 산맥 어느 산천에 피고 지시는지? 찾아온 새들이 왜 모두들 꽃다운 청춘에 날아들 가셨느냐고? 그래 아직은 잘 모르겠다고만 말씀드렸지요. 설사 캐주어도 잘 모르실 꽃이라고요. 뻔히 알면서도 꺾어가면 냅따 소리치죠. 여보시오. 못 봤소. 안 당해 본 거요. 눈귀를 틀어막고 어디에서 놀다 오신 거요 예? 보시오. 저 애써 싹싹 잘라버리고 뒤틀어버린 저딴 신들의 언론들! 독재에 충직했던 쌀쌀이 TV, 빨빨이, 신문잡지, 폐지용 교과서, 휴지용 책들, 뒷닦기, 불쏘시개, 무배추말이, 이 머같은 머들아,(음, 참는 척 해야지.) 숲속에 영정이 스쳐간다. 가슴이 콱 뭉클린다. 이름 없는 꽃이 깔린다. 하얀 바위꽃이 웃는다. 퍼질러 운다. 산불에 휩싸인다. 연기가 재밌다. 나하고 무슨 관계냐? 비수가 난다. 용암이 치솟는다. 폭포수가 쏟아져 안개 속으로 사라진다. 우뚝 섰다. 우짖는다. 둥지 둥지 새둥지시다. 이곳은 천만년 피고 지고 지면 핀다. 욕된 구경꾼인 나는 쉬 썩지도, 쉬 태워지지도 않고 피지도 못한다. 보라! 새꽃이요, 꽃새시다. 눈을 떴다. 아니 여가 어디지? 아니 저 어디서 본 듯 만 듯? 꽃은 꽃이신데, 으뜸신? 가슴앓이 어머님? 천하사랑꽃? 세상에 어머님이 서 계시는 나무 아래로는 새맑은 물이 흘러요. 맑은 공기가 넘쳐났어요.

죽은 이가 벌떡벌떡 살아나 고사리로, 산나물로, 꽃으로, 약초로, 산도라지로, 심으로, 송이로, 막 솟쳐 움터져 나가고 있어요. '한울삶' '온꽃밭' '달궁샘' '샛뿔봉'으로 피어나시어 새들이 맘껏 울고 있어요. 자아! 선창하시고, 후렴, 추임새, 부추김, 박수, 함성, 쾅쾅 질러주세요. 잠깐 여러분! 참고로 말씀 올리면 돌군이 아마도 입때까지 좀 안면이 있는 꽃을 저만치서 보고 혼자 지어 불렀던 것 같사오니, 그 후 오르신 하늘새 따라 차마 본인이 몸을 다쳐 나들이를 못한 죄 있는 듯하오. 꽃 따라 향기 따라 앞으로 새싹들께서 더 아름다운 숲속 소풍길을 꽃마중 하시리라 믿습니다.

　오냐, 그래, 너희들도 잘들 있어라. 부디 캐이지 말고, 꺾이지도 말고, 포크레인에 산불에도, 뿌리는 꼭 깊이 묻혀 있거라. 우리 내일 또 만나자. 아, 뚝! 어, 참! 안 울기로 해놓고. 이 사람 꽃문장이네. 어서 떠나자. 갈 길이 멀단다. 저는 이 세상에도 저 세상에도 아니 갈렵니다. 이상타! 눈빨인가? 진눈깨빈가? 날도깨빈가? 북소리 멀어져 갑니다.

　(소곤소곤) '야, 산토끼 새끼들아, 우리 모여 봐. 우리 토깽 대장님에게, 머리 위 봐, 저 북두칠성, 똥바가지별 있잖아. 저걸 따다가 걸어드리는 게 어때. 지겟목에. 왜? 너무 불쌍해. 너무들 무계급이라고 얕본다. 그지? 웅! 늘 이렇게 청숫잔만 떠놓고 꼭 말린 꽃잎을 띄워놓고 엎드린다. 정말이지, 눈이 오나 비가 오나 여기 7부 능선 달궁샘터로 올라오신다. 늘 이렇게 재미나게 놀다 가시는데……. 가만, 하산길이 이상하다. 얘들아, 큰일났다. 길인지, 밭인지, 뚝인

지, 꽃을 밟고 섰는지? 와! 엄청 퍼붓는다아! 자알 온다아! 야들아, 옷을 약간 적셔 대따 굴러, 안 아프게 때굴때굴! 저 산 아래 강으로 풍덩! 여기 유언장! 자아! 내 먼저 간다아! 안녀엉!

    ♪ 친구야, 우리 그 '흙꽃 세상'에서 꼬옥 쫌 만나세.
    ♪ 산중에 '잃어버린 꽃들'은 한없이 목을 빼고 피었지.

진달래

생계령을 넘어가니 생계, 불씨가 자랐다.
삼동산을 넘어서니 삼동, 꽃불이 붙었다.
두위봉을 넘어보니 두위, 불머리는 덮치는데,
만경산을 넘어오니 만경, 학벌사회가 소용없고,
에미산을 넘어가자 에미, 인종차별도 간데없다.
어래산을 넘어서자 어래, 토끼가 꽃길에 튀는데,
고적대를 넘어드니 고적, 노인들만 울고 있었다.
마대산을 넘어오자 마대, 북녘동포 서려 있었다.

아, 석병산을 넘어들자 석병, 제초제에 우리 님마저 싹 타 죽어
간다. 드디어 이 땅에도 아래위 인권은 고사하고, 옥갑산 검은 바위
곁 연분홍 아가씨들이 옥갑, 산적을 불러대는데, 노을에 옴봉산을
찾아드니 옴봉, 민심은 타들어가고, 의문사 천지가 진실로 아니 흐
르더라.

山이 좋아서

산이 좋아!
잊어주니까.
다 잊어주시니까.

산이 좋아, 마냥 좋아!
내가 없으니까.
다 비어버리시니까,

혼자 산을 찾아가고 싶었습니다.
때로는 사람 냄새가 나니까요.
한 잎 두 잎 쓸쓸이 떨어진 붉고 시퍼런 잎사귀는
언젠가 보았던 의문의 얼굴!
그 피멍 든 모습 바로 나였습니다.

한 발 두 발 옮겨간 죽임을 보고도
귀신이 곡할 노릇이지,

기억이 없대요.
미꾸리삼신이 붙어
'잘 모르겠다'고,
어떻게 잘 빠져 나가는지.

꿀리면 제 생각에는 그렇게 판단했대요.
글쎄, 의학박사요, 법학박사…… 엊그제 그도
납골당에 실려가며 좀 더 살고 싶더랍니다.
(배운 것이 이 모양이여, 1989년 144회 국회 부정선거특위 증인들.)

일류신이 '까불면 니 혼자 피본다'고,
'떠들면 죽인다'고 무조건 끌어 묻었지.
왜냐구요?
위대한 별을 볼 수 없으니까.(군 의문사)

그래 실눈 뜨고 기도만 하면 되겠다 싶더라고요.
솔직히,(먼 솔직히?)

참 이상하지요!
말없는 숲속에 깃들어 보고,
여느 꽃봉에 꿀침 박는 순간 심장이 뛰는데,
뭐에 쓰였는지 너도 사람새끼냐고,
'야 이 씨팔놈아, 니도 인간이냐'고,

와! 귓전을 울리는 겁니다.

나는 알지 왜 죽였는지,
왜 죽여야만 했는지 우린 다 알아!
이때부터 난 흥얼거리는 버릇이 생겼어요.
산새들이 머라고 머라고 말해 버리라고,
나무 눈들이 똑바로 쳐다보고 있는 것만 같고,

아버지는 맨날 나만 보면,
니도 부랄 두 쪽 찬 사내놈이냐고……?

참 내!
난 어정띠기가 아닌데, 난 토끼아씨한테 들었어.
이 땅에 의문의 주검이 어딨겠냐고.
있다면, 이유 없이 우리 어머니 울고만 계실 뿐!

아! 비료 친 들판마다, 농약 친 산골마다, 뼛골은 더디 녹고,
푸른 혼은 밤마다 우시는구나.

그래, 터진 산이 좋아!
산기운이 좋아!
이 신비함에 슬피도 웃으시는,
저 도라지 여인을 보고 말았소.

여보게! 얼마나 좋은가!
산 양심이 있다니.
이제 그대도 자유롭고,
의문사도 들꽃으로 피어나,
정든 세상 도라지꽃으로 꽃펴나시고……,
고맙수! 참 눈물 나게 고맙네유!

오! 진실화眞實花! 어머님, 우리 사랑!
여러분, 훌륭하심다. 진정 아름답습니다.

여보! 사랑해요오!
좋은 일 하셨수!
아빠! 사랑해에!
(어른들만큼 뉘우칠 수 있다는 것을 나도 배워야지. 콩밭 속 산토끼 새끼들.)

산이 좋아서, 꽃이 좋아서,
나와 바로 당신의 의문사를 찾노라.

나무, 낭구타령

'꽃 핏째! 꽃 핏째에!'
봄새가 웁니다.
가실 새는,
'섭섭하나아! 머이 섭섭하나아!'
그렇듯 하 울어댑니다.
사람소리가 멀리서 들려오고 있습니다.

눈보라는 일직선을 긋는데,
모두들 땀으로 피어오르는 김을 내뿜고설랑,
무언가 울러매고 간다.
쌓고, 쌓고,
왔다, 쉬었다,
낮은 소리, 높은 소리,
산너울 소리, 꽃샘골 소리,
질러, 내질러서! 넘어가고 있습니다.
'자아!'

울러 매고요! 허리 펴고! 일어서고오! 돌아서고오!

엇차! 엇차아! 엇쩨! 엇짜아!
웃싸! 웃싸아! 욱짜! 욱짜아!
능을 넘고오! 내는 건너어!
적삼을 적시고 치마를 물들이며,
사람 위에 낭구 타고,
사람 아래 웃음 타고,
인생고개 넘어가 보잡니다아!

자아! 훨훨! 훨훨!
날아들 가요! 오, 나는 의문새.
와, 이쁜새, 솔봉새, 오롱어렁 술래새!
상모솔새, 푸렁꼬랑지새, 피렁피렁 꼬까댕기새!
진박새, 상주새, 싸랑씨렁 연방울새!
잣까마귀, 묏빼들기, 퍼렁머리참새, 미운까닥새에!
우씀도리새애! 헐렁펄렁 잘도 논다아!
엇허어! 춤쌀방아, 꽝솔방아!
잘도 찟고오! 여보여쁘! 신명나게 살다 갑세!
우째 살면 신명 나오?

묵사발이 웬 말이오.
빌미 주면 왕창 반발!

귀혼신혼 달래자니 세월타령 얼개미타령!
한숨 나서 못살겠네. 얼마나 좋쏘!
할미꽃, 패랭이꽃, 꽃차마지, 사람 좋지이!
일제망동, 유신잔당, 피둥찌둥 아구방아!
그 시절에 놀던 치가 여적까지 씨론뺑론, 논설깡설,
보자보자 하니 똥구녕으로 공부했어!

으싸! 섶다릴 넘어가고오!
우짜다가 토끼아씨가 됐소 그래?
이 세상 제일 모자라는 놈이라오,

𝄞 은제비 오듯 불 보는 철이 돌아오면,
허기진 뱀들은 깨구리 우는 골로 내려오시고,
나물꾼 아주머이들께선 취나물 뜯으러 올라오시다가,

'토끼아씨! 토끼아씨이 ~ 뱀 나왔어요 살려줘요!'
이 골 저 능선 나물보따리 풀어 던지고,
풀러덩, 잘도 뛰는 것 보우.
하층식물 낫질이 칼창인 줄 왜 몰랐던지,
이리 째지고, 저리 출렁거리시니,
옴매야, 젖통 봐라,
뽕실이 아지매 내꺼보당 좋네요,
으윽! 내 근육가슴 어때유! 됐시유!

어유! 나물 보자기 이걸 치마 치시고,
망태자루 이걸로는 젖가심이라도 얼룽 가리유.
으핫핫핫! 앗따! 서운들 하시겠수.
그냥 내려가실라만,
아줌니들 쌍그리 백출 지체 안 캐신다 하면,
우리 움집에 내려가시다가 토끼 한 쌍씩 붙잡아가서,
잘 키워보실라우.
사람처럼 흙냄새 맡게 해줘야 성질 좋게 잘 크던데요.
저 아씨이 무슨 일인지 하도 어디 잘 쫓아다니니까 그래,
토끼아재비라고 자꾸 놀리는 거라, 디게 웃긴다.

히야! 난 오늘 처음 봤어.
짐승 같애! 지 멋대로 사시나 봐. 심심한데 같이 가요. 엇차!
솔개가 내리 꼽았다, 떴다,
고놈들 땅굴 속에서 놀지, 토끼가 발톱 아래 날아가고 마네.
눈 깜짝할 새,
느린 놈은 다 잡혀 먹히는 거여.

남편은 땅에 자석은 가슴에 묻고 보니,
열이면 열 다 이쁘고 나쁘고 좋은 게 없어요.
사랑이라는 걸 못 받아봤어요.
남들 모두 저 하는 거 보면 빨리 죽어 그런 사랑 받아봤으면,
예, 솔씨 하나 날으니 상목에 성주목에 신령목이 되건마는,

사람씨 다 멍들게 하고는 어떤 낭구 아래 재를 뿌린대.

차작! 차작!
갈잎 밟는 저 산양 소리만 들어도,
낙엽이 스르르 고개만 들어도,
정이 오는 여린 엄마의 가슴을 무지리도 짓밟아 놓았구려.
요 잘난 대한민국 발톱들아!
솔바람이 운다, 돌이 난다.
역사다운 역사가 없다고?
'한둘 망나니' 거름 치면,
온 산천 산새들이 순한 생명들이 맘 놓고 살아갈 것을.

자아! 돌망다리 넘어가세, 번개 친다.
초록나비가 한 뼘 차이로 오르락내리락 따르고 있다.
포개지고 싶다, 나도 나도.
꽈광 꽝!
하늘이 갈라지고 우리도 살짝 갈라섰지만,
장대비를 피하려고 여기 난장판에 모여 들었것다.
몽상을 벗기려나,
삼오날이던가, 아!
혼이라도 함께하고 싶다.
낭구가마로 내 부모 내 자식의 혼백을 태워드리고 싶어서.
나는 낭구를 져 나르리.

허와! 넘짜아! 어허야!

숫까바리, 뻘건적두리, 흰 눈 산속에 송잇불로 살아 떠나신다.

여보, 무슨 놈의 세금으로 보안등인가?

야생동물 안 그래도 굶어죽는 판인데,

휴우, 뉘를 먼저 살려낼꼬!

밀국씨 해드리고, 콩가루 빠아 맷돌에 잡아,

콩갱이 고물에, 저 돌의 모진 뼛가루를 묻혀 먹어야,

한이 좀 풀리겠네. 예, 어무이 일어나요. 고만 우시고, 엣 참.

예예! 자아! 달궁물도 마시고요.

예! 계속 읊어보실래요.

토끼아씨! 야아?

내일 또 나물 뜯으러 오시지 뭐!

아이 이쁘다. 꽃 봐라. 엇! 여기도 저어기도.

꽃이 지면 어떠리, 낭구마다 신명이 실리신다네.

옷 한 벌도 못 얻어 입고 가신 분이 많은

이 가마니 골짜기 마실!

웃고 왔다 당신을 알고 같이 울었소.

다 눈물이 많은 한 넝쿨,

어떤 고을은 오미자 넝쿨,

저짝 고을은 어름 넝쿨,

조짝 고을은 머루다래 넝쿨,

한 줄거리 우리네 사람들아,

서럽고 말고오.

지발 고만들 울리게 바른말도 다 못다 하고 가잖나.

졸도리 장여 다듬고 꽃문 빗쌀문도 나무님네,

제 올리고 짖던 조상님, 내던지고,

남 오른다니 산이 우시는 거여.

나는 가네. 자연마늘이 잘 되니, 약대 치올려,

배 아파 제초제 뿌린 지방 유지도 웃으며 갔네.

그 사람 쫓아내라고,

산짐승 못 잡아먹어 안달이 난 나라님도 잘 갔네.

그 꼬댕이들 한 번 싫으면 싫다고,

눈빛도 차가운 까시낭구도,

토봉 살리자니 싸울 넘이 협잡한다고,

뒤씨우는 딸기코 영감탱이도 떠나갔네.

무슨 심뽀인지 불 지른다고.

자신들은 눈꼽만큼도 손해 없는

불깍쟁이 그 고을 사람들도 꽃거름이 되었구려.

저 안하무인식 떡잎론 종자론,

그 어명론에 힘깨나 쓰면 굽신대고,

가진 이한데 알랑대는 저 안 조센징식 썩음병을 어이할꼬.

'고 정 상병은 내 고향 대송면 사람인데'

앞에서 금배지 날리더니 현장검증에선,

‘그 부대원 바른말 못하게’ 하랍신다.
뒷물지기는 더러운 못에 박혀 웃으며 떠나가네.
혁명정신은 모르지만 방아쇠 한 번 안 놀리고,
고이 누워 나는 가네.

오늘은 설날.
씨감자는 반씩 잘라 산토끼 각시네로,
쌀기울은 푹 퍼서 산염소 총각녁으로,
강냉이는 두 줌씩이나 지붕 위 산새,
요 이쁜 것들에게 그래 설워 마라.
길손은 다 간다.

때찔래 여러분!
서운하시더라도 이 무당벌레 시골뜨기 해넘이로 넘겨주기요.
우리 고을에 잦대가 있소? 아! 진실 찾아 3천 3백리 길
질방아가 있소? 실방아가 있소? 그래도 고맙지.
다 미더움이 무릇 저 산신각 옆 무산계급 낭구에
새 뿌리가 돋아난 덕분이라오.
엇싸 엇싸!

함박눈이 쏟아진다.
나가자 짐칸부터 실어야겠다.
꽃송이마다 울리는 소리를 듣네.

위로는 눈물만 흐르는 '돌마당'인 것을!
대사님!
부용회에 건네주신 밤과 콩맛은 보셨는지요.
이제 답을 주시겠소.
그 조선 통치술, 군국주의 부활책,
저 도의적 책임론!
석양빛에 떨어지는 저 '위안스런 선혈'
'징용돌' 앞에 한 톨 자연의 단맛은 어떠시며,
저 심을 식, 식민지 썰어간 울창한 나무들의 울음소릴
귀담아 들은 오늘의 쓴맛은 어떠한지,
밝혀줄 때가 온 것이오. 송잇골 낭구가 말을 해요.
증거물이 되었소.
물 한 모금, 콩 한 알,
물 한 모금, 솔잎 몇 가닥,
물 한 모금에, 싸랑하올 만인의 생명이, 영원한 밥이,
오! 물의 나무여!
인간나무시여! 향긋한 영혼이시여!
그대! 배 어디로 띄우셨는가?
가장 힘들 때 이 통나무를 스스로 덤벙 치고 함께 나갑세.
웃싸싸! 웃싸!

그대 산처럼 깎여있음에
나 그 아래 돌꽃처럼 피다가,

퍼드러진 나무같이 펄펄 웃다가, 처연히 베여 끌려왔나 봐.
여보! 같이 짐세. 우리 엄니 뼈나무로,
연달아 뒷방아, 앞방아, 속방아, 끝으로 그대
날개쭉지를 맹글어 드릴 날이 어서 오길.

엇싸! 낭구 좋고. 향 좋고.
정스러워. 사람 참 정스러워!
나도 가며 이런 소리 들어봤으면…….
아름드리 품에 안아보는 것이 그 중 살맛이 나니,
이를 어떡해.
아혼셋에 절구 돌리며 사시니 이를 어쩐담.

할매요. 그냥 여기서 살다 마 죽으라 마.
낭이 좋아서. 물이 좋아서.
언제 힘든다는 소리 들어 봤으면 좋겠네,
낭구가 되세.
돌, 돌 지는 낭구가 되세.

오! 흔들리는 잎들아.
너 청두꺼비 울 제 우리 각시 보고 싶잖나.
통달부패목도 있대요. 닥달나무야! 우리
부정 옻낭구 씻고 한세상 웃어보자고. 안 그래?
살아서 잘 하고 갈 것을, 상처를 안 주고 떠나 건너올 것을 좋은 말만 하고 건너올 것을!
맑게 산다고 산 것이 응혈이 남아
의문사 내 주검에 휩싸였던 것은 아닌지.
욱짜짜! 욱짜!

새봉치 매가 날아왔습니다.
갑자기 마루 숲이 고요합니다.
잠자리만 유유히 날다 확 돌아서서 하늘이 나릅니다.
여기 '목신 노래'를 같이 부르자니,
컴퓨러도 자동차도 저 숨구멍 작아지는 빌딩도,
진작 떠나올 것을! 나는 몰랐네.
고추잠자리는 작업복에서 설움을 녹이는 것을!
마른 또랑에 드러난 낭구는 떠내려간 웃어른 서까래인 것을!
아! 홍썰꽃 피고, 보리매미 울고, 봉청새가 날아오고 말 것을!

어머니는 슬픈 여자!
나는 서글픈 곰바우!
어느덧 해는 기울고 나물짐 산 여인의 뒷모습이,
이래저래 낭구질 소리,
벗 삼아 숲을 지나,
산동무 되시니 새색시 같이 예쁘시다.
이 넋두리에 웃어주시니 산나물철만 되면,
참한 낭구 되시어 한없이 아름다우시다.

'울지 마시고 잘 가요!'
'울 꺼야.'
'나도 울 꺼야.'

자아! 앉고오. 낭구 내리고오!
어 무거! 인생고개! 진짜 눈물고개!

엇차 엇짜!(두 꽃)
웃차 우짜!(네 꽃봉)
욱차차! 욱짜! (열녀열부, 6인 6각)
자알 간다아!

홋여! 의, 의문새가 웬 새더냐아!
따따닥! 딱딱!
또르륵! 삐욱, 삐욱!

약속! 약쏙! 약쏙 약속!

청산아, 내 청산아!

또르르르르!

까악! 까악! 까악!

윗삐삐! 쨋삐삐!

뽀륵! 뽀륵! 뽀르르르룽!

눈이 고요히 내리고 있습니다.

푸른 산이 하얗게 덮이고 있습니다.

붉은 솔이 퍼렇게 쏟아져 내리고,

삼각형 산토끼 눈동자가 지나갔습니다.

말발굽 고라니, 산양이, 노루가, 따라가고 갈퀴 발자욱,

산 꿩이, 산닭이, 이어가고 국화빵 같은 흔적에 쪽제비가,

너구리인지, 오소리인지,

천천히 아주 여유롭게도 제즘 보폭을 찍으며,

오늘은 근육질 힘쓰지 않고서도,

말 못하는 창조물은 깨끗이 지나가셨습니다.

눈 덮인 8부능선 북향받이,

심이 실뿌리를 뻗어 내리는 오목한 소솔댕이에,

투명한 백사가 똬릴 틀던 곳,
온 산천이 훤히 굽어보이고
눈바람이 잦아드는 곳.
올참, 떡갈나무 아래 소복이 웅크리면서,
모여 튼 잠 자는 멧돼지 식구들이
솔바람 결에 스치는 듯,
저 산 아래 뭉창뭉창 살아오는 만물의 영장 소리에
귀바퀴를 산토끼보다 더디지만 찬찬히 돌리고 있다.
간간이 휘날리는 눈가루 사이로 웃음가루도 솔솔 묻혀,
떴다 가라앉았다 귓속을 간질이고 있다.
잘 찾아 오셨습니다.
자아! 여러 영혼들께서는
예! 근심 걱정 다 버리시고,
오늘같이 새가 되어, 눈꽃이 되어, 살아생전
아쉬웠던 일, 그 못 다한 일, 서운했던 일,
상처를 남긴 일, 어제도 눈물을 뿌린 일,
다 거두어 송이송이 뽀얗게 내리는 이 눈송이,
은가루 꽃가루에 실어서 이처럼 아름다운 눈세상에,
주고 싶어 안달이 나는 타오르는 인간의 정을
이 하이얀 사랑을 우리 서로 같이 날려,
무심한 입술에 녹여 봅시다.
얼마나 좋습니까?

이 푸르른 산너울 따라,
이 백결 같이 곱고 맑은 우리네 천상 착한 동심과
이 퍼붓는 눈꽃송이 같이 깨끗한 손길로
이 청청한 환희의 노래를,
영원인 듯 잠시나마 펼쳐나 보십시다요.
저 잿빛 세상에서 얼마나 고달팠겠소.

참! 고생들 많으셨소이다, 이래 올라오시니.
다 새롭고, 꿈이야 생시야 다 즐거워하시니,
아유! 얼마나 참한지요.
첫눈에 폭설이 내리면 당장 좋아 이렇게도 환하게 기뻐서들,
어쩌면 그렇게도…… 나, 이름하여 맹한 돌,
돌 중에 너는 선돌, 나는 막돌, 앞에서 울음소릴랑 마시길,
예! 자갈로 모래로 개흙으로 먼지로 직감하셨으리라.
인간보다 더 높은 곳에서 더 옹기종기,
더 가벼이, 더 해맑게,
지금 듣고 보고 있는 뭇생이 있답니다.

자아! '맹돌신령'! 납시오오.
꽝꽈가강! 까강! 꽝꽝!
어어! 잘 논다아!
예예! 한 번 죽지 두 번 죽을라,
예예! 잘못됐습다요.

오냐! 여기는 소원!
소원풀이 눈꽃세상이로다!

青山아! 내 淸算아!
어라! 깃발 좋고! 보기 좋고! 음, 손수건을 거둬라.
그대는 무엇이 맺혀 일찌감치 올라왔는고?
예, 신령님! 지금도 계속되는 자, 자살 처리로,
개죽음만도 못 해, 이래 눈금 없는 저울에 개목걸이를,
가보처럼 장만하여 왔습니다요.
여봐라! 울려라! 못 참겠다! 생사람 잡아놓고,
이제 와서 별로 관심이 없다고, 머라고?
'당당히 나가 명백하게 밝히겠습니다.'
'전혀 아무것도 아는 게 없습니다.'
저 자를 이 개목걸이 대신 저 진달래꽃봉으로 채워
자갈을 물렸다.
법 좋은 떡살로 바꿔먹고 정성을 올리렸다.
알겠느냐?(깍깍깍!)

다음 분은?
예, 저희 집안은 3대를 통틀어서
선비 사인지, 무인 사인지, 土자 돌림 일가친척이 하나 없어,
허구한 날 당하고만 살다가
마카 제 명에 못살고, 수장시키고,

이래 폐그물에 납덩이를 떼어,
머잖아 고철이 될 핵폭탄 한 방과 엿 바꿔줄랑가 싶어
이고 지고 왔습니다요.
음, 그렇다면, 물망, 신망, 새망에도 안 걸려들고,
살아남았단 말이로다.
억수로 바보같이 살았으니 땅만 보고 산 그대,
눈빛과 손바닥,
그리고 목소리가 주인 되는 뒷세상이 오고 있다.
보아라! 여기 국경 없고 횃불도 없는,
그대들 마음신 본시대로 다음 지구 돌아가리니.
저 직장까지 훤히 비치는 흰 뱀무리에 실려,
천명을 다해 함부로 잔머리 굴리지 못하고,
삼킨 대로 보이는 저 그대 후손 투명신,
새 꽃송이 세상이 되고 남을지어다. (또르르릉~)

다음 사자께서는?
예! 양계장 주인댁이 선 본다고
잘 씻고 봇도랑찻집으로 또 나오라고요.
그동안 만나는 아가씨들 아무리 잘 씻어도 원체 독하니까요.
닭똥냄새가 난다는 둥, 손톱이 흉하다는 둥,
왜 주위에 아무도 없느냐는 둥,
예금 잔고 증명서를 보여 달라는 둥,
뭐 조상제사도 모르는 예수쟁이는 집에서 싫어한다는 둥.

키가 짜부라졌다, 벙어리 아니냐?

예, 그래서 우째 달갑지 않드라구요.

이상히도 그날은 조건 없이,

난생 처음 손도 잡아주고 1988년 첫 서울구경도 시켜주고,

다음 약속까지 했거들랑요.

그런데 그게 마지막 생의 이별이 될 줄

누가 알았겠어요.

얼마나 닦고 씻고 분 바르고요,

문 닫는다고 쫓겨났지요.

다행히 공원묘에 두 평 반을 얻어 관 속에 누워 있으니,

황소같이 일하던 내가 그 찰떡같이 믿은 약속 그만…….

왜 그리 힘이 하나도 없는지요, 아무것도 안 보이드라고요.

아, 사랑이 뭔지?

파란 병 반도 못 마시고 실려 갔죠?

맹돌 신령님요?

왜 저같이 죽쌀나게 일만 한 머슴꾼은 장가 한 번 못 가요.

예? 그 약속이, 이 진실이, 그녀의 손이,

이 처음 죽음이 도대체 둘이나 된대요?

제가 잘못 배웠나요?

저 어울리는 멧돼지 가족이 참 부럽쏨다.

이상임다.

으음! 이젠 푹 쉬었다 가게나.

몇 분 더 얘기 나누고 나면 좋은 일이 생길 걸세.

이젠 마음 놓고 기다리시게.

'혼'이란 인정도 부정도 못 한다는 말이래.

보게! 눈이 내려!

춤이 일어나, 신이 나,

신명이 일 받아 꿈길을 헤맨다.

그리하여 신이 아주 없다고 볼 수 없다고 되뇌이는,

그대는 진정 망울진 참꽃보다 참하고 겸손한 도인의 꽃이로다.

그런 즉, 있는 것 같다며 지체 없이 그곳을 떠나,

무궁무진한 저절로 씨앗에 깃드시게.

그를 키워 세상을 널널이 편케 함이 좋지 않겠는가.

격도 벽도 허물도 죽임도 없이 나아가 향과 정까지도…….

길이 고이고이 품어 움 틔움이 어떻겠는가?

이 눈꽃송이 보면서

자연스럽게 이루어지는 어머니의 품속 세상이 있다면,

말로 다할 수 없는 천상의 아름다움이라고 말일세.

음! 쓸데없는 소릴세.

그럼 다음 사자께서는?

예! 저희는 이처럼 8색 천에 화살촉을 깎아

왼종일 맨발로 팔러 다니는데,

안 사는 건 좋은데 우릴 원숭이로 보고,

희귀생도 마찬가지로 캐고 찍고,

움막에 돌아오면 길이 생기고,
자꾸 숲이 벗겨지고, 넓어지고 있으니요,
앞으로 돌연변이라,
관광이라는 오염원이 결국 우주계를 어지르는 짓이라잖아요.
당장 콩 한 조각 밀 한 톨 아래
차진 거름 되시라고 일러주세요.
굶어 죽어가는 이웃 간,
제 나라, 제 고향에 한 번 자유로 이주했으면 뼈를 묻어야지요.
피를 부른 군함, 너 전범국들은
제3세계에서 빼앗아간 유물과 빚 진 문화
도발한 삶도 고스란히 돌려주고,
대가를 치르고, 그리고 피의 흐름을 읽어서,
그 세뇌된 신이 있다면 씻어내시고…….

아! 청산아, 내 청산아,
조금 전처럼 7부능선 달빛 따라서,
손바닥만 한 연못에 허기진
철새 떼들이 빤짝이는 여울을 따라서,
'무기 들고 오일 달러' 주워 담으러 몰려들지 않을 것을.
'청교도'가 '원주민' 앞에 고이 엎드렸을 것을.
생각하면 보이지 않는 수억 년 생이 가는데,
백년도 힘든 인간이 살아남겠어요?
난 모르겠소. 다만 이 나뭇잎다운 초연한 조화를!

이 흐르는 푸른 솔다운 청묘한 맥박을,
동시에 나와 헐벗은 축생을 우러러,
모름지기 이 영상적 저 가지가지 세력
잎마다 대칭적 변주곡인 그대,
간사한 미의 우상은 지발, 이 발 아래
흙의 눈물로 꺼져 가라.
싸움이란 없었노라고…….

다음은 저 담비, 하비를 만지며
시룩시룩 웃고 있는 고인께서는,
어째 늦게 올라오셨는지요?
하산, 하직할 시간이 다가왔는 데?
예! 저는요,
원주민 떠난 이 풀촌 빈촌에 묵밭
그대로 넝쿨넝쿨 알곡을 놓았더니,
보시듯이 자들이 다 이쪽으로 몰려왔지요.
나중에는 씨앗만은 건져야겠기에 연락했더니,
두고 간 쪽지에,
'청청직원과 함께 산림간벌 현장을 둘러보았으며,
조수 식생 분야 박사님들과 인근 지역을 답사하였습니다.'
예! 그래서 필름공해는 없는지 팍팍 찍어갔다니,
그 후 저 날다람쥐도 휘딱 자빠지는 저 폭음.
가스통을 되레 가져가고,

비료로 안 키운 강냉이, 조, 감자 같은 것 갖다 달라니,

그런 법이 아직 없데요.

글쎄! 이것 좀 봐요.

그래서 농협귀족들 사돈팔촌에 무슨 신에 가깝게 다니고,

개천학교 나오고 아무개와 친하다고 우려대야,

두더지 권세가 삽으로 콱, 잘려 나가는 거유?

어쩌유? 야?

예, 나도 바보소리 한마디 했지.

뭐 내일 죽더래도.

입법이 몇 년 만인지, 보낸 송아지 사료 포대를 뜯어보니,

이 무슨 냄샌지요, 자연 생이 덤비겠소.

납닥 옥씨기만 저 고얀 산까치류가 파먹고,

쫓겨온 너희들의 새끼들이 이 우거진 빈집에 둥지들 트자는데,

시방도 저 말멀미 나는 연설 중,

꿈과 희망, 국리민복, 혼신, 정직, 공복, 도덕성,

기본적으로, 소신행정······.(삐꿍! 삐꿍!)

고만 합시다.

이래 눈싸래기째 눌리니,

즐겨 모여드신 여러 풀풀네

나그네 양반들도 씨겹지 않으시오?

예, 소생도 그 멋진 말씀의 넋이 안타깝기 그지없소이다.

그래서 빈집인 줄 알고는 꿩이 사냥개에 날려

이내 곁마당에 내리니,

냅따 웬 떡이냐고 방아쇠를 당긴 거지.
사람이 시커먼 아궁지 잠바 거죽에
돌방하니 엎드려 돼지감자를 캐니,
삐그러질 넘들이 돈 좀 있다고 겨울 마늘밭 깔아뭉개고,
골프 눈까리에 네 다리 기는 인간이 보이겠어.
산돼지로 보고 산나물 뜯던 어머님들처럼 골로 가는 거지.
참 네, 먼 맹맹이 박사,
헛풀때기 박사, 할애비가 그리도 많으신지.
미안하지만 그래, 거의 9부능선만 간벌을 막아 살린 거지.
우그러진 솔들이 이곳까지 탁상 도면대로 베어 넘겨졌다면,
지금처럼 그나마 낭구님, 울림꽃,
딱따구리 세상이 아니 되었을 거라.
인간이 만든 악기는 아퍼.

산이 좋아, 솔뫼가 좋아,
눈이 오나 눈물이 흐르나 산마중 가시잖나.
큰불 나면 실없이 쫓아가 보고,
도시 간 노인네들과 비명횡사라 꽃봉우리째 실려오면,
산에 사는 죄로 곁불이라도 미리 피우고,
죄어주고, 눈길 깎고, 뿌려대고,
밀어주고, 져주고,
기상청에 자주 망한 배추농사꾼 술친구 되어 묻어주고,
이 새봉치 가시거리 사방 날 좋을 땐,

36~45킬로 내 구름 이동, 바람 속도, 성난 우박, 폭우,
산불 무전기로 며칠째 저녁연기 피어오르지 않는,
홀로 꽃님들, 이동요원 급전, 엄지손가락이,
눈앞에 산불로 번져갈 때 마비가 되지 않는 한,
불과 몇 초 안에 일기예보 띄워 줘,
전파 방해가 없으면 여성차 함정 단속 등 듣고
혼을 내고, 이장할 때,
수습하다 보면 토양에 따라 뇌 썩은 물인지 뇌물인지 적어둬,
봄가을 억새풀 달래꽃철이 돌아오면
한 많은 유언 보듬고 퍼렇게 누우신 여인들 일착으로 알려 줘,
군경사격장 조수류 까물치고 불씨로 우리네 산토끼 타 죽어가,
저 수억, 수십억씩 들여 세운 무슨 카메란지?
사람이 우선인지, 보는가?
뭔가 그게. 소용없이 말이여.
따지면 시방 편히 움직이고 저토록 저절로 농사에 먹고,
새끼 치고, 사냥 놀잇감 되고, 누구는 유흥비 받고,
즐겁게 오늘처럼 같이 살기 없이 쳐다보고,
이 얼마나 옛벌치기처럼 작지만 자손만대 지나보면
기상이변처럼 큰일이람.
나는 죽었지만 아직도 그 미친갱이 친구 그기 사느냐고?
넋이 되었지. 잠깐, 청수 한 잔 드시고,

예! 맹돌선님!

말이 순서가 없네요.

하도 사람이 귀한지라,

기왕에 차마 웃지 못할 이야기지만

또 쫓아내려고 환장했다니요.

글쎄 한쪽 붕알갱이는 반쪽 얼고요.

남은 녀석은 바깥쪽은 타버리고,

안은 까슬린, 이 숨길 수 없는 사연을

어느 귀신이 어림 반푼어치나 짐작하리까.

(새 장가는 커녕) 무슨 꿈과 희망이 있겠어.

죽은 거지 사내새끼가.

꿩 탄알에는 바로 안 죽었을 거라고,

희미한 여운만 남기고, 부르릉! 무소식!

염라대왕 문지기 자원봉사 희망! 오버,

수신 양호! 야아! 눈이 엄청나네.

너무 퍼붓는데, 큰일인데, 죽은 자고, 호랑이고, 가만 있자.

자아! 끝이시죠. 상복 입으신 채,

그럼 마지막 망자께서는?

아이고오! 추워라.

감 장사 이바구고 나발이고 흙방에 주전자 물이 다 어네.

뉘 혼이라도 달래려다가 떨리는 혼마저…….

고대 얼어 디지겠다. (미쳤어, 미쳤다고.)

예! 소인은 어머니가 떡을 자주 하셨어요.
어머니가 떡을 돌리라고 떡 접시를 안겨주실 때요,
디게 신나드라구요.
옛날에 그때 문 없이 떡시루 돌릴 때가 좋았어요.
그래저래 이 청산에 눈꽃송이는 이대로 녹아버리듯,
꽃잎처럼 한 모금 적시지 못한 줄도 모르고,
간밤에 감자 팔아 준다기에 두 손 모아 갖다 놓았더니,
싹 나고, 썩고, 오그라들고, 차도 없고,
우리 단체 사람들을 딴 데 어멈신으로 부르질 않나,
'누가 먹기나 하나요. 도로 가져가요!'
어떻게 버리겠어요. 자식처럼 키운 건데,
차라리 내가 천대 받지 내가 괄시 받고 말지.
동네 사람들 앞에 얼굴도 못 들고,
팔아준다고,
감자창고 싹 다 고르고 정리한 품값은 고사하고,
'가는 일 잘 되셨어요?'

아, 변덕아! 인간아!
내가 떠안고 갈 선한 인간아!
눈물이 절로 나드라구요.
마냥 푸르뫼를 찾아 청산했어요.
'좋은 일 많이 하시네요.'
눈을 떴다. 천만뜻밖이었다.

연상의 선녀님 정겨운 목소리였다.
산두메 바늘 추위에도 들국화가 피어있으셨다.
쭈그러진 바가지 남몰래 이끼를 축이시듯,
드레질 찰랑물에 샘사랑도 넘쳐흐르는 줄 미처 몰랐다.
'본 양심, 참사람이면 다 사랑하고 싶어요.'
초막이 폭설에 서서히 가라앉는데,
뻘건 장작불은 인간만사 이 소 여물조차 없는 그대,
영혼의 피나무를 깎아 종이로 옮겨 붙고,
억새, 싸리, 버들, 솔, 잣, 뽕, 꽃가지도 다 태우고 나니,
마지막 참나무 숯덩이를 남기다 제 올려,
열매라 그루터기에 나는 이내 뿌려져 간다. 그녀의
부뚜막 팥죽 솥단지만 산 아래 흐뭇한 싸랑을 피워 올리려
퍼식퍼식 식으시다, 끓으시다,
이렇듯 원망도 미움도 삼가,
살아생전 판단도 활활! 군불 속으로…… 아서라 !
꽃은 피고 지고, 자식 묻은 이 내
어미 가슴속 새알심만 눌러 붙어,
어쩌자고 심심 뼈마저 다 녹아 가고 마는지?
이유도 없이 실려 갔더란다.
내만 알고 내 신만 아시고 아무도 모르지.

맹돌땡이 우리 신령님도 익혔는지
눈 녹듯이 녹아내리신다.

그만 놓고 가잔다.

오! 나 죽어서도 그대 한마디 위로일 수 있다면,
저 가여운 영혼의 피눈물을
쪼맨치라도 거두게 할 수만 있으시다면,
이 털껍질일랑 사랑이고 목석이고,
다 거둬 태워 저 아래 세상에서
밥밥, 법법 없이도 착하게 살다가,
죄 얻고 언덕도 갈고리도 없이
망할 법탕주의에 연달아 덮어쓰고,
오만 욕 뒤로 쓸어내리고 가다가다 잠이 들어,
하얀 눈송이를 하염없이 쳐다본다.

쓸쓸히 물어물어 찾아오신
팔푼이 나 같은 나그네들이여!
지금 온 천산이 흰 눈으로 덮이는
이 상쾌한 기분!
내 살았을 제 언젠가 엿들은 그 가락에,
아무 때나 들락거리며 한 곡조 뽑아 보리라.
미련 곰탱이가 내 인생 줏대이오니,
부디 저 망개나무로 가히 평하지 마시구려.

암! 내일이면 스스로
이 토슬토슬하신 낙엽층에 신세지지 않고서도,

실히 눈 아래 지금 주추요, 누르대요,

허깨요, 봉양이요, 가피요,

영물인 그 도술꽃 아래 행복하게 젖어 드시리라.

'참 좋았었어!'(째잭 쨱!)

'정말 재밌었네!'(또릉! 또릉!)

떠밀려간다. 생음악인가,

이 산마루에서 웃통 벗고,

설한에 눈 녹이며 통낭구 져 나르랴.

향기 속 숨죽이며 톱질하랴.

샘물 한 바가지 덮어쓰랴.

누가 보는가? 누가 알랴.

산새 어우러져 손잡고,

두 다리 척 세상 편케 걸치고,

그대 낙엽 자리에 벌러덩 누워,

고라니 데운 자락에 안겨도 보고,

턱, 탁빼기 한 사발 걸치고 보니,

벌써 2005년 2월 10일 양지쪽 절벽 위에

산동백 촉새향이 콱! 찌르자 나는 어디론가

둥둥 또 날아간다.

어라! 아무도 안 듣겠지.

이 맛에 퍼질러 홀로 산다는데,

웬 콧노래가 아리랑 고갯마루도 없이

나도 몰래 줄줄 땀째 흘러내리실까?

(음! 이게 신명일세.) 우~ 핫핫핫핫하~

처자귀신이다아! 큰일 났다.

오도 가도 못하겠다.

펑펑! 앞산 모탱이가 보이지 않는다.

아! 눈웃음가루가 붙잡고 쉬었다 가잔다.

불러라, 불러! 불러보자아!

♬들국화 피고 지는 화우제花友隮에~

첫눈 오면~ 찾아오는 사랑새야~

그리움이~ 낙엽처럼~ 쌓인~

산마루에 정들면~ 어쩌려고~

정들면 어쩌실려고 싸~아~라~앙~한~

그 이름은~ 토끼아씨!

한~ 백~ 년~ 눈꽃송이~ 할매

가슴에~ 순정의~ 불을~ 질려~ 노~ 오~ 코오~

광솔불~ 아래~ 모시~ 적삼~ 녹이~ 시고

따뜸한~ 아랫목을~ 훔쳐~ 주시니~

아! 흐르는 연실! 꽃실~ 도라지,

사랑에~ 달궁~ 샘~ 도~ 넘치시게~ 우시는구나.

사~ 아~ 라~ 앙한~ 그 이름은~ 들국화 선녀♬

(야! 막바우! 혼난다. 너! 진짜지? 가만 거 있어라. 네 집 앞 달궁못에 빠져

죽을 줄 알아!)

비나이다. 서글픈 혼신,

억울한 넋이 없이 하소서.
의문의 영혼들 척척! 밝혀지게 하소서.
모래무치삼신, 내 터럭양심 싹싹, 쓸어내소서.
사랑합니다. 사랑새 여러분!
부디 살으실 제 이 눈꽃송이로 날아오소서!
♪우리도 한데 어울려~ 얼싸아~ 안코오~ 서예!

(큰절 올리면서~)
이만 물러갑니다요.

토끼아씨이! 들러~ 요~ 오!
우리 벌 이야기요!
왜 토봉 떼죽음 거 있잖어유!
으응! 알았당께~ 에!
내려가께에 씨방~!

나가서도 죽고,
약 냄새 맡은 것 막 죽어,
배길 장사 있어.

요강나

눈물어린 벌 이야기

(1999년 9월 18일 07시 11분 비 예보 중.)

비 오는데 어떻게, 들어오슈.

그 사람들 벌값 찾아 먹었나?

쑥아, 전화 한 번 해봐라.

찾아 먹었다는 얘기가 있던데…….

난 서류만 해주고 돈 안 줬어.

몇 통 하셨어요? 내가 그때 한 60통 했었지.

싹 아주 전멸이 다 됐으니…….

싹 아주 계속 막 죽어 나갔지 뭐!

싹 아주 한 통도 못 살리고 전멸됐지.

냄새가 막 나는데 뭐!

얼마나 독한지 냄새가 막 나드라고.

그래 아침에 가보니 막 죽어나니 배길 수 있는가?

나가서도 죽고, 약 냄새 맞은 것 막 죽어, 배길 장사 있어.

벌 한 통도 없이 전멸됐지.

솔이파리 벌까지 그기 다 죽을 때는 벌이 먼 매가지를 써.
우리 아버지 때부터 한 40년 해왔지 뭐.
꿀값도 무디기는 좀 헐하고, 우리 건 한 30만원은 가.
너무 억울하긴 억울한데…….
이거 어떻게 밝혀야 될지…….
내가 알 수 있어야지. 으흐~ 으!

우리 집 주농사는 토봉입니다. 우리 가족의 쌀이 되고 저의 학용품값도 되었습니다. 그런데 어느 날 비행기 소리가 나고부터 벌들이 아주 전멸되었다고 말씀하셨습니다. 우리 가족을 살려주세요. 우리집은 가난하여 어머니도 돌아가셨습니다. 아버지는 어디 일도 나가 보지 못하고 집에서 술로 담배로 한숨만 쉬고 계십니다.

니가 써라. 핵꾜 마당도 못 가본 거…….
뭐, 니가 써라.

김한익(다음해 사망.)

저의 부락은 솔잎혹파리 방제약을 수간으로 살포한 일이 있습니다. 그 후 인근 산속에 가보니 야생동물(고라니, 토끼, 너구리)들이 산속 음침한 곳마다 많이 죽어 있었습니다. 그 원인을 알아보니 솔잎혹파리 방제약 살포 후 나타나는 중독성이었습니다. 소나무 밑에 벌 나비 등이 많이 죽어 있었습니다. 투약 후 그러한 사례가 계속 발생하는 가운데 바로 저의 마을에 염소 방목장에 염소가 전멸하는 사고가 발생하였습니다. 지금도 방제약 살포한 산속마다 야생동물의 죽은 흔적으로 뼈들이 소복 쌓여 있습니다. (현장 여럿이 확인 찍음.) 소나무 살리는 것도 중요하지만 생태계가 전멸하고 파괴되는 불미스러운 처사는 바람직하지 못하며 수간 약제 살포는 지양하면 좋은 생각으로 알고 있습니다.

99년 11월 12일

정수동

호소문

하나뿐인 생명, 이 지구를 위하여!

아름다운 우리 강산을 사랑하시는 시민 여러분과 따뜻한 이웃이 되어주시는 현장 환경가족 여러분께 호소합니다. 저희가 살고 있는 강원도 정선 두메산골에 지난 1996년 6월 기가 막힌 일이 일어났습니다. '솔잎혹파리방제옆면시비'라는 명목 하에 정선고을, 남평, 숙암, 항골, 구절리 등 637필지에 요소 6,525kg, 마그네슘 17,500 l 로 희석하여 독한 화학제품을 영양소라면서 천만 서울시민의 식수원의 최상류지역 계곡에 총 300회에 걸쳐 헬기로 살포 및 방류하는 일이 있었습니다.

책임질 자들은 '요소와 마그네슘은 식물이 자라는데 필요한 영양소로 비료성분의 일종으로 농약성분이 아니기 때문에 안전농도로 살포하면, 꿀벌에 대한 독성이 없을 것으로 농업과학기술원에서 회신되었으므로, 본 정선군에서 항공 시비한 농도는 복명서 내용과 같이 요소 2%, 마그네슘 0.1%의 혼합물로서 요소 20%의 고농도가 아닌 안전농도로 시비하였으므로 꿀벌에 피해가 없을 것임.'이라고 회신을 했습니다.

그러나 솔잎혹파리를 없애기 위해 뿌린 화합물에 파리가 죽었다면 같은 곤충인 토종벌에게 아무런 피해가 없다는 것은 명백한 거짓입니다. 그들의 말이 거짓이라는 것을 밝혀주는 일은 인근의 토봉을 주업으로 하는 55구구의 주민들에게 약 2,500군(1군=3만 마리)의 토종벌들의 집단 폐사라는 엄청난 일이 일어나게 되었고, 그 외에도 산에 풀어놓은 염소와 양 등 가축들 또한 화합물로 인하여 오염된 풀을 먹고 서서히 죽어 가는 일이 일어났습니다.

이 일은 요소와 마그네슘 화합물이 헬기의 고도와 회수, 그리고 살포 방향에 따라서도 많은 생명에 대해 치명적인 피해가 있다는 것을 명백하게 밝혀주는 일입니다. 더욱 심각한 환경파괴는 남은 요소와 마그네슘의 혼합물을 모두가 잠든 시각에 비 오듯 살포하거나, 11시 30분에 헬기가 작업을 끝내야 한다는 이유로 한강의 발원지인 조양강 상류 계곡 강물에 그대로 방류해 버린 것입니다. 천오백만의 수도권 시민이 마시는 물의 원천인 곳에, 안전성에 대한 검증도 없이 동강 상류인 조양강의 강물과 계곡에 무단으로 방류하고, 도로변의 조경효과를 위하여 마구잡이식으로 살포하는 겁 없는 일을 벌였습니다. 이 일로 토종벌과 나비들 그리고 송이버섯과 낙하산벌레, 독사류, 기타 어류들까지 모두가 한마디로 전멸되거나 멸종되어 가고 있습니다.

그러나 담당 공무원들은 사건을 은폐하고 조작하기에 급급해 당시의 금액으로 30억이 넘는 농민들의 피해에 대해서는 무관심했고, 3년이 지난 지금은 오히려 '마음대로 하라'면서 큰소리로 농민들을 위협하고 있습니다.

사람이 죽었습니다. 독약 업자와 유착된 맹독성 농약인 포스팜, 다이아톤, 청산가리 수십 배의 독극물을 겉만 퍼렇게 소나무 잎에 주입한다지만, 워낙 독하기 때문에 천적은 가고 모든 생명이 나뒹굴어 죽는 판인데, 독이 오른 송홧가루를 찾는 옛벌이 뭔 맥을 쓰겠습니까? 환경의 첨병인 우리 벌들의 떼죽음은 머지않아 우리 인간도 살 수 없는 환경이 된다는 다급한 사실을 예고하고 있습니다. 의문사 세상은 사람만이 아니지 않습니까?

더구나 독약병에서 묻어 나온 것, 나무에서 흘러나온 것, 사용하다 땅에 떨군 것, 남은 것을 그대로 버리고, 그 옷가지, 우비, 장갑, 장화, 약통을 상류 계곡물에 버리고 씻을 때, 그 독약물은 흘러내려 대체 누가 마시고 있습니까? 마치 핵병기를 터뜨리는 정말 무서운 집단 살인행위가 아닐 수 없습니다. 이미 조약돌은 청태를 넘어 까맣게 타고 있습니다. 이 무차별 공중살포는 이 땅에 깊은 산속 옹달샘마저 오염시키는 범인들입니다. 이 '폭격식 살포행정'으로 환경 농산물은 더 이상 물러설 자리가 없습니다. 산림당국은 이 반 자연, 반 양심을 속히 회복한 후 이 역사적 부패 척결작업에 진실로 동참해야 합니다.

그리하여 우리 벌치기의 이 눈물어린 호소와 한을 풀어 주어야 합니다. 저 어린 나무들을 위해서도 이 절대절명의 책임을 면키 어렵기 때문입니다. 또 고독성 지면 살포제는 어떻습니까? 흙은 가고 다람쥐, 청설모, 너구리, 산토끼가 숨이 막혀 죽어 있고 썩지도 않습니다.

약은 독약을 낳습니다. 늦었지만 다시 자연의 품으로 돌아가십시다. 옛 어머니의 포근한 가슴으로 돌아가십시다. 비료, 농약을 추방하고 텅 빈 산간오지를 오늘도 지키며 한평생 저절로 피고지는 푸르뫼지기들, 우리네 목이 매인 환경일꾼들을 그나마 살려내야 하는 화급한 이유가 여기에 있습니다. 우리는 이 모든 피땀 어린 참여적 성과물을 민주적 시민 사회에 환원시킬 것입니다.

이에 우리 환경가족과 시민단체들은 말끔히 진상을 규명할 것과 조속히 책임자를 따끔하게 한 방 줄 것을 호소합니다. (2005년 8월. 아직도 '묵언도경')

우리의 요구
1. 진상규명을 위한 민관합동 실무대책반을 구성하라.
2. 화합물을 살포하게 한 책임자를 곤장 쳐라.
3. 토봉가족에 대한 피해를 적극 보상하라.
4. 환경농업인과 환경농산물을 최우선 보호 지원하라.

이 세상 하나뿐인 우리 생명, 우리 지구가족을 위하여!

기뻤습니다.
2003년 1월 14일 KBS 아침 5시 라디오 조 산림청장 '솔잎혹파리 항공방제는 두 가지가 우려됩니다. 첫째……, 두 번째는 양봉하시는 분들에게 피해가 있습니다.' 양심선언이었습니다. 박수를 보냅니다.

여보! 여보!
저 얼음 동치미 한 사발 주소, 속이 타 죽겠소.
저 독한 강냉이 술독 밑창 찌꺼기,
저 내 단 욕 먹은 저들을 대접하리다.

함박꽃

톱질타령

자아! 산으로 가세다.
착한 사람 산으로 가세다.
다 빼앗기고 넋낭만 들고 가세다.

자자! 톱날을 세우고서어!
썩은 낭구, 새둥지 훔쳐간 낭구,
폭설에 부러진 낭구,

처먹다 밑 빠진 낭구들,
넘겨나 보세에~ 에! 아암!
쓸렁한 할마이들, 실렁실렁! 썰어
쌓아 주게나.

저 다리 꼬뱅이 못쓰는 영감땡감
움막에도 묶어주고오!
그래저래 이 톱 저 톱 다 썰어봤네야.

세게 쳐요! 북북!
장고장구! 꽝꽝 쳐요오.
자아! 돌아가요오.

반달톱, 쨍톱, 곰쌀톱, 너구리오촌톱, 우리 할매 정든톱, 녹슨짬
지톱, 조선톱, 고공톱, 옹이 꼭지톱, 실톱, 어름톱, 삐얄쫌지톱, 기계
톱, 묏톱, 이빨 빠진 시동생톱, 목부러진 아재비톱, 과수댁 밑챙톱,
앵톱, 띠랄나리톱, 싸렁맥이톱,

얼싸아 잘 돌아간다아! 영감 할마이도,
쑥덩쑥덩! 잘 넘어가네~ 에.

각씨낭구도 넘어가네에, 쑥싹 쑥싹!
엉덩방아 산 노인 좀 보소.
두 다리 척 낭구에 밀어붙이고
땅바닥에 털썩 앉아 쓰윽 싸아악!
숨 고르고 한 번 당기고 밀고,
호두알 울러보고,
두 번 가고 아지매 꽃버선 씩 쳐다보고 꿀떵꿀떵!
물 한 바가지 잘도 넘어가네에.
어어! 시원타아! 아까운 녀석들!
청청 푸르게 살다 가게 두지.
못된 족속들 썽썽 썰어보자아!

향기 나네 향기 나아.
이 재미로 톱질함세.
나이테 6~7에 인간 향기 어디로 갔소오.

아아! 님이라 둥글치리까아.
낭구님이라도 써러오리까.

오! 사랑톱질 좋구나.
힘을 빼여! 힘을 빼!

살살! 살살! 보듬어주는 기여!
웬 구타여! 공개투표가 웬 말이람.

여러 선배 제현님네들! 아우님들!
생명의 톱질도 모르고 어찌 장가를 갑니까?
보랏빛 싹이 눈 속에 피었구랴.
웃어가며 살아가세에.
꽃도 보고 사랑하자는데,
저 국유림 이 소장 좀 보소.

꽃닭장에 세워놓은 희한 뻐끔한 등걸 보고,
간벌 낭구 한 차와 바꾸자네. 지 꺼야?

하루살이 나를,
벌떼 모임 떠들었다고 불지기 해고시킨 자야.
쥐꼬리만 한 권위가 하늘을 찔러도 유분수지,
아직도 산간오지 산간수야, 씨암탉 맛 못 잊었드냐.

나라가 될 턱이 있소.
눈밭을 헤매는 하위직원은 생고생을 하시는데, 그리야.
쏠봉쏠봉 톱밥 거름하세다.

싹싹 거두어 아궁지 쳐넣고 보세.
여보시오, 그건 아무것도 아니야.
적적, 역적, 날 도둑적, 권력적, 척척!
부침개적 붙여나 먹세 그려.

시방도 들어보소.
가거든 인적사항 적어 혼을 내노라고.
걸근 30대 목소리로 군청직원입네.

나이 많은 일용직 어르신에게 호령이로다.
이 사람아 높은 데 앉으니 안 보여?
반말에 나도 일 맛 떨어지겠네.

미혼골로 연기가 많이 나니까요.

불씨가 겹나요. 예! 가보죠오. 제가.
조심하세요.
그럼! 바로 잘 하시면서.
고맙소. 덩달아 기분 좋구랴.

아 쓸쓸한 푸르뫼지기로다.
이 솔살 같이 뽀싱뽀싱한 톱밥처럼 우리 말씀하세야,
너나없이 사람 내음에 살맛이 난대야.
아리렁 마실로 도살장으로 올라가다가,
농로길 따라가다가,
돌꽝에, 뻐쩍 먼지에, 그만 물고기 가고, 골물도 가고 말았지요.
산하고 붙어버렸어.
여보소오, 내려다보는 아씨요. 아직도,
이 골 저 골 쫓아다니는 민이야 똥개 훈련이라암.

에라, 안 듣고 사세다.
옳지로! 들꽁날꽁! 술롱밀롱 참 잘 썰으시네.
들멍 날멍 잘도 골라,
자옹 포옹 하시구려.

오! 나무 사랑! 최고로 향기 나.
난 항상 젊게 살지요.
뿌지럭 퉁땅!

통낭구가 짤! 짤몽 멋지게 꺾어졌수다.

얼마나 좋소오,
제 아무리 백성이 땔감 걱정 없이 쌓아둔들.
나라 도둑 두고 잠 못 이루네.

또 쳐먹고 사돈 남말 하잖나.
내 말 좀 듣고 일함세.
불 땔 순서를 말하자면
의문사 굴뚝에 솔솔 연기 나니.
이래저래 가담한 놈! 써억써억!

자살 처리, 시신 운반, 부검 의사, 지들도 썰려 보지.
짓밟아, 집단으로 짓밟아,
온통 피멍이 터졌는데
'썩어서 흐르는 현상'이라지, 아마.

죄 받지, 죄 받아. 똑똑한 이가 다 해 쳐먹어.
써억! 싸악! 법 좋아하네. '때학' 좋아하네, 니미.
태워놓고 밑에 놈들 씌워놓고
맹볕 따서 해외도피 어만 모의.

핏빛 여행 야! 이 개따갈 같은 놈들아,

이래도 되는 거여!
그동안 얼마나 많은 넋들이 구천을 해매는지,
그대 잠자리 베갯머리에
구더기 생뼈가지가 넘나드는 걸 알기나 하는감.

해골에는 해골바가지라고, 알아듣남. 쑹쌍쑹쌍!
고놈의 파란 연장 썰기도 그렇고 아아!
먼 낭구가 향내가 없을까.
♪아! 나는 간다아~ 정처 없이~
달궁치 싸릿꽃에 나 묻히고 싶네.

내가 왜 간섭할까 오로지 이 싸리향기 숨넘어 가는
산향기나마 부디 골고루 골고리 '이유 없이 욕먹은 그대'에게,
날아드시길 비나이다!

여보! 여보!
저 얼음 동치미 한 사발 주소, 속이 타 죽겠소.
저 독한 강냉이 술독 밑창 찌꺼기,
저 내 단 욕 먹은 저들을 대접하리다.
쓰윽싸악! 누굴 미워하리까.
그 시절, 분위기, 억압, 그 통탄스런 군부독재에서 살아남아
크게 출세하고 크게 벌었다지요.
물 씨이네, 헛물이 씨이네.

겨우네 땔낭구, 이 골 저 골 홀로 노인네분들,

동사나 되지 않으시길 비옵니다.

어깨가 빠진다오.

실없는 소리도 그저 톱질가락에 날려 보낸다네.

오! 아짐씨! 쏙봉쏙봉!

사랑톱 노래에 정들면 어쩌실려고 ~

손톱질이 난 기계톱질보다 천만 번 좋아.

얼마나 오래 산다고 남의 기름 써가며,

지구를 망치랴.(이젠 틀렸어?)

아! 그럼요. 야! 여기 청청낭구, 칼새가 날아든다.

칼새봉 나와라! 예, 수고 많씀다.

고맙쑤! 지끔,

여기 적막산, 비가 오다 싸락눈빨이 엄청 날린다.

모두들 조심! 수고오 하서요오!

와! 향 좋다, 그 인간향 너무 좋아서.

자아, 넘어갑니다아. 떵따 따당!

쑥떵쑥떵! 톱질하세에!

쿵땅쿵땅! 통찔하세에!

자옹포옹! 톱질하세에! 서방 각시 낭구 키세에!

썩떡썩떡! 몸찔하세에!

술룽밀룽! 톱질하세에!

써억써억! 물찔하세에! 산새 물새 살려보세에!
들멍날멍! 톱질하세에!
쓰윽싸악! 밑찔하세에!
둘꿍밀꿍! 톱질하세에! 의문사가 웬 소리요.
쑹상쑹상! 빗찔하세에!
짤몽짤몽! 톱질하세에!
쏙뿡쏙뿡! 흙찔하세에! 사랑사랑! 톱질하세에!

썰어주고오, 쪼개주시고!
사람 향기이, 낭구 향내에!
진실 없인 못산다네 ~ 애!

톱찔하세! 톱찔하세에!
부패부정 톱찔하세 ~ 에!
싸랑싸랑에 톱질~ 이~ 로오~ 다아!

혼자 웃을 때가 많아

오늘 같이 꽝꽝! 얼어붙은 또랑가,
손톱만한 송사리 떼가
산미나리 줄기 아래로 살살 숨어들 때,
나도 모르게 씰씰 웃습니다.

꺼겅 꿩! 우리 옛 농사법, 지절로 콩밭에 아예 진을 치시고,
포송포송한 꿩병아리 새끼들 열네댓 마리가
우산같이 흩어질 때 가슴은 콩당거려도,
요놈 새끼들 늦가을에 꿩만두 맛 좀 보자니,
솔솔 침샘이 감돌다가 '미워도 다시 한 번' 웃고 맙니다.

그날 무너진 백화점 B동 지하2층, 토끼굴을 뚫고서,
'아가씨! 살아있으면 벽을 뚜드려요!'
그녀는 손끝으로 벽체를 긁고 있었다.
마지막 생존자였다. 폭설 속 노루 눈동자를 보았다.
그 후 그녀는 부정이 없는 세상으로 훨훨 날아갔다.

동참한 동네 청진기 덕분이라고 생각하니
설설 아픈 웃음이 번져온다.
또 혼자 웃을 때는 82년인지 83년인지 제주 밝은 달동네,
명월리 소재, '사랑과 나비의 집(심신장애우 자활마을)'이라,
비어 있던 귤 창고를 빌려
8만원짜리 똥돼지 한 쌍과 양봉,
그리고 넘쳐나는 어린 보살님네와 대천사들
4.·3의거도, 육지 것들!
이 뒷소리도 알아듣지 못하고,
메밀꽃 유채꽃에 어울려 맘껏 놀다 가자는데,
무정한 하늘 끝, 무슨 공사! 난데없는
목판과 대령 모자와 씩스틴이 걸려 있는 방이 나타났다.
'이 친구야! 그만큼 민간인을 폭행하지 말라고 교육시켰는데.'
불현듯 구수한 경상도 목소리에
응혈된 목줄과 가슴팍 통증이 멎는 듯했다.

오늘도 퇴끼봉에 올라 저 능선 능선을 굽어보면서,
자연스레 두 손이 모아진다.
눈 덮인 갈대처럼 온 사방으로
아직도 저려오는 허리를 애써 꺾어본다.
혜성, 부엉이별, 샛별, 별똥별!
그는 그 후 무슨 별을 달았을까?
그대로 하늘보다 귀한 민간인을

보안사 짚차에 실려가게 둔 제주지검 1호, 2호, 3호,
검사는 지금 어디에서 고른 숨을 쉬고 있을까?
실려가는 중 누가 무슨 어만 소리를 했기에,
웬 토끼간첩, 껀수를 놓쳤기에,
엑스레이 한 장 찍은 침예병원은 겁을 먹고,
'이상 없음' 판정을 하고 말았을까?
저 삽당령 백봉령 사이 의문꽃 성수아버지의 십팔번,
'싸나이 눈물'이 흘러내린다.
저 함백산 지리산 끝자락 넘어,
의문새 우혁이 아버지의 '백마강 달밤'이
흐느끼는 나를 푹 적시게 한다.
부모 가슴에 자식을 이유 없이 묻는 것,
신들은 모를 일이다.
조금 건강히 살아계시길……, 보고 싶다.
명동 동산 종현축제에 꿀 팔러 갔다가
목포부두에서 열 손가락 보호자 지장 찍고,
같이 간 '종박사!'
형! 맛있는 거 많이 사 와!
한쪽 눈이 감겨 있다.
한쪽 팔심은 세고 한쪽 다리를 전다.
서른 살은 모르지만 감귤 꽃향기가 덮쳐오면,
나돌다가는 떠도는 각시.
'한 개'를 실렁벌렁거리면서도,

한 손에는 그녀의 보따리를 들고
굳세게 같이 절며 손잡고 온다.
어디서 얼마나 얻어맞았는지?
멀리 검은 돌담 넘어 공동묘지 위로
'하얀 잠자리'가 떠오르면,
그렇게 반가운지, 영령이 씌었는지,
충엉! 충엉! 햇해해! 저 바다 건너
지금은 모두들 어떻게 수용되어 잘 있는지,
헤매다 이 못난 형을 부르다가,
고기 뼈가 안 되셨는지……, 아! 보고 싶다.
떨어지는 졸참나뭇잎이 뒹군다.
눈꽃이 폈다.
언 손을 비빌 수 없는 나는 잠시 멈춰,
도토리 뒤지는 멧돼지 주둥이질에
그만 퍼석퍼석 깨어지는 먼 웃음을 지으며,
이제는 한 많은 꽃들을 기다리고 있다.
특히, 정월대보름 잔치마당에서,
두 다릴 못쓰는 얼이의 기타소리에
특등으로 외지인에게 주신 양은솥과 주전자,
유럽 은인들이 보내준 손뜨개질 색색이 이불,
그리고 꿀 팔러 가고 없을 때,
육지에서 소풍 온 교회 여학생들이 주고 가신 실반지와
윗동네 수녀님들께서 더러 챙겨주셨음은,

두고두고 잊을 수 없는 천상의 선물이었다.

또 한겨울 손수 지은 달싹한 고구마,
야콘, 호박, 당근, 감자, 동치미,
그리고 옛 밀가루와 검정콩은
수저도, 밥상도, 불씨도, 필요치 않으면서
날것 좋아하는 산벗님들이 자연히 따르니,
기분 좋고 봄나물 철까지 견딜 수 있을 것 같다.
세상에 제일 부자가 되어 넉넉히 웃을 때가
신이 된 듯 좋다.

노루 발목이 짜구에 물려 썩다가 끊어져 있다.
그래, 내 웬수를 갚아주마.
니네처럼 집도 절도 없고,
내 땅 한 평 없는 이 토끼아씨는 덜 서럽거늘,
내쫓으려는 늑대들을 그날 선소리 지르면서,
묻어줄 이 물심 나무심이 돌 때
나는 혼자 흐뭇하게 웃지 않을 수 없지.

봄 나물철이 돌아왔다.
나는 산꼭대기에서 산새들과
의문의 꽃들과 정상회담을 하면서 불을 보고 있다.
이때 아주머니들께서는 또 산을 올라오시고, 또 봄

뱀은 우리 밀보리밭 곁
깨구리 우는 달궁 연못으로 내려가신다.
그때 통일토끼를 철책 근방에 몰래 풀어놓은 후,
날림해방은 계속 되었다.
명동성당 교육관을 중심으로
매일 비표를 바꾸면서 숙식투쟁이요.
결사항전을 다져나간다.
뜻밖에 한 남대문시장 아주머님이 무엇이 제일 필요하냐고?
서슴없이 이 말이 튀어나왔다.
운동화요. 6월의 따스한 햇볕에, 장기간 노숙에, 진물이 나,
다들 한 번도 벗지 못하고요.
예! 한 80켤래요. 납작운동화요.
뛰어넘을 전선이 많아요.
드디어 해방 공간!이라고 깃발을 날렸다.
순진한 토끼 친구들은 그만 크게 두 번 속고 말았다.
광화문에서 오욕치욕 청와대를 불지를 수 있는
천하세력을 눈앞에 두고 물러났으며,
또 하나 무수한 의문사를 낳은 6·29! 속이구
노태우 선언에 노방 속고 말았던 것이다.

이때 토끼아씨! 뱀 나왔어요. 올해는 더 불어났써 ~ 요!
배앰 ~ 요오! 이 계곡 저 능선에서 이번에는
나물보따리 안 집어 던지고 소리치신다.

남장여인이 모가지를 누르고 있다.
반걸음만 옆으로 비켜요. 저 봐요.
지나치자 돌아보고는 두 쪽 혓바닥을 날름거리잖아요.
새까만 깨눈이 분명 물기가 서려있음에
나도 때때로 뭇생의 양 혓바닥질을 잘못 오해하였음을,
인간으로써 차마 못할 그 짓을 하였음에,
저 삿갓골 할배들의 맑으시고
웃음치는 목소리에 시름 잊고서,
덩달아 쇠뭉치를 붙잡고서 알았습니다. 오버.
예, 어르신네들 두툼하게 입으셨어요 오바!
예예! 추우신데 고생 많으십니다!
그렇다. 돌아보면 끝내 위로일 수 없는
독기 서린 법과 멋지게 속여도
행정 독점 법망이 남부끄러워서 환한 우슴새들이,
저 산 너울로 굽이굽이 점점이 사라져 갔다.
저 밤하늘 반짝이는 별빛을 따라 그대,
반사되는 달궁 연못으로 날아들 때
나는 고개 숙여 있음에.

그리고 산닭 세 마리가 가까운 숲에서 날아갔다.
개다래넝쿨에 걸렸다.
머리만 눈알만 숨기고 안심하는 둥 꼭꼭 숨었다.
도시락 없이도 양껏 산멀구 따먹은 죄 때문에

요놈의 꼬랑대기를 잡아땡길까 말까 하다가,
살려줘! 꽁지 빠진 의문사가 웬 말이유! 하는
시퍼런 청솔바람이 일어,
터럭 날진 소리가 울려와 나는 아쉬움만 남기고,
바보같이 퍼실퍼실 웃다가,
지게 짝대기로 눈길 위에 아무도 밟지 않는 그대 축복의 나래,
숫눈꽃송이에 드디어
'지이인실은 하나아다. 이 바아앙구우들아!'라고,
초자연 백지에 그렸다.
눈꾸덩이에 뒹굴려 웃었뿐다.
와! 재밌다.
아! 산삼 뿌린 북향받이 잔설이 녹을 때까지.

흐르는 진실! 이 눈물도 마르지 않을 것이므로.

혼자 웃을 때가 많아.
쯔비! 쯔비! 찌찌비비!

거름질타령

자아! 어서들 와요!

팔 껀 없어도 실컨 잡숫고 가요.

사는 게 힘드시죠오?

우와! 못생겼다. 앗따! 맛 좋타아.

예! 맛 있죠오. 고맙쑤! 야아.

자아! 돌아갑니다아. 예, 30년만에 맛본 감자라네. 달곤달곤 당
근에, 달근달근 양배추에, 매콤달달한 청무우에, 어금니가 아프도록
씹어도 씹어도 달싹무리한 불배추에, 꼬숨달룽한 샘콩맛에, 싸콤알
콤한 산머루, 산포도, 돌사과, 돌배에, 깨물수록 아달다달한 놈, 개
복숭에, 자두에, 애추에, 껍질까지 씨원 달찍무리한 산수박에, 살살
녹아도 뒤끝마저 쌍콤싸콤한 개똥참외에, 파솜파솜한 산마에, 꿀낭
꿀낭한 야콘맛에, 진꿀이 흐르는 옛고구마에,

얼쑤! 잘 넘어간다아!

어허! 입안 가득히 터질 때,

정신 잃는 산토마도에 아이고!

저 대말좆 같은 저 시커먼 땅가지에,

개보지 같은 단호박에 웃하하,

잘도 까분다아! 얼싸! 얼싸!

주기 싫은 딸기에,

찰기찰기한 찰강냉이에,

아이구우! 숨 넘어가네에!

여보쏘! 이기 다 거름 덕분이요.

예 순거름!

옛 조상에 그 자연 그대로 저절로 농사법이다,

이 말씀입니다. 보시듯이 풀밭 같잖우.

뱀들의 천국이라우.

한 백년도 못사는 농부가

언제 천지씨 거두고 씨 뿌리고 살다가오. 자꾸 병마라,

꽃피고 알 들게 그냥 풀과 같이 두시기요.

저 거짓조맹이도 썩는 거여!

거름발이 없이 그럼!

무릇 인간이 건사한 씨앗 때문에

고루고루 뜯어먹은 순양들처럼,

병 없이 살지 못하고

팍팍한 삶이 이 아니런가.

우리네 밭에는 저

민들레, 달랑에, 산국화, 산수유,

밀, 목화, 우엉, 근대, 부추, 상추, 더덕, 삼, 도라지,

쪽파, 마늘, 밤새도록 피고지는구려.
뿌리뿌리 줄기줄기 서로 기 주고 기운 북돋우는
흙 세상이람다.
내 잘은 모르나 사람이 만지면 돌이 아니요,
씨가 아닌 것임다.
왜들 흙손도 아닌기 잘 드실려고 그러는지,
여보쇼!
지난 한 50여 년 청백리에 상도 주시고,
별 달고 장 달고서 분에 넘친,
호의호식자 우리네 넋, 돌어사가 휘둘러보니 음!
쪼매 미안치만 얼른 눈에 띄니 어떡하오. 껌사직,
때사직, 세금바치 세관원, 이 꽁사, 저 꽁단……,
그 박봉살이가 웬 말이유! 그러하오니
찰거름, 막거름, 쉬 골라서 잘 골라 서로
이 흙도 펀케 하시자구요. 다 그러시겠수만,
예예! 떠나면 물에 다 녹아 있답니다.(깨골 깨골!)
공기에 뿌리에 다 내 몸 안에서 흐르게
홀렁 다 벗고 찰찰히 살다 가시다.
생땀 없는 음식은 헛거라네.
배고픈 이에게 거둬주고 가는 거라네.
알려진 것을 다 헛빵!
저절로 떨어져 싹튼 깨,
팥, 곤두레, 나물나물 얼른 봐도,

이 진솔산에 46가지 산나물이
노루참루, 산양올양, 토끼꿀꺼들이 잡숫고
천년만년 이어간대요. (쩨쩨쩨! 쩨쭈 찌즈!)
사람의 몸이 독기가 많다면
죽어 시체마저도 거름이 못 되니,
이보다 땅에 큰 죄를 짓는 일이 또 있겠는가요.
작게 먹고 가볍게 날아갑세다.
산다는 것 거름살이람다.
거름 살려냄입니다.
저 윗집 산당 좀 보우, 울타리가 냉장고요.
'테레비'가 성을 쌓았소.
슬쩍 몰래 버린 고급 기술이 쓰레기더미가 되었소.
잘 아시다시피 핵에서 총기류,
화약에서 기름까지 소멸되지 않는 한 인간이 먼저
멸종되고 말 것만 같소이다.
저 거름더미에 수많은 파충류,
양서류, 땅강아지, 꿀뚝새 새끼가 따뜻이 같이
또아리 틀고 깃들어 사는 걸 좀 보시우.
그렇수! 아, 여기 의문의 강산! 별밤일수록 당신께선
'넘치는 기쁨'을 맛 보셨으리라. 전기는 고만 꺼져뿌려라.
바로 거름더미신께서 공짜로 주시는 이 살 맛 나는 거름,
세상 안에 있지, 종잇장엔 없는 것.
죽어서 어쩐다는 것 그건 다 피에요.

왜서들 흙풀자리에 썩게 각자 두시지.

모여라, 반석이다, 탑이다, 올려라, 동양 최대 지상 최대다,

70년대, 가연부, 염색부, 자수부, 미싱부 등 저 핏기 없는

누이들의 생리수당까지 이중 장부질한 피요 피!

남의 피 빼는 짓 땜에 서로 총질이요.

보셨죠! 캐롤이 끝나기도 전에, 축포를 때리기도 전에,

지굿돌은 신들의 놀음에 절단을 내고 있음을.

눈물로 보면서도 홍기망기, 내라, 못 낸다,

여보시오들! 시방 산새소리 듣고 있소?

동무들 먼저 부르는 저 소리를!

눈꾸댕이 속에 노랗고 빨간 조, 수수알을

입에 물지 못하고 옆 새를 위해서 까르르르!

다시는 죽음의 골로 몰지 마시고,

당장 뭇 생의 보금자리 거름 퇴비살이에서

신보다 위대함을, 맨발로! 흙손으로! 모름지기,

쇠스랑질로! 지게질로! 뒤엎음으로! 뒤섞음으로!

보이지 않고 만질 수도 없는 인생살이!

저 잘난 뚱뚱땅땅한 신들만 놔두고

모두 다 거두어 태우지 마시고 묵힙시다.

썩힙시다요. 푹! 맛좋게 내 몸뚱이

내 뼈가지를 이토록 곱게 찰지게,

부드럽게 끝내 향기 나게,

싹 거두어주고 꽃피웁시다.

아까 맛보셨죠. 어르신은 아이처럼,
애들은 새처럼!
웃어가면서 스스로 떨어져 어울지게
땅금을 국경을 뭉개고 나갑시다.
씨 떨어져 호박넝쿨로 해바라기로 콩줄기로
초가지붕으로 뻗어가게 좀 놔둡시다.
새들이 벌레들이 인간과 함께 살도록
왕거미를 방안에 살게 틈을 더듬길을 열어줍시다.
원시대로 재를 퍼내요.
똥바가지가 동네 숟가락이게 합시다.
저 합장한 묵묘 밑은 자리에 열두 포기
호배추가 해마다 퉁실덩실 커가는 것 좀 보우.
이 돌삐이가 뭘 알겠소만,(이 내 시신은 몇 포기?)
가지가지가 밥이요. 잎들이 넋인 것을.
거름질할 때면 우린 행복해,
죽음을 초월해 헤아릴 수 없는
어제의 생을 누르고 탄으로 녹아 있음에,
이보다 더 숙연하고 경건한 어루만짐이
또 있으리요. 그러기에,
연세가 드실수록 어머님의 젖꼭지가 더 아름다운 것을!
이토록 녹아드는데 저 살인수법들,
저 의문사 장본인들이 어디로 흘러든단 말이요.
그대들 썩은 시체는 이 버들가지만도 못 해.

땅을 배려? 안 됐지만 날것으로 짐승 밥으로
처리되어야 흙이 몸살을 덜 해.
저 보오. 학벌로 말아먹고 최고 지성인이란 자가
지 자식들밖에 모르고, 세금 빼돌리고,
도둑빌딩 짓고, 온갖 부정 들키면 몰랐다고,
후다닥 사표 내고 줄행랑이면 그만이여!
옛날 소도둑을 붙잡았지요.
다릿목에 벗겨 달아놓고
낫이야, 괭이야, 삽이야, 홍두깨야, 다 들고 나온
하얀 바지 저고리 우리네 부모네들,
이 끓어오르는 민초들의 원성을,
'독약법' 하나로 묻어버리니까,
우리네 거름꾼들이 당신들의 똥배를 채워주고도
일할 맛을 잃어.
이 쇠스랑이 부들부들 떨려. 야, 이 써발넘들아!
그래서 의문사 천지를 헤집어 나갈 수가 없어.

아니, 고드름이 떨어지네.
태양이 떴나보다. 일 나가세.
일밖에 우린 몰러.
앉아 있다간 열뿍이 터져 못살겠소.

자아! 떵실떵실 두엄더미 떵그랍게도 쌓아보세.

척척 밟고 팍팍 간추려나 보세.
땡볕이면 더 좋아. 달밤에 잠 오면 어떠오.
비야, 땀이야, 거름물이야, 기분만 좋지.
생풀 갈풀 쌓아가세다.
여보시오. 빈손 나그네시여!
이 세상 이런 재미 살아생전 못 느끼고말고요.
다시 태어나도 이 거름밥 짓고 살아가겠네.
진실만 쌓이니까.
진실덩이만 향기를 내시니까,
동네방네 거름 잔칫날이 그리워지네그려.
이 거름교육이 없다보니 저 못된 대가리만 굴리는 거지.
왕골 쇠꼴 베러 가니,
발가락에 미꾸라지가 간질간질!
오리 거위 풀어놓으니,
땡크 주댕이로 흝어 삭혀 버리더니만,
봇여울가에 지절로 주먹만 한 알만 쑤북쑤북!
얼마나 기분 좋은지.

앗싸! 좋네에!
흙 살아, 물 살아, 같이 살아, 나도 살아,
죽어도 아니 죽어.
파아란 새싹이 산천어 빛을 적시듯
고요히 흘러가는 것을 왜들 주먹질인가 그래.

왜들 양심을 속여 그래.
자네도 흰머리 날리거든 놀러오시게.
자아! 마음 돌린 우리 착하고 어리신
새 은어들 오늘같이 거름 마당에 모셔나 보세!
예예! 잘못됐심다. 예잇, 잘 논다아!
잘들 하시고오.
자아! 끌어오시고 다발다발 던져주시고 올려주기요.
넘어갑니다아!

거름거름 살아거름,
거름거름 효자거름,
웃거름 위로거름,
밑거름 의인거름,
개골거름 객사거름,
꽃거름 나무거름,
골창거름 횡사거름,
잘난거름 까시거름,
소각거름 어분거름,
쇠똥거름 깍지거름,
간신거름 쥐똥거름,
충신거름 풀똥거름,
토끼거름 알짜거름,
서울거름 매운거름,

오리거름 물똥거름,
머슴거름 주인거름,
꼬꼬거름 썩힐거름,
실토거름 정한거름,
돼지거름 풍덩거름,
부정거름 처단거름,
염소거름 차진거름,
말똥거름 똘랑거름,
개똥거름 꺼겅거름,
치법거름 독한거름,
조상거름 제사거름,
물난거름 건달거름,
자주거름, 통일거름,
바닷거름 나래거름,
한물거름 눈물거름,
도둑거름 태울거름,
걸거름 엄니거름,
뽕낭거름 색씨거름,
꼭지거름 참존거름,
쪽정거름 오랍거름,
뺄렁거름 작두거름,
이쁜거름 꽃씨거름,
아버지거름 똥거름,

막거름 지렁거름,
노인거름 재거름,
두벌거름 복지거름,
풀꽃거름 아내거름
산새거름 맛난거름,
생식거름 깨끗거름
꺼름꺼름 좋은거름!

아유! 저 땀 좀 봐! 걸금걸금 싸랑걸금!
맛존사랑 많이 잡써어! 인간거름! 자비사랑!
엄매 좋아, 내 거름 사아랑!
얼쑤! 얼싸! 기분 좋고! 웃싸 웃짜! 빠른 소리!
어어이! 잘 돌아간다아! 잘 놀다~ 갑니이다!
저도요! 토끼아씨이!
잘 먹꼬오! 자알 놀다아! 가요! 예예!

밀보리 베러 오셔요. 산나물 뜯으러 오시고요.
예예! 한창 칠팔월 거름할 때 도와주세요!
그리고 구시월, 갈수록 여무는 '아리랑제'에
그대 꽃다운 손발이 되옵소서.

왜 그랬을까?

　우리 상차꾼들은 보다시피 전국을 떠돌며 5톤 화물에 깔리면서 신음소리 현장을 찾았고, 그 품값으로 진실을 찾아주고 보여주고, 기록물을 건네주고, 자원봉사를 자청했다. 그렇건만 대답 없는 시민단체 중 도도한 '추모연대' 내 중심일꾼들은 고생은 했겠지만 초기 '의문사위'에 뛰어들어 두둑한 혈세를 받아쓰며, 학벌주의와 속닥플레이 그리고 경험부족 등으로 속속 밝히지도 못하고, 법 재정비를 떠나 폭넓은 동참을 외면하고, 끝내 손쉬운 '의문사건'마저 반지역적 동서길목을 아프게도 유가족까지 골골 갈라놓고 말았다. 왜 그랬을까? 다음과 같이 돌아보자. 앞으로 청산작업에 이 토끼봉마루 광대싸리 한 가닥 보태 묶어 힘쓰고자 함이다.

　첫째! 겉똑똑이와 일류의식 층을 거둬내고, 최소 60대 이상 층을 '과거사건'에 부합하는 고른 지역 안배로 묻는 자의 위치에 서게하자. 65세 이상이 되어야 사람을 볼 줄 알고, 한마디로 끄집어낼 줄 아는 것이다. 즉, 위로와 선미소로 인간의 향기를 뿜어내심으로써 갖은 악행으로 선백성을 압살하고, 전쟁으로 내몰고 무수한 의문의 죽임을 숨겨 놓은 채 승승장구한 자의 해골 굴림을 넉살좋게 받아넘길 수 있는 것이다.

따라서 이념 투쟁의 강도와는 엄연히 다름을 알아야 한다. 같이 아파하자. 말로 다 할 수 없는 어설픈 '산도라지꽃'에서도 보듯이 진실은 벌써 목구멍까지 차 있었다. 진실은 그 어머니와 가족들과 친한 친구들한테 먼저 닿아 있었고, 논바닥 작업현장에 돌고 있었다. 딱딱한 법과 건물 안 출근시간에 있지 않았던 것이다.

이제 연관이로 인하여 앞 물꼬가 터졌다. 움켜진 자의 손과 웅크린 자의 가슴을 어떻게 펼 것인가? 조용한 대안을 모으자, 얘기 나눌 기회가 있을 것이므로, 차선책으로 돌 뭉치를 녹이자면 수도자와 최소 누이뻘 내지 어머니 차원의 대화와 편안함이 있어야 무덤까지 갈 핏손을 어루만질 수 있게 된다. 즉, 모성애가 심판관이 되어야 소위 혼란분열 책동을 잠들게 할 수 있게 된다.

수많은 증거물이 사라졌다. 정직하자. 기득권 민심과 어차피 반 보씩 같이 나가야 한다. 살인에 가담한 상대자도 어쩌면 더 어려운 농민 노동자의 자식이었음을 그의 표정에서 읽자. 촌집으로 고등어 한 손, 감홍씨, 두부, 양미리, 토속주, 미역, 쌀, 떡과 함께 하룻밤을 지새면서, 관 속에 묻힌 심정으로 널지게를 대신 지면서, 따뜻한 밥 한끼 나누면서, 죽임으로 몰고 갔던 집단 내 비밀과 몸 사림을 풀어, 마주치는 찻잔에 한숨까지도 녹일 수 있어야 한다.

처벌보다 미움보다 진정한 후회심과 눈물이 앞서야 한다. 진술인 참고인의 생명과 생존권까지도 털어놓고 인간적 약속을 꼭 지켜주자. 자주 법적인 미끈한 용어를 들이대고 타지방 억양을 쓰고, 인상을 그리고 양복을 입고 검은 차를 코앞에 세우고, 수사다 조사다 내가 누구다 속 보이는 행위로 오히려 인생 선배를 욕보이게 해서야. 어느 누가 절절이 묻어든 진심을 기분 나빠서라도 별 볼일 없게 할 것이다.

둘째! 재산형벌이다. 지구촌 끝까지 찾을 수 있다. 한 예로 브라질, 아르헨, 파라과이 등 교민회, 종교모임, 태권도 합기도 단체 고향모임, 한중일 연례행사장, 축구모임 등에서 저 사람이 한국 어디서 얼마의 재산으로, 어느 건물 토지를 어느 곳 일가친척에게 얼마를 돌리고, 어느 종파에 묻어두고, 어느 나라 은행에 숨기고, 독일계 유태인 누구와 일본계 미국인 아무개와 합작하고, 한국 땅에서 몇 년도 무슨 조작사건을 맡았고, 왜 고향사람만 만나면 향수에 젖어 지금 들어가면 맞아 죽는다고, 젊어 혈기에 놀아나 늙고 보니 한심스러울 때가 많다고, 베갯머리 젖어 자다가도 그 신음 비명소리에 자다 깬다고, 도끼눈이 그 인상이 과거를 완전히 지울 수 없듯이, 일제 및 군부독재 아래 빌딩이다. 그 자식들 여전히 방방곡곡 떵떵거린다.

아직도 뻐긴다. 농촌에서도 취직 1호다. 지금은 부정이 더 깊어져 간다. 그 며느리 그 사위들 보너스 날은 한 보따리다. 별장을 사들인다. 국외도 같다. 공조직이 빚질 1호다. 다 안다. 다 알려져 있다. 그러므로 직위나 신분보다 인간성과 그 향취가 진상규명에 지름길이다.

셋째! 큰 덩어리는 종교 재산에 섞여 있다. 그 사건의 인물들은 종교 그늘에 가려져 있다. 이 얼마나 무시무시한 싸움인가. 아니다. 내부 비판소리가 커가고 있다. 벌써 찾아냈다. 구슬댕댕이꽃도 날개하늘나리꽃도 살아 숨 쉬고 있다. 세월은 흘러 바로 꽃사슴의 외손녀 증손자였던 것이다. 숨겨진 재산은 그만큼 깊이 숨어서 빛나고 있다. 호미를 들라. 씨앗을 거두라. 엎고 가라. 녹음기 따위는 쓰지 말라.

중인들의 부모님, 종파의 윗분, 가슴 치는 자의 선배 친구부터 찾자. 버팀목이 먼저다. 출세 위주 파헤쳤다는 목표 질주가 양심 중언자에게 배신감을 안겨 허튼 신뢰마저 낙담시켰던 것은 아닌지. 그러기에 비록 가장 모자라는 녀석의 남의 빈집살이일망정, 오늘은 간밤에 내린 눈이 억새풀 지붕을 더욱 따사롭게 감싸고 있다.

나는 누구실까?

나는 진실하려 한다.

진실하려고, 진실하려고 한다.

이 진실이 밝혀지지 않는 한,

나는 끝까지 신을 지배하려 한다.

이 진실이 밝혀지는 날,

나는 신을 기꺼이 외면할 것이다.

이 날은 나의 진실한 땀의 승리의 날!

이 날은 나의 진실한 피값을 돌려주는 날!

진실로, 마지막 뜨거운 눈물이 소진하는 날!

진실로, 나의 진실에 최후의 입맞춤으로 떠나가는 날!

그 날은 신이 인간임을 확인하는 날!

그 날은 인간이 신임을 증거하는 날!

진실한 인간만이 신의 경지에 이르는 것!

끝내 인간과 신!

인간과 인간이 동등함에 나는 진실로 축하해주는 나이기를!

나는 누구일까?

나는 의문사다.

아! 지금 열리는 의문의 죽음,

바로 내가 가야할 이 길에서 양심 증언해 주실 증인, 참고인,

여러 신들이 나를 곱게 마중해 주시리라.

이 땅 산도라지 꽃으로 피어나게 하시리라!

여기 죽은 그이는 꽃처럼 진실함으로

나에게 죽음은 없는 것.

(웅성웅성)

"저 저 씨 한 톨! 돌 하나! 저 눔 때문에 큰일 났대."

"왜?"

"따라와 봐! 죽음이 없대잖어. 신들이 굶어 죽게 생겼지 뭐야.
두고 보라구!"

"우리 토끼들 세상도 뒤집어지게 생겼어. 앞으로!"

두울살이

눈이, 하이얀 눈꽃송이가,
검푸른 나뭇잎 사이로
춥고 배고파 주딩이를 푹 파묻고,
썩은 물박달낭구처럼 움쩍달싹도 않는,
저 의문새, '재두루미' 날갯빛마저도
포옥 파묻히도록 펑펑! 퍼붓고 있습니다.
그놈의 총 때문에…….
(아니야, 내 더러워진 良心, 저 오염된 물고기 때문은?)

새, 새 봄이 오면,
동굴샘 위 묵밭도 붙잡아
배추약, 비료도 못 치게 하고,
오두막집 구들장도 고치고,
백년 묵은 산뽕낭구, 돌배낭구, 까시엄낭구, 사이에 묻힌
동치미독 뚜껑도 새로 갈아서 두르면,
큰지네, 너불때기, 다람쥐 새끼들도

안 빠지시려나.(저 미적거리는 독법들)
나는 맛만 좋네야!
여러 어머님들! '한울삶' 넘어
그 가슴에 자식 묻으시고는,
시름시름 떠나지 마시고유,
살며시 놀러오시어
눈 꾹 깜고 한 사발 퍼잡숴 봐유, 야아?
핫하하하! 어허! 시원타아!

내 이눔, 정바우 너!
'어, 깨밀면 또 어뜩해애.'

이게 사랑이야!

도라지 아지매가 뻘겋게 버무린 손으로,
샘항아리를 껴안고 젖 떨어진 강쌩이들 이끌고,
살랑살랑 솔 넘어 오신다.
삽짝문간에 턱 내려놓더니,
쭉 찢어서는 아가리 벌리라는 소리도 없이,
통낭구 자르다 말고 낯짝을 쌥쭉이 드는 순간,
깨솜한 헛바닥 김치가 쏙떵쏙떵 씹혀 왔뿌려따.
왁! 쓸어안아, 비잉!
꽃사과, 산백합, 울옥잠, 개다래, 산머루,
안마당 한 바퀴 퍼드렁덩!
돌려세워 버렸다.
이때다 싶었는지,
'콩값'이라 쓴 봉투를 희떡 뒤로 던지고는,
쑥향내 황기고름을 휘날리면서
청보리밭 질러 도망가뿐다.
에이씨! 이게 사랑이야?

이러면 안 되는데 이웃간에.
돌능금하고 자주감자랑 산도라지 캐갖고,
세월이 흘러 업혀 오실 때,
저 뫼푸리참외 껍때기 맛이라도 보여드려야지.
얼얼한 가슴에 싸아안 바람이 스쳐뿐다.
그새 불 때다가 만 우구렁 냄비를 엎질렀다.
모처럼 넣은 통멸치, 달랑무, 산부추,
산미나리 된장찌개를, 솔향바당 톱밥 채로 냠냠!
날름날름! 요녀석들 봐라!
여물통까지 핥아가면서
꼬랑댕이가 뽕 빠지게 줄행랑을 치신다.
오냐. 그래.
이 빈 산마루에 바닷끼가 얼마만이냐.
내 밥통이 네 밥통이요!
개밥그릇이 이내 선머슴 아구통이 아니더냐.
아이고! 우슴아! 날 퍼떡 살려라!
물물교환 세상 치고는 손해가 이만저만이 아니라도,
생각하면 사람 없는 골에 사람이 그리워서!
말없이 쏟아버린 도라지 아지매의 옛정에 난 울었지!
야! 이게 늘사랑! 어머님 사랑이런마는…….

아! 한없는 길, 흰 눈은 쌓이는데…….
뽀르륵! 씨찌비! 씨쭈비! 째재쨱쨱!

금방 나가께애 ~ !

♪ 아! 도라지 아지매의 옛정에, 나~ 철철 울었지.
(에잇, 못난 녀석)

♪ 시임~ 시임~ 사안~ 고올~ 에에~
꼬옷~ 도오~ 라아~ 지이~

♪ 나~ 안~ 배고파~

개진 발톱바다 매연 고개마다,
끊어진 물굽이마다,
그대로 깨어진 돌멩이들은
어디론가 다 흘러가고 있는 듯했습니다.

산수

쉬었다 가요!

나비 날다, 상상봉. 세 마리 보였다.

주홍빛 날개, 검은 점박이,

두 마리는 짝을 이뤄 아지랑이 사이로 사라졌다.

그해 3월 29일, 첫사랑이었나 보다.

나머지 한 마리는 마른 억새에 앉아 접었다 폈다.

바로 '의문의 나'로다. 어디로 피어날쏘냐?

팥배낭구가 절로 손짓한다.

손부처꽃도 웃고 있다.

봄이라요, 봄요.

밀촉이 파아란 대지를 앞서서 수놓고 있다.

꼬꼬닭들이 겨우내 움츠린 기운을 쫙 펴자

밭에 들어 파 뒤지고 있다.

달덩이 웃음소리가 나쌩이 바구니에 넘쳐났다.

퍼덕이는 씨암탉 날갯죽지를 붙잡고 보니, 주고 싶다.

사람소리도 반갑거늘 웃음소리까지.

먼저 가까운 정이 임자이니라.
아니, 이 귀한 걸!

평화의 비둘기는 말로 책으로 지어졌다.
신들은 날려 보냈다.
울을 넘어 담을 뚫고 대륙을 건너뛴다.
국경도, 종족도, 신선도, 반겨준다.
밥상 앞에 둘러앉았다. 흙신만 살아 남으셨다.
토끼가 건너는 발품 어린 평화였다.

허파가 잘려 나가는 것 같애.
눈대중으로 곧지 못하면 밑둥째 왱왱!
뿌리째 뽑히면 뽑히는 대로, 넘어지면 넘어진 채로,
팬대나 굴리는 넘들이 뭘 알아? 하루살이 상차꾼이,
공공근로자가, 톱쟁이가, 산불지기가, 호미자루 어머니가,
노예로 목메어 우신다. 그렇다. 이 땅에 아직도 종으로,
노조도, 하소연할 길도 없으시다.
오! 우그러졌다고 베어 넘어진 푸르른 솔들이시여!

신음소리다.
힘과 고통이 뭉쳐져 살살 내민다.
퍽! 터진다. 누워있는 털을 핥아준다.
크게 운다. 어미도 따라 운다.

눈을 떴다. 유방을 빤다.
뒤뚱뒤뚱 일어난다.
한 시간도 못 됐다.
터져 나온 양수 덩어릴 말끔히 씹어 먹는다.
내 뒷자리 흔적은?
어느 날 의문의 죽음은?
짐승도 이러하시거늘…….

진실 따윈 모르지만, 밀 보리 타작마당은 신명 났지.
도리깨가 휘잉! 휘이! 돌아간다.
가래질, 비질, 키질, 하자.
티끌 없이 알곡을 굴러낸다.
오! 역사 청산이란?
물초롱이 터질지라도…….
묵돌이 우릴 묻을지라도…….

우리 만나 아래위로 눕고
자고 자고 놀다 이 관 속에 삭아지고.
우리 한 몸 불구덩이 저 강물에 식혀갈 때,
우리 갈 길 진실인 줄 이제야 알고 보니,
자살 처리 잘못이오.
시킨 대로 했구만요.
정말이지 잘못됐소.

토끼아씨 잘못했소.

구름다리 아래 홀로 움막 짓고 뻥튀기는 申 노인,
기억 속에 국방군 척후병으로 혁혁한 공을 세웠대요.
몇 년을 찾아보니 작대기 두 개가 가로놓여 車 氏가 되었지요.
그때서야 가족들 연락이 오자,
'동포끼리 죽여 놓고 유공자라니요,
이 꽃다발 받은 셈 치고 가져가요.'

'예 어르신, 잘 가십시오.
어쩐지 통일 향취가 참 좋습니다만,
꿈속에서는 강냉이 태우지 마시고요.
핫하하! 너무 달게 사시다 보면…….'

목 타는 가뭄이 계속되었습니다.
어린 배추 모종이 타들어가고 있었습니다.
샘도 메말라 버드낭구 붉은 뿌리마저 시들어 갔습니다.
어쩔 수 없이 비닐을 씌웠습니다.
환경농업 귀농인들은 밤새도록 배추잎을 안고,
엎드려 벌레와 싸웠습니다.
별밤이면 물주전자 끝에서 한두 방울씩 떨어지는 물빛이
비닐에 반사되면 가슴이 철렁 했습니다.
위아래 길로 관청의 물탱크다,

펌프다, 냉동차다, 포크레인이다, 왕왕거렸습니다.
지역의 환경농업 두목님께
잘 익은 거름을 차떼기로 빵구까지 나면서,
세 대나 가득 싣고 산 넘어 강 건너 날라다 주면서,
소리 없는 도움을 청했습니다.
비닐하우스 숙식도, 다음 씨앗도, 움직일 기름도,
거덜나고 말았습니다.
태풍이 겹쳤습니다.
알배추라도 작업할 수 있으면,
도지라도 갚고 떠날 수밖에 없었습니다.
줄 맞춰 깃발 드신 저 고급 도시 소비자들께서는
잘 굴러가고 이름난 그 농장 피해 위로금으로,
송아지 열 마리를 살 수 있는
금쪽같은 돌을 던져주었습니다.
'돈이 꽤 되더라고.' 하면서도
그 다음날 외국으로 여행 중이셨습니다.
땅주인은 썩어가는 배추라도
치워야 황기를 심는다고 아우성이었습니다.
모두들 넋을 잃고 하늘을 쳐다볼 기력도 없이,
잣 진 같은 눈물을 떨구며,
죄 없는 나무젓가락을 뽈구면서 퍼져 있었습니다.
전국 각 도에서 온 젊은 일꾼들의 노래는
그래도 남 해코지 않으시고,

그 독재 군부독재 동서편 간 정권 아래 신음하면서도,
이리 치이고 저리 당하고도
되레 위로해주신 그 뿌리 깊은,
'푸른 바람 밝은 달 사람들'이셨습니다.
배추 맛이 달랐습니다.
돌도 쇠스랑도 던지고
찍을 줄 몰랐던 것이 아니었습니다.
분노도, 인간성도, 욕정도, 지방 텃세도,
이별의 단봇짐을 걸머지는 순간 확연히 드러났습니다.
칼낫론도, 고사론도, 암캐론도, 아궁지론도,
뿔따구론도, 콩알론도, 그리고 뒤끝론도, 소도둑론도,
끝내 솔바람론도,
뭉개진 발톱바다 매연 고개마다,
끊어진 물굽이마다,
그대로 깨어진 돌멩이들은
어디론가 다 흘러가고 있는 듯했습니다.

아! 어린 모종도 거반 살릴 수 있었는데,
물통만 있었어도, 주전자가 기어가다
코피가 쏟아지지 않았을 것을.
사랑하올 주부님들이시여!
우리 아이들도 군에 갑니다.
햇손을 멧등을 잘 살피시어

부디 거두어주옵소서. 물배추여! 약배추여!

그대들 퍼럭배추여! 잘 가라.

옆에 신발도 벗지 못하고 누우신 분은 뉘신지요.

발끝 축돌 하나만 빌리겠슴다.

그날 서산 빛 따라 왜 그리

공동묘지마저 푹 쉴 잠자리마저도 없고,

쇳물이 고이고 왜놈나무 쁘러지들이

깊이도 박혀 있는 돌광산이신지,

아! 만고에 절린다. 우리들 흙심장마다 아려왔다.

그는 그 방향 박달재를 넘지 못하고,

제일 끝에 질빵을 매어주고도,

우린 갈 길이 멀다고 성질만 부리고 돌아보지 못하였네.

저 맨 개구신 싸움판, 억씨기들, 찔경이들, 노래기들아!

한 오십여 년 해쳐먹었으면 됐어.

신물이 나네그랴.

에라! 나도 쉬었다 가자.

♬ 충청도 아지매가 한사코 길을 막으시네야.

그래 후손이라도 찾아보겠네.

나에게도 왕거미 친 맷돌로 간 옛 밀가루가 돌아오니,

사랑방에 조금 남았다네.

이 싹쓸이 세상에 '관순이 누나들'의 눈물을 생각할 때가 많아.

이 풍진고비를 넘겨야 할,

그대의 넓은 품이 이 영마루, 이 오랍들이, 펑펑 쏟아지는,

영하 20도를 넘을수록 김이 피어오르는,
우리네 달궁샘물 같은 젖떻이가
너무도 아쉽기만 한다네.
그대의 말빨이 느린 것이
요즘 시대에 모르긴 해도 한층 정감 어리시고,
그날 이별주를 기울이면서도,
눈물을 삼키면서도,
'괜찮여어!'
오로지 위로만이 앞서간 님이
오늘도 자꾸만 젖어드는 넋이 될 줄이야.
오오! 볼꼼! 끌어안아 불살라 드릴 걸!
잘 가우! 잘 가시우! 야아!

나는 못 가네.
기름집은 교회패들께서.
떡집은 절깐패들께서.
육숫깐은 성당패들께서.
슈퍼는 얄궂은 패들께서.
나는 더는 못 가네.
왜냐구요? 시방부터
의문사 청문마당을 살며시 가보우.
얼마나 재밌는지요.
서로 팔아주시고 거둬주시니

그 집이 고숩다, 이 집이 맛있다,
어느 집이 잘해 주신다,
어디가 물건 좋다 하시니,
나는 믿지 않고는 못 배기겠네.
왠지 나는 표시를 하지 않고
변함없이 착한 집을 찾기로 했네.
보시라!
날 죽여 놓고 증인들께서는
신의 품에 깃드시기도 하고,
거짓말을 신께서 시키신 것처럼 숨기도 하면서,
지난 87년 이후 '바른말 좀 크게 했다'는 이유로,
우리네 돌이 녀석이 이 땅에서 추방되어
미친갱이 신세가 되었음을,
어디 한 번 살살 구경해 보시라.
아마도 오락가락 종잡을 수 없는 타령,
한 타령에서도 또 서툰 춤판에서도
당신께서는 읽으시리라.
패기 있는 증인들 말솜씨에서도
신들의 장난 아닌 장난이,
아니 그이들의 구절구절 스스로 격에 맞게
빈틈없이 옳으시고,
판에 박은 계시며, 예언이며 ,
묵시며, 전서며, 흠송이며,

복음이며, 찬양이며,

그 무수한 된스런 말씀 속에서,

깨닫자. 그 관념 속에서 그 각인된

그림들 밖으로 홀홀 털고 나오지 못한,

보이지 않는,

넝쿨손이 쭉 뻗다 고사리손이 되어,

말아 버리고는 힘겨워하고 있음을,

인간이기에 안타까이 느끼게 될 것입니다.

더구나 이 동네 신들의 밥그릇은 정량이 없습니다.

포용하면서도 돌아서면 척을 짓습니다.

도마질을 즐깁니다.

한 병사의 죽음을 똑똑히 보고도 소수시지만

강물 같은 정의라 노래하면서 흰 눈을 뜹니다.

농꾼은, 상차꾼은, 죽어야 늙음을 아시는지 모르시는지,

사후세계를 놓고 주판 튕길 겨를이 없습니다.

착하기 그지없습니다. 인간끼리 배신당하여 설핏,

'신께 봉헌'하는 양심선언도

여기 청문마당에 따스한 빛을 줍니다.

헤아릴 수 없이 꽃망울째 떨어졌습니다.

돌은 저만치 핀 꽃이 도저히 안쓰러워서

똑바로 쳐다볼 수가 없습니다.

그래도 돌아보게 하는 꽃이었습니다.

한없이 애처롭게 피었습니다,

자주꽃은 짓밟힌 내 몸뚱이었습니다.

하얀 꽃은 나의 끊을 수 없는 혼백이 되어,

너무도 수수하여 신들의 질의에도

그 순수성을 고이 간직하여 초롱꽃잎이 되었습니다.

이름하여 '산도라지'라 부릅니다.

그러므로 그대 진실은 곧 '신'입니다.

'꽃핌'입니다.

이 진실을 밝힌 후라도 감히 연관이 너를 두고만,

산도라지꽃이 피었다고 말할 수가 없음이

이 또한 처량하기 그지없습니다.

왜냐하면 '입춘이 지나면 여왕벌은 산란에 종사하고

우리네 일벌들은 육아에 힘쓰므로

매화꽃 동백꽃 오리나무 개키버들이

3월 중순부터 화밀과 화분을 필요한 식량을 공급하려 하나.'

아직도 환경 없는 인권! 우리 벌 떼죽음!

무수한 의문사는 여기 한 송이 너만의 꽃은 필지 모르나

벌다운 벌이 없기 때문입니다.

꽃이 없는 벌세상!

'벌 없는 꽃나라'에 한숨이 절로 나기 때문입니다.

그럼에도 이상하게도 우리는 꽃신을 믿게 됩니다.

비록 처녀왕벌이 어미왕벌을 죽이고 꽃바람을 일으킬지라도,

뒤따라 피는 아카시아꽃 산초꽃보다 더 낮은 자세에도,

더 고고하시고 더 아리따운 모습으로 필,

당신! 산도라지꽃! 그대,
온 겨레 어머님의 꽃은 모든 숨결의 희망이기 때문입니다.

예! 예!
여러분! 자알 부탁합니다.

잣타령 젖타령

자아! 동네 사람들요! 잣 따러 가요오!
핫하! 깊어지는 가을산에 저 알찬 잣알도 따고,
우리네 못다한 사랑도 찾아갑시다.
아유! 사랑방 짚여물 고만 써시고 나가요.
누구여! 예! 뒤깐 양재기 나무깐 허물없는 이내 법신도
선선히 들고 나갑시다요.
여보시오! 깨소금보다 더 꼬순 사랑이
어드메 매달렸는지 아시오?
얼른 들고 나와요!
앞치마, 속치마, 보자기, 짱대, 도비, 잣채,
딱꾸리쇠가 들구 뛴다.
우와! 꼬송꼬송한 잣송이들이 뚜르르르 막 쏟아진다아.
신난다! 올핸 바람이 좋아.
백로 지나야 여물던데, 처서에
노랗게 익어 가는구랴~
추석 무렵엔 저절로 떨어지겠소.

아! 좋치이~ 와! 잘도 올라가신다.
저 할아버이 머릴 밀고서는,
뒤춤에 낫 두 자루 꽂고는,
하나 찍고, 발 디디시고, 손잡이 하시고,
백년 묵은 저 잣낭구 하늘에 닿았는데
맨 꼭대기에 꼬생이는 솔봉솔봉!
가지는 얀들얀들! 할배는 빠둥빠둥!
나는 때롱때롱! 으으! 눈씨러 쳐다볼 수가 없네.
정말 목숨 거시는구려.
더구나 곰바우 녀석,
송진향이 좋다고 웃통을 벗고,
맨발에 배치기로 올라가는 것 좀 보소.
아마도 제 각시가 어데 따라왔나 보지.
'인심아! 터진다아! 아프다아, 물러서라~ 고오!'
보아하니 세상 인심도 어수선하고,
세상에서 으뜸에 맺힌 양심알도 맛보시고요.
이 젖심에 힘을 얻으시어 부디 그 잘난 소리,
'형평과 분배의 원칙'인가 뭔가 싹 까벌세! 예!
'자본주의 그늘을 오늘만이라도
싹 지워 버립시다~ 숲동무 여러분!'
옳거니! 땅떵이 숲을 망가뜨린 신들은
제 명에 못 살리라! 샘이요, 젖이요.
생명수가 다 말라간다네.

찔쭘! 또록 또록! 띠욱 찔쭘!

어잇! 잘 떨어진다아. 젖탱이가 막 쏟아진다!
알싸아! 땅실젖실! 땅실잣실! 와! 크다아.
얼루아! 막 굴러간다아! 야! 참 훌륭하심다. 각시님.
사뿟사뿟! 발바닥 내디디시고, 거미줄 비켜가시고,
어린 꽃들도 둘러가시고, 뽀뽀!
너무 이뻐! 홋호! 홋호! 떼~ 떼!
야! 그것 또 터래기 다 뽑히겠네. 잣송진이 세긴 세! 헛헛헛헛!
♪ 나는 몰랐쏘~ 오♪
나는 몰랐네에↘
진정코오, 땅젖 땅저엇을, 땅잣 땅자앗을.
옳치로! 여기 떨어지는 참 진眞, 열매 실實이라.

오! 진실노래만 내 죽을 때까지!
진실로 돌아가 빨간 움이 되리라.
나는 오늘 이 잣 잔치마당에서 맘껏 까불어보리라.
새싹이 되고 싶어서. 아! 그대 의문의 넋이여!
맑고 맑은 물과 이 공기가 되고 남으리라.
진실 알갱이가 이토록 풍족히 쏟아지는 세상이라면,
나, 우리 색시 인심이다운 인심이네를
열 스물만이라도 퍼 담아 안고 사랑하리라.
억울한 죽음도 저 신음소리도 아파온다.

'방울새'는 빵울빵울 살려, 살려내!
'인혁새'는 홀~ 홀, 횔~ 횔~

아 잣바람도 저만치 핀 저 여인을 얼싸안거니,
껍질 속에 숨겨진 진실들! 깨물어야만 터지는 너의 향!
너의 속사랑! 나 푸른 가슴팍 영글려 진땡이 잣눈물이 되었소.
하얀 송핏물이 되고 말았소.
그대 하늘 위에 과송이여! 올잣신이시여!
우리네 너무나도 짧은 생이 녹아드는
이 진실쏭이 앞에 엎디어 덩달아 흠향하나이다.
그저 욕심 없이 오르내리어 엉덩이 뿔난 말강아지 새끼들,
낳지 마시고 내 사랑 인심꽃일랑 서로 손잡고,
호미와 낫이 되게 하시옵고,
여느 사람처럼 떨어져 허리 못 쓰고 사람 구실 못 하다,
그 오디맛도 못 보고 황천 직행케 마시옵고,
저 소리 치는 청설모 다람쥐 잣새들도
두루 물고 가 겨우내 먹게 하시옵고,
오가는 나그네도 허기라도 때우시고,
내일 모레 추석 치르러 고향 가시는 그곳,
타향살이 이웃들에게 몇 꼬생이씩이라도
주워가게 하시옵소서.
예예! 산할아버지! 개안심더.
우리사 작년 잣설이 무더기에 좋은 걸금떡

많이 무져 두었신께 걱정 없습니다.

그래도 잣 떨굴 때 많이 무아라.

하늘이 주신 금덩이보다

빛나는 알알이 돌림의 상징이란다.

말하자면 잣옷티에 정이 묻고 삼꽂이에

집마다 술독이 아니시더냐. 어이구!

땀 봐! 한 낭구 올라갔다 오면 물 한 되씩!

그래 애정낭구라 부르잖소. 자아! 우리도 쉬었다 합시다.

내일이면 영원히 쉴 텐데. 머이 그래 바쁘오?

산신령님! 재미난 이바구, 어서요. 그래 그래.

어흠! 그저 난 돗밭에 옛사람이요.

풀꽃마리라 옛 자락이 인정시러워,

땟물 흘러 땅 걸구니 잣골 물맛에 살다가

잣낭구 켜내 하얀 칠성판 도톰하니 간수해 놨지.

옛날에 빨갱이가 산간에 다니면서 똑같이 산다고,

토지도 똑같이 노나주고 강냉이도 몇 개 새아리고,

일이 그래 되겠어.

이 잣알만큼 이웃간에도 영글게 배겨

똑같이 세상인심만 돌아간다면 좀 좋아.

잠깐! 이상하네.

우리가 노는 사이에 인심이가 안 보이네.

베틀에 앉으셨나. 바느질 하시나,

칡밭에 노는 젖염소?

아침에 한 되 저녁에 한 되라,

불기 전에 젖 짜러 가셨나.

야아, 차암, 어찌 안 좋아할 수가 있으랴. 오라,

옆으로 체는 바람에 떨어진 씨도

누우면 먼저 낙락장송이 되시듯이,

다 이게 대자연의 부름이요,

천심목심이 아니겠소.

무릇 나랏일도 정화조 없이도 윗물이 맑아야 하듯이,

이 잣낭구를 타보면 금세 계절 돌이로 내려와야 하고,

이 검푸른 잣등걸, 백성을 두려워하긴커녕,

좌지우지 흔들어대는 맨독법에,

'다만 법' 투성이야, 미꾸라지법 한 사발이라.

다 티 나간다 자고로 호미자루가 판관이요,

지게작대기가 사안 변호사인 것을.

어어! 취한다. 우리같이 팔공산 나무꾼이

가로 늦게 빛 고을 아픔을 쪼깐 알고,

그 좁다란 옛 망월동 길을 쫓기며 걷어채이면서,

처단을 외치다 무참히 짓밟혀도

달갑게 요 잣알의 진심을 믿고 속눈물만 삼켰건만,

되레 역차별에 상차품마저 빼앗기고

금줄 은맥 거반 차지한 채,

잣젖 향기만 돌려주었더라도

후리기정권이 날래도 아니 되련마는.

야, 날 다람쥐야, 고만 물고 가야. 그렇지.
올라탔다가 내려와 선 저 청설모처럼
새총에서 잣알이 튕겨나가 마빡을 맞고
잠시 기절케 되듯 미워도 성서상 마귀라고,
스스로 악마라고 죽음을 기도해선
잣숲신을 끝내 인디언처럼 울리게 되고 말 것을.
저 배고파 찾아온 걸뱅이들 좀 보소.
걸망도 없이 세상 어디선가 손꾸락 몇 개씩 잘려나가서
잣이삭 몇 송이 고이 품에 안으시고,
노을 따라 붉깃하니 웃음 깔며
저 묏등 묵묘를 굴러가시니,
선진한국 저녁꺼리라니,
오! 슬프다. 딸러가 썩어 자빠졌더냐고?
선민은 이처럼 온 힘을 다해 심줄이 늘어나서도
이 잣꼬생일 식은땀 흘리며 내리고,
담고, 지고, 끌고, 굴리고, 덤벙쳐 말리고,
씨우고, 까수고, 다시 까불고, 돌리고, 걷어내고,
까서 갔다 바치면 관속관은 앉아서
넓적이 받아 잡숫는 꼴은 아닌지 몰러.
그래, 이 벽촌마저 저녁 검은 술독에 빠진 꽁생이들,
천지 놀고먹는 이가 너무 많아서 쭉정꼴이 동해에 치이고,
서해에 떠받치고 동, 서 진영은 이 바우를 따라와
막머슴질이나 슬슬 하심이 후세에 좋겠네. 빌건데,

맑음과 알갱이가 주검의 잣대가 되어

생땀 무게만큼 잣알만큼 먹이는 거여.

안 그런가? 똘바우! 예, 어르신네.

옛날 이야기겠지요.

아니여! 내 아들이 여섯인데 다들 고등까지 나와

직업전선에 뛰어 망태기공무원은 붙어도 단연코 말리지.

힘아리가 없어. 본의 아니게 도적질에 물들어가.

그 무신가 접때 그 정 상병 의문산가 확인산가

책임지는 눔 있어?

노가릴 쥐 틀지 않고는 백년하청일 걸세. 큰일이여!

예! 다 그래요. 어디. 혹시 대동아전쟁 때

일본제철 한국인 부사장인가 그 말 탄 사진박이는

도대체 웬 신분이신지? 썰렁하대요.

삼각파도에 물 먹듯이요. 자아! 땀도 들였으니 올라갑시다.

온 산천이 눈 아래라 올라서면 누굴 원망해 무엇하며,

♪누구를~ 원망~ 해, 호매질 꽃심이를,

오, 외로움이 달아나시고 아픔 또한 날아가는구나!

산새들은 잘 아실 거야, 죽음은 잣알이요.

솔향이요. 꽃! 꽃일 따름이지요. 예예! 씨알을 떨 거요.

자자손손 은송, 해송, 유송, 일궈나 봅시다.

이 산 저 봉마다 잣 포대 구르는 소리 들어보소.

우리네 맴씨 착한 인심이 참꽃 묏일랑, 으싸!

먼첨 잘구 채 때굴령통 둥글쳐 굴러나 보시자고.

자아~ 외손돌목에서 꽃두리를 타고 질금네 건너,
시루할미 오랍들이로 눌러 굴러 놓고오.
참 잘해! 홀렁! 홀떡! 잘 넘어간다아!
낭거지는 접짝제에서 민민골로 내리 굴러
살농거리, 불모실령을 엇쳐 넘겨 초록방굿똘 자태,
소금가마 짝대기로 공구던 그 주막집 아래
말발굽 굽던 마부랑 굴러오니,
죄 터져서는 멍글멍글 상처만 남기고
와! 그래도 이것이 사는 맛,
보람이라니 농사꾼이 여느깨는
한 톨도 누굴 주고 싶지 않다가도,
쌓이는 잣정이 향긋해 숨죽이는구나.
예! 잘 하심다아! 심 드시죠오. 핫하하!
이 가슴에도 진향 밴 이 꼬쌩꼬쌩한 옛사랑!
어머니의 어머니, 도라지가락에 콧노래가 절로 나네요.
야, 노래토깽, 기둘려 봐.
와! 많이도 매달렸다. 기분 좋고!
얼렁 따 내리고 저 까시곰딸기에 찢어진
우리 인심이, 저 살분홍 새옥시 저고릴 으흐흐!
포옥 얼싸안아주고 싶어 미치겠구나. 오, 잣향향향!
난 저만치 한들 피어나 일손 맞출 때가
그렇게도 꽃도라지처럼 이뻐서 못 살겠다우.
예예! 거둬 잡쉬요.

잡수시면서 까몽써, 속속 내 묻힌 정 까몽써!
저 굽어보이는 배기 가스층 도시 속 저 비감한 상념도,
또롱또롱 이 푸렁망이 채 싹싹 굴려 까시면서 죄 까몽이서요.
훗여! 써억 까놓고 물러가거라! 저저 거짓 증언들.

저 일류귀신도 내 잠결에 웅굴리는 당신 얼굴 모를
어느 혼령도 탁 까놓고,
이 잣버덩 이내 검은 심장까지 까제끼듯이,
진실말이로 오늘 마당만큼만 놀다 가시기요. 예!
연놈들도 잡아 이처럼 까벌씨야 뭐가 티 나온다니요.
과거사 튀틀림, 예, 어제같이 매가리 없는
말장난 타령일랑 다 제껴놓고, 이 땅으로 이 눈물로 빌어
가 보시자구요. 맞씀다.
홀라랑! 아주 샘밭골 적시며 까몽주의로 펄펄 날려 보냅시다.
예! 쏭쏭 재밌네요. 허나 혼자서 고민하다가
콩실팥실 까뭉개지는 마시고요. 핫핫핫!

또르르르르! 알갱이만 채질 해 거두어들이는,
우리 백도라지 어머니가 잣물처럼 넘치시니,
우! 솔봉새 떼가 이제 날아드셔요.
아! 때가 되니 세상 인심도 쏟아지고
울울창창한 숲에 님들이 깃드시듯이 말입니다.
내 우스갯소리 하나 더 해?

예, 서낭댕 할아바이! 옛날에 요 등성이 넘어
뱃골로 짚새기 삼자 술 먹으러 오라고,
한 이틀씩이나 놀다 온다고,
나도 풀낫질 하고 오는 젖녀를 보고
안 동할 수가 있는가.
얼구리친 데다가 한 평이라도 풀 뽑아주고
들기름에 오만 부칭개 구어대면,
잘하면 젖녀 얼굴 보고 장가도 한 번 가보는 갑따.
히히! 머가 씩 도는데, 요 아랫실 잣생이 녀석 봐라.
댓따 까불잖나. 엣따 모르겠다.
양 젖네를 허찜 치는데, 머가 딱 뜨는데,
아! 들개빈지 퍼렁지,
뭐! 안 꼬잡힐 장사 있는가.
몽깃한 기 와 닿는데, 환장하지 뭐.
막 굴렀지 뭐, 아마 독사에 깨물렸는지
얼찜하면서 내 꺼는 써먹을 수가 있는가
핫! 난생 처음 꺼낸 연장이라 정겼는지
야! 그것 또 뿌댕한 기 대번 물떵!
뻥그러진 거야. 와! 고개 넘어와 바늘이 있어.
실이 있어. 헛참! 평생 홀몸 신세.

마 젖 줄래? 시집 올래?
그래, 정한 꼬꼬제배라, 엇씨이, 평생 후회여.

머가 머금고 싶어서 늘 모자라는 게 남잔데,
요걸 못 참아 총알이 생겼거던.
이기면 열반 하시고, '의문사' 되시고, 못 박히시고,
잘은 몰러도…….

'아, 있잖아요.'
'그건 안 돼. 아찍!'
어 이래야 토깽 도인 측에 정식 장가 가는데,
에익! 다 틀렸잖어. 그러자 우르릉! 꽈꽝!
알잣 같은 소내기가 내리치는데,
네 이눔! 꼼생아! 듣거라!
어휴! 산신령님!
자고로, 사내 몸을 실어
굵게 태어났으면 함부로 좆때가릴 굴리지 말아야 뒤가 맑아!
원더풀(옥수수죽), 투더풀(잣죽) 배가 리오항에서,
아프리카 서해안으로 파도를 타고 있다.
일 없으면 이 산마루에서
저 보이는 창해 바다를 돛단배에 묘목 실어 가보게.
히껌은 안데스 넘어 아마존 유역
까무짭짤한 천하 젖탱이 미녀들이 우리네 할머니 손,
빼다 박은 야생녀에 실어서 태권도 태극무,
유도 무해춤, 파륜궁 해성무, 저 실력들, 오! 자유!
너 '황사바람'이여!

서로 어울려 우리네가 나서서 심자고.

그건 바로 색과 뼛골과 말씨를 뛰넘는 맨등발 평화!

'그라시아스! 고마움에 넘친 흙춤이요.

그곳 이곳 모든 생을 위한 숲속 낭구님네들 세상살이시라고.

그런즉 그날 수풀 속 첫사랑은 영원히 가는 거라.

아니, 어디서? 어~ 으~ 어! 어~ 헛~ 야~! 어~ 으~ 허어!

이제~ 가면~ 언제~ 만나~ 너! 딸라앙! 딸라앙!

저 산 아래 초상치례가 바로 나일세.

요 아래 잣낭구 우거진 골에 부부합장한 자리 보게나.

날 새면 산새 울어, 해 지면 밤피리새 우시니,

이 토끼 나그네도 부러워 죽겠지 뭐여.

이리 와 보게, 둘 셋 뭉텅이로 피는 꽃,

연보라 잔대꽃, 널바윗봉 진분홍, 너의 꽃입술!

진달래꽃, 어느새 피울음 얼굴들 고개 숙여

왼종일 땡볕에 흐느끼시며 따갈밭 매시는,

뭉퉁호미짤개 나의 할매꽃!

맨날 허연 물김치 쪼가리 도시락,

어디로 따 보내시고 난 매운 게 안 받아서,

눈물겨워 못살겠네. ♩눈물겨워서 못 사~ 알~ 겠~ 네!

여보게 자네. 부디 착하게 살다 가세.

팔구십 잡순 성처녀, 노처녀, 헌 처녀, 모시고,

시롱매미골 등마름시켜 드려보게.

어! 시원해. 어, 서언해!

자연히 못된 손이 미끌려, 살짜쿵당!

세상에 가장 보드랍고 예쁜 자리가 자넨 어딘 줄 아는가?

배꼽과 달궁샘 사이일세.

바로 꼼바우 자네가 젖 안 먹고 따뜻이 살다 헛발 차던 동네.

수의 갈아입힐 때마다 너무 아까운 동산.

오! 나이가 없는 꽃!

아기집은 천 년 만 년 썩지 않어.

불쌍한 건 처녀귀신!

죽어서도 아름다움만 찾아가시는 꽃들임을

크게 기억해 두었다가 결코 여인을 업수이 여겨서는

큰 죄가 된다는 것을.

곧 자네 어머니라고 생각해 다 뛰어넘게나.

피부도, 나이도, 용모도, 계층도, 학벌도, 신들도,

성적인 감성까지도,

꽃으로, 새새로, 나뭇잎으로,

풀거름으로, 산바람으로, (쪼롱쪼롱!)

어릴 적 젖먹이 아기로 돌아가 있어야 한다네.

어흠! 이젠 좀 팔다리가 풀리는가.

잣가지에 걸터앉아 허리까지 펴주시고

시원한 바람에 잠까지 청해 주시는 분이시지.

이렇게 안 떨어지게끔 우산꼴 등걸에선

우린 눈감으면 다 알아듣지.

진심어린 목소리를!

인간이 만든 그 어떤 악기도 인간의 음성도,
저 큰 오색딱따구리가 아름드리 적송 우듬지에
천하 둥지로 뚫는 소리와 바꿀 수 는 없지만서도.
자아! 이제부터 꽹쇠 솔체 메고 다 모여라아.
짱낫 데껑 얼랭이 데미 다 꽝꽝! 울려보세에!
저 서양 귀신들 방아쇠뭉치는 대장간으로 보내고
알통잣 울러 매고 지구 한 바퀴 씽 돌아오세에.
금강산 솔 살린다고 맹독성 약 뿌려
금강산천어 거품 물고 떠내려 오지 않았는지,
풀꽃 산나물 귀한 약초들도 물물교환하고
'우사' 어른 썩은 그 잃어버린 혼백도 모셔오게나.
저 포롤포롤 숲 사이로 나 이딴 해골 위를 날며
즐거움을 주시고 다 용서하듯이,
바람 찬 잎새들이 구름 위에 달 걸어,
떡가릴 수놓고 가지들이 잣떡 썰어 내리듯이,
저 너럭바위 양심처럼 풀씨 쌓인 몸에 새똥 묻혀 재우시고,
우리 같은 빈 나그네 앉혀주시고,
천만년 지붕 아래 토굴 지어 눕혀주시듯이
순순히 살다 가시게나.
저기 저 구렁팽이에 잣 있나?
하고 오신 너렁할미의 땅소리 한 말씀 들어보소.
그냥 주워가기가 미안하신지 몰라도.
'난 몰러요.' 날 믿고, 하늘 믿고, 땅 믿고, 살지요.

어느 곳이 좋을는지요.

쪼매꿈한 마실에 천준교회, 순박암교회, 갈로교회, 통앨교회,

성절교회, 만석교회, 점집, 당집, 큰 절, 작은 절,

어느 대로가 제일 낮은지요.

아무것도 모르니 쑥스럽잖아요.

내 마음엔 다 하늘이신데.

마음씨가 쌈박해요. 동네 인심이.

아야! 인심아!

거 머루닝풀쟁이에 내려 보이거든,

니가 기어가 주워 들여, 몽당호미 다 썩겠다아.

걸쿠할미, 저 다래닝쿨에 꺼내드리고요.

자아! 널어진 가지로 넘어가요. 엇싸! 막 떨어진다.

쎄게 흔들어! 더 쎄게 쳐!

와! 꼬쌩별들이 막 쏟아진다아! 어헛!

까치다리 속으로 씨아앗 안으로 젖풀 겯으로 풍덩!

옴소금쟁이 쑥돌이 갱물로 호랭이 떡 맛보듯 찾아들 오신다아.

먼저 줍는 이가 임자요. 아이고! 미안해 어뜩해.

토끼아씨! 머가 필요해요? 야아! 나요?

산마루에 가끔 오지라고 오신 분마다

두 가지 아주 동일하게 묻드라구요.

첫째가 왜 혼자 사느냐?

두 번째가 토끼새끼 몇 마리 키우느냐?

나도 풀어놓고 토끼도 풀어놓고 사는데,

할 말이 없드라구요.

예! 남은 자리 꽃처럼 우스갯소리로 채워보고 싶어요.

예! 괜히 까불다가 날이 굳으면 오만 데가 많이 절려요.

자아! 넘어가요. 많이 주우시어 빗써리 하시고

잿불 내시고 내 마음 잣씨마음 삿갓마음!

이 진이알 한 알마다 내 순정알도 심궈 봐유.

웃싸! 웃싸! 금 떨어진다아.

후려쳐요. 되알진다아.

신이 나니 발방아요.

울렁씰렁 젖방아요.

아유! 이뻐라아.

애기도라지꽃 봐!

아! 소리 좋고!

진실 찾자 일맛 나고,

니 꺼 내 꺼 말도 마소.

하늘낭구 차별 없이

머리카락 달라붙소.

이혼파혼 걸어가유,

인심이와 잣을 따니

끈적거려 못살겠네.

아! 밥맛 좋아.

우리 잣꾼 높고 낮아,

젖 준 신이 따로 있나.
높은 낭구 올라서니
싸움미움 사라지고,
평온안녕뿐이로다.
꼬시네에! 액매기여,
어이! 잘 노나아!
청지기라 천하고혼 다 실려가니,
어릴 적 산천이 흘러간다.
곱추누나네 고 서방과
솔방울 따러 간다.
엄청 큰 강냉이 포대,
태극기와 성조기가
악수하는 그림 건너,
분홍 속살 진달래꽃이
절벽을 불태우는데,
어디선가 '노오란 샤스 입은'
노랫소리가 혼을 빼는구나!
손발은 동상 입고,
솔방울 이고 지고,
장에 가면 쌀은 한 됫박 되었건만,
공비 토벌이라던가?
비릿 질척거리는
칼치꼬랑지 장터 사이로,

흰 적삼에 붉은 피 물들이며
자줏빛 도라지 뿌리채로 엮어,
쭉 어디로 가셨는지.
눈깔사탕 맛이 좋아
또 따라간 그 질로,
남은 포탄이 터져 자형은
흔적도 없이 날아가셨지.
오늘도 푸설푸설 내리는
저 고고한 잣미소만이
하염없이 흘러내리는구려.
아! 묻노니, 웬 신들이 전쟁판을?
선행을? 엎드려 사막단식을?
다시 억눌려 점령을?
오! 자유의 여신 손에 씨앗을!
모르겠소. 시도 없이
이 높은 고지에는 눈발이 날리니.
아! 사무치게 그리울 땐
잣낭구에 올라가요.
하늘 끝 엄니의 젖낭을 고이 어루만지고,
수덜수덜 기 살려 내려온다네.
다 잊어주시네.
아! 이 잣향! 님의 잣홍이 감돌아드니
하늘을 마당 삼아 의문의 넋이 떠도는 걸음걸이가,

이 고라댕이에서 우린 만나고 말고.
엊그제 선낭자 고구마순은
팡팡 뿌리를 내리셨을까?
감자꽃은 아래 꽃차례도 활짝 피셨을까?
살아있는 생은 저래 숲속에서 짝을 지으시고,
안고름 속댕기 거침없이 날리며 한 시절 즐기시는데.

오! 암컷은 팔딱팔딱!
수컷은 펄떡펄떡!
인심이는 달금달금!
꽃바우는 쫄금쫄금!
♬또르르르 딱따구리
벌레 채는 통나무소리가
내 마음을 애 달구네 ~ 요.
나는야 잣씨 되어 그대 가슴 ~ 에
청산아~ 꽃님아~
잘 있거라 ~ 아,
떠도는 의문새가
애 말라 죽어간다아.
한 알씩만 굴러다오.
쭉쩽이도 불 좋으니 담아만 다오.
증거가 따로 있나.
참꽃이 외따로 피시나.

아니, 여보쇼!

저기 저 벌판으로

굽어보시오. 낙엽동무들이

한 소리를? 와!

둘둘 말이 철조망 넘어 제비쑥 위로

소쩍새가 긴 꽁지 들썩이면서

새봄을 알리는구랴.

어드메 대박산 기슭 단군릉 같소.

'단일민족의 정통성에 바탕하여

민족단합과 평화통일을 앞당겨 오자!'

봤죠? 까딱하다간 이 잣 꼭대기에

내 걸린 옴바우 녀석의 어설픈

이 젖땡이 깃발마저 찢겨 나가겠소.

아니어라. 찢기면 어디

(잣인지, 젖인지, 나 원!

햇깔려 분간이 안 되네.

슬슬 미쳐 돌아가는군.)

잣젖 봉우리가 이 강산뿐이겠수.

펄러덩! 휠러덩! 보이시죠?

톱질 사회주의, 상차꾼 민주주의,

저고리 민족주의, 낭구 신본주의, 순거름 법치주의,

그리고설라모네 꽃도라지 피는 주의!

우왓하하하! 억수로 얄롱얄롱!

아! 어느 때 날림해방 정국에

이렇게 소리쳐 불러봤던가?

막 갖다 붙여!

야! 미령바우 안 내려와!

야아! 쇠부럴넘들아!

또 잡아, 올라와! 내 잣귀신이여!

척! 가지 휘어서 딱 겹쳐 밟고 휘청!

홀떡! 저 낭구로!

얼짜! 청명혈 따로 흐르더냐!

저 멋 세우는 눈길들 봉생이 찔러주랴.

향샘에 담가주랴.

그러니 아무도 모르리라.

숲 동지 외엔 의문의 죽음임을 법찔눈에

갈퀴눈은 앞뒤 없는 헛소리로 들리시겠지.

아! 잠이 온다. 씨가 잠 자듯이

이 숲 밤 너머로 원심을 풀어보내사,

알몸이 숲 향취인 것을 째쟀! 포룽포랑!

뉘신지요?

땀을 홈치고는 끝가지에 매달려

내년 씨갓을 두자니,

손이 안 닿고

낫으로 치자니 아깝기 그지없네.

잠시 뿌렁 다릴 감고 있는데,

호흡 따라 단풍빛이
날아가면서 탕 ~ 아 ~ 앙!
화약 냄새가 올라온다.
배불때기 놀갱이가 내 까만 고무신짝에
헉헉대며 비스듬히 드러누우신다.
고사리 갈잎사구
강냉이 속잎이 깔개요, 필판이요,
속곳이라, 그 곁에 먹다 남아
어즈러진 당근, 산능금, 돌배알,
간밤에 청띠만 폭폭 파먹는 무꾸까지,
저절로 농사끼 어린 향기는 요녀석,
우리 산동무들이 먼저 알아주시듯이
목을 축이신다, 얼른 먹고 넘어가거라.
내 모강지도 아파 죽겠다.
고만 쳐다보고 얼릉! 되돌아보지 말고 가아.
내년 봄 잔설 사이로 니 새끼들 옴퐁 옴팡!
발자국 찍힌 영만 봐도 흐뭇한 시상에서
다시 만나자아! 어서 넘어가라니까.
이때다. 으웅! 폭격기가 떴다.
큰물 오고 논다랭이 넘치면
누런 넙죽한 메기와
시커무리한 이따만한 가물치가 폭떡거렸다.

그 시절 어만 선배님들 족치던
비밀 안가가 붙은 미 기지 옆으로 흐르던 샛강이
검은 기름띠로, 염색공장 악취로,
맑은 강에 얼음 썰어 아이스케키
세 개 일원씩 하던 얼음창고 위 아래로,
넓고 맑은 물에~ ♬ 옛님을 싣고,
뱃노래 풍년가에 배틀가락이,
청춘사발가 닐니리 방기타령이,
한 잔 부어라 기생타령이,
탑도리 이별가가,
건드렁 난봉가가,
맹꽁이 쨈보타령이,
오돌도돌 젖빵아 소리가,
뽀동마나님 방뎅이 타령이,
얼씨구나아~ 잣마당이 좋네에~
젖사랑이 얼매나 좋아~
허기진 짐승들아 날 따라 오너라 ~
어헐씨고오, 같이~ 살다~ 가~ 자아~
잣죽 같은 속싸랑이로다아.(동동주 없이 이 흥겨움 알 리 있남.)
속아도 산이시오, 당해도 강이시로다.
갈물할 때 엉기듯이 사붓하니 안아들 주소.
떨군 아기 건어주시고,
고생시레 키운 자식 주릅질이 뭔 짓이요.

아핫! 이내 몸 곧이곧대로 살아보니
나불레기라 매량 없구만요.
아! 엊그제 같이 죽자던 인심아,
어느 골로 헤매드냐? 멀리도 떨어졌드냐.
잠깐! '여보게 밥 먹으러 올러는가?
눈이 좀 왔네.' 이 인정 어린 숨소리 따라
옛님이 아련히 저녁연기로 피어오르는구려.
자아! 잿놀이 시간이로다.
한 판 더 놀다 가세. 젓가심이 좋지라.
이제부터 다음과 같은
겉말을 씨부리는 간나들 앞으로,
야, 청설모 씨동무들!
싹 모여! 잣꼬생이 시퍼렇고,
묵직한 놈으로 항의 표징으로,
안 깨지게 귀치레로 던져버려!
'진실' 알맹이와 어딘가 거리가 있다 싶으면 알지?
시작한다.

굉장히 솔직히 지켜봅시다.
너무 너무 철저하게 불구하고,
궁민, 국민! 법대로, 원칙대로,
정의가, 진리가, 한 푼도, 합리적으로, 모르겠고,
지혜와 은혜와 용기와 건강을 주시옵고,

일벌백계, 휴우! 염라대왕 왈,

그날 엑스레이 병원 심부름 시절,

단신 월남한 병원장 건물 위층에선

금빛 찬란한 조기 꾸러미가

지금 처마 끝 폭설에 야생 짐승들 먹잇감,

씨래기 묶음처럼 즐비하게 내어 말리고,

와! 굽는 내음에 얼마나 먹고 싶던지.

곧장 내려와 까운을 갈아 입히렸다.

저 아가씨, 만져봐도 돼요?

와! 손까락 감각이 돌땡이 같았다.

순간 그녀의 얼굴을 써러 봤다.

눈가에 이슬이 맺혀 있었다.

오! 이 여인 유방암의 장본인은 도대체 누구신지?

미안해요. 제가 미안스러워요.

마치 잣꾸러미 포장하는 걸 보시고

처음 뵙는 할무이가 미소를 머금으시고 다가와,

'고마워요. 얼마나 고마운지.'

자신의 자식들에게 보내는 것처럼.

돌아서실래요, 아줌니! 숨 멈추시고오!

아! 돌아서서 나도 울고 말았다.

내일 아침 서리가 내릴려나보다 찬바람이.

예! 계속하면 빤질거리는 목소리,

흥도 없고 쇠소리 저음을 까는 씬소리,

목청을 돋워 뒷덜미 잡는 깐죌소리,
점잖은 말을 꺾어가다
주름잡다 사기 칠 듯한 까랑소리,
생기도 없이 달달 외운 어법으로 깐죽거리는 소리,
인간미는 어디 가고 칼날 선 사전 위에 날춤 추며,
횃불 키우는 마른 장작개비 같은 목소리,
씨, 씨, 씨! 알, 알, 알!
눈빛만 보면 더 허물을 잘 읽는 흠질꾼,
똥장군들! 기름끼 낀 목소리로 배운 척,
신의 보증인인 척,
잘도 두 혓바닥으로 날름대는
끝이 안 좋은 그 동네 쎄멘길,
너! 나 나! 그러기에 나는 뉘우친다.
이 잣솔 위로 길게 매연을 뿜어대는
저 여객기 유리창으로 나는 잣알을 던진다.
아얏! 인심이만 혹불이 나고 말았다.
이 곧지 못한 마음길마다,
찐덕거리는 내 손길마다,
흐리멍텅한 내 눈길마다,
그리고 이 시간 맥이 쭉 빠지는 기도길마다,
악티가 없는지,
나는 내 껍질 속 잣알 콩알
움싹마다 죽어서도 깃들기를 빌며,

깊이 뉘우친다.
내 것이라고, 나만을 사랑하라고,
그리고 모든 희노애락의 덧셈까지도
나는 잣씨 속 늘 푸른 숲이 되어,
낭구보다 못한 이 욕된 고깃덩이 눈
감기 전 물로 다 맑게 태우고,
내 손으로 고이 돌구멍 덮고,
저 낭구신 아래 검은 연기도 없이
이내 순거름으로 돌아가게끔,
이 순간 흥얼대면서
이 잣솔길을 가뿐하게 오르내리다가,
토분토분! 쉬이! 돌아가리라.
아! 저만치 저절로 피고 지는 산
도라지꽃일 수만 있다면…….
잣들아, 더 여물지 마라.
이 으악새가 날아든단다.
늙은 말기름 짜다 마시고
잣기름으로 최소한 꽃피울 동력을 돌리는,
등잔불 세상에는 사람다운 내음이
송이향만큼 인심이의 온몸에서 피어나,
두둥실 더없이 좋아라.
어제도 산 넘어 온 숫염소가 암컷 중에
무려 열한 마리의 암내를 따라,

연이어 쫓아가더니 엇씨하여 싸대는 정기란,

살아 숨쉬는 산이요,

무수한 뿌리를 흩어내리는

물향기와 잎새에 있음에,

모두를 위한 건강한 복지임에,

그지없이 기분 좋아라.

야아! 알바우! 고만 떠들고 해 빠진다.

나 먼저 가네.

산제삿날 보자고. 예예! 산할아버지!

자아! 9부능선만 따면 된다아.

와아! 겁나게 부서지는 바다가 내려다 보인다.

떼굴떼굴 막 굴러가요.

철썩! 철퍼덩! 파도소리에 묻혀 텅텅 실려 나가요.

생잣이 짠물에 갈라지고 터지니,

산새만 물고 가는 줄 알았더니,

웬 떼거리가 몰려와서 막 물고 간다.

오냐, 니도 먹고 떨어지고, 너도 잡숫고 떨어져라.

알고 보니 넙치로구나.

아니, 너는 돔, 농어, 새꼬막, 해삼, 바다장어, 멍게,

아이고! 먹고 싶어! (안 받아, 이젠.)

옛날에 저 무리능선 넘어,

솔봉 등대 앞바다로

해녀들 따라 멋모르고 들어갔거든요.

산호초 바위틈에
배구공만 한 낙지의 먹물을 씨셨는데,
싸우다 다리에 감겨
숨은 차고 수압에 고막은 터지고,
물배 채우다. 왔다!
그 뭐야! 알무장 해제 당하고서는
난 체하다가 해녀들 아니었으면 수장될 뻔했구마.

그 당시 모여드신 그대는 누구시던가?
오! 도미, 우럭, 볼락, 조피, 뱀장어,
와! 전복! 방어! 먹어라! 뿌려라!
녹물, 폐수, 가스 발생!
아주버님들 어지럽다고 고기 고른다고,
눈 충혈! 흐르지 못한 강, 복, 오징어,
문어 새끼들 수조 속으로 빨려든다.
얼씨구! 중금속 붕어야, 유독성 수초에 신방 꾸며,
청둥오리하고 우리 살림 살래, 어쩔래.
두루미가 작대기가 되어 말라가시니,
용왕님! 해방된 바닷고기에 고기밥이 웬 말이어라.
예예! 잘못됐심다.
바닷고기가 잣숲으로 날아오시고
산짐승들이 바다로 뛰어드시고
태초 갈매기가 새우 떼를 쫓아갑니다.

아! 여기는 식인상어!
참돌고래 나오라!
헬기가 떴다. 도망가자.

그날 이후 이상히도 젖염소
유방 실핏줄이 검어져 갔다.
탱탱 불어 있었다.
드디어 검은 피가 터졌다.
새끼들은 혓바닥을 빼고 갔다.
어미도 따라 갔다.
그 이름도 찬란한 '근삼이, 고엽제 동종'이라 했다.
잊어버렸다. 행정 독고주의!
적조경보! 급히 중단!
여기는 민심1호 물고기, 오버.
이때였다, 진눈깨비가 날린다.
송장메뚜기와 막장잠자리가 붙어있다.
우박이 되어 떨어진다.
기울어진 잣낭구 밑으로 누군가 쫓아간다.
먹바우 이제껏 쓸데없이 떠들다가,
날이 어둑해지자 잣을 줍다가,
한동안 안 보인 인심이가 걱정되어 내려오고 있다.
와! 너무 힘들다.
우리도 생땀 핏땀 다 흘렸으니,

오늘 단잠 이루고
발 뻗고 죽어도 좋겠지.

그러므로 '오! 이 땅에 합리주의란?'
이처럼 되지도 않는,
헛소리로 짐승처럼 울어야 하는,
저 쌩바우들을 제자리로 갖다놓을 것.
처단! 처단! 확실히 처단하자는 약속이 지켜질 것.
우리 어머님들의 가슴에 진정 못 박은 것은,
남자들의 배신행위임을,
화장터에서나마 새겨둘 것.
집도 없고, 절도 없고, 내 땅 한 평 없고,
사랑도, 명예도, 건강도 다 날아간 뭇생들을
고이 묻어줄 것.
산간오지 밀, 보리,
콩밥신세가 쌀과 소금으로
서로 교환해도 억울하지 않을 것.
이 잣 팔아 조상 제사도 지내고,
의문사 따라 노잣돈이 되고,
오순도순 님들과 함께 살아갈
형편이 되게 할 것.
얼굴도 못 들고 스물두 마리가
엽전 한 냥에 생고등어 새끼를 사온 길에,

만나는 길손마다 이렇듯

넋두리 타령이나마 심심풀이일망정,

따뜻한 말 한마디에 울러 맨

작대기까지 다 비우고 가볍게 올라오며,

'웃기는 민주화'라는 뒷말 씨치고 지나올 때,

한없이 기분 좋은 나라에

사는 맛을 더불어 일러주실 것.

그러나 하필이면 마지막 꼬쌩이가 떨어진다는 것이

먼 짐승이 파제끼다 만

바드랭인지, 노란 땡비집인지,

풋각시 인심이도 마무리하자고 쫓아갔다가,

왕왕! 앵앵! 앗 따가! 앗 따가!

퉁퉁팅팅! 벌벌널널!

막 파고든다, 침을 박는다.

입방생이로 콧빵맹이, 눈팅이, 젖팅이,

귀빵메기, 똥방쌩이로, 샘내꼴로! 와!

생지랄 난리가 나뿟다.

이땐 진짜 써먹을 운동이 하나밖에 없다.

움직이면 더 떼 지어 덤빈다.

그래도 날려라. 태권도, 유도, 당수도,

매미채도, 바쁘지도, 덜 민주도, 안 통일도,

엄마! 살려줘! 통하지 않았다.

안 되겠다. 아내귀신밖에 없다.

이처럼 왼종일 주제넘게 때거리도 없으면서
남의 소리 한 것도 잣낭구 아래,
인심이가 어른거렸기에
신이 나 떠든 것이었다. 미안하우다.
아! 잣세상 한 판 걸지게 놀다 간다.
인심 좋은 숲이 있었기에,
산새처럼 같이 울고 열사처럼 의사처럼
하늘 오른 영혼처럼,
들꽃처럼 같이 웃을 수가 있었다.
새각시는 소리 없이 주워담기만 했다.
잣 팔아 내일 모레 추석을 지내야 했다.
뻗어버린 인심이를 쓸어안았다.
잣송진이 꽃입술에도 쩍쩍 달라붙는다.
향내가 덮친다.
희한한 기운이 일 받는다.
오오! 잣떡 같이 꼬솜한 내 사랑!
진실덩이가 타오른다.
펑펑 쏟아진다. 날아오른다.
아! 이 내 몸 깨뜨려 속껍질째
마디마디 앗아가뿐다.
이 못난 흙가심째 어서 썩어
낭구 아래 순거름이 되리라.
우리 이 '가난한 혁맹정신'을 품에 안고서,

서로는 돌메도 없이,
풀등 타고 노니는
청메뚜기 엿봄도 모른 채,
발 아래 산 아래 메밭 사이로,
일렁이는 의문의 영정들!
소복 입으신 어머님들이
흐르는 저 깊은 골짜구니 하얀 눈물꽃을 타고,
'집시렁 아래 촛똥가리'도 흘러,
아! 백마강이 되시고, 두만강이 되시고,
섬진강이 되시고, 흘러 소양강이 되셨고,
낙동강이 되셨고, 대동강이 되셨고,
더디 흘러 한강의 흐느낌도
이 신령스런 신음소리도 당최 잊은 채,
온 벌집이 송송이 뚫리신다.
두둥! 훨훨! 잣향기에 묻혀
잣바람을 타고 날아서,
퍼렁나비 되어 쉼 없이 흐른다.
'앗! 지금!' (꽃 도라지 만발하시다.)
'……?' (오! 허무해.)
'사랑해! 사랑해!' (세월도 따라 흘러.)
오, 내일도 그리움이 사무치면 나는 또
앞뜰 뽕낭 타듯,
잣낭에 또 기어오르리. (음, 적기 공습? 적기 수확!)

포르르룽!
뽀! 뽀뽀꿍!
떠엉기덩!
덩 다 꿍!

대한민국 속기록을 위하여

144회 국회(1989년 1월 18일 ~ 19일) 토끼 친구 여러분! 이제 겨우 드러났으니,

① '더 전문의에게 맡겨가지고, 이미 두 의사께서 처벌을 전제로 선서까지 했는데, 그것 못 믿는다고요?'(은폐전술)

② '유가족은 야당성이 있어서 기합을 먹었다고요?'(발뺌전략)

③ '반드시 사실대로 증거를 잡아 진실대로만 밝힐 뿐이죠.'(법불신1호)

④ '그러면 그 확증을 들고 그것을 전제로 우리가 밝혀드려야 되겠죠?'(말로만 국회, 당시 의원세비 몰수함이 마땅함.)

⑤ '네가 진짜로 죽였냐? 하니까 반은 울고 반은 웃었다고?'(특수신분 당해보지 않고는 몰라요.)

⑥ '평소 대구에서 가게를 할 때 운동권 학생들하고 자주 만나 의식화되어, 민주화 눈이 뜨이는 등 정황으로 볼 때 김대중 후보를 찍었기 때문에, 그 보복으로 또는 아직도 부재자투표가 끝나지 않았기 때문에, 만약에 야당후보를 찍었을 때는 크게 다칠 수 있다는 위협적인 의도 하에서, 상부지시에 의해 결국 죽음에 이르렀다 그러한

뜻입니까?'(매우 성실하고 용감한 질문으로 평가됨.)

⑦ '3일 후에 ATT훈련이 있어서 기합이 빠졌다는 이유로?'(이제
와서 보니 역적모의였음.)

⑧ '그 얘기는 대위하고 중령하고요.'(두 분, 착잡하시죠? 세월이 흘
렀으니 저 어린 토끼새끼들을 위해서라도 진실고백을 부탁 드림.)

⑨ '상당히 적극적이고, 성격도 활발하고, 명랑하고, 동기들하
고 잘 어울리는 편이고, 하여튼 군인으로서 멋있는 우리들의 전우였
습니다.'(늦었지만 고맙소.)

⑩ '우리가 현장검증을 갔습니다. 그때 송 병장이 말했지요?'(바
로 이 양심증인을 두고 나서지 말라고 방해한 이 의원은 서울시장 형 맞죠? 또
쓸데없는 말 못 하게 하라고 한 사령관과 함께, 두 분은 결국 국민을 뭘로 본 거
죠?)

⑪ '바로 옆에서 정 상병이 맞았는데 처음에 한 대 맞고 약간 뒤
로 움찔하는 것 같았고, 다시 약간 앞으로 나오는 순간 주먹으로 구
타를 가했습니다. 바로 뒤로 넘어졌습니다.'(그대 일단 용기 있었음을,
후세 이름과 함께 낱낱이 기록해 두리라. 산 역사 공부가 드디어 시작됨.)

⑫ '특별한 지시 받은 것이 없습니다.'(그대 친구와 저 꽃 같은 처자
식이 두렵지 않소?)

⑬ '우리가 알고 있는 사실은 진실이니까 나가서 떳떳하게 말하
자.'(뭐? 진실? 떳떳이? 아름다운 뜻을, 16여년이 지났으니 귀하는 더 아름다운
반성문 요망함.)

⑭ '기표소에 기표하고 이중 봉인을 한 다음에, 다시 나와 자기
주소를 기재하고 나서 참관인들한테 보여줍니다. 다시 자기가 받아

서 투표함에 넣습니다.'(그러자 하늘이 울었다. 거짓말, 거짓말, 저 양반이 바로 부정대통령 당선시킨 일등공신이래요. 그러면 노태우 씨의 죄값은?)

⑮ '저는 빨리빨리 지원해 주려고 하다가 보니까, 막거나 그런 사실은 전혀 없었다는 저의 진심을 알아주셨으면 합니다.'(사령관! 89년 이 증언 부끄럽지 않소? 이제 드러났으니 책임져요. '진실과 화해마당' 일단 얼마나 좋습니까?)

'분명히 저희들이 취급한 사건은 보안부대에서 이렇게 해라 저렇게 해라 간섭할 그것이 없고, 침해 받을 필요성도 없습니다.'(보안대장! 어떡하면 좋우? 앞 연못에서 어린 개구리들마저 너무도 슬피 우시는군요.)

'제가 조사를 잘못했는지는 모르겠습니다마는 어쨌든 잘못됐습니다.'(수사관께선 이 억울한 죽음을 보고 인간적인 눈물이 있었음에 작지만 박수를 보냅니다.)

'제가 제대해서 민간인인데 부검자료를 어떻게 빼옵니까?'(군의관! 그래서 마침내 토끼 어사팀이 뜬 거요.) '그러면 맞아 죽은 것이 아니고 제정신으로 그 사람이 졸도를 해 버렸네요?' '그러니까 여기 충격이 오는 순간 정신이 없어지는 것이지요.' '그래 넘어질 정도로 충격이 왔는데도 흉터가 가슴팍에 하나도 없었다?' '하여튼 그것은 제가 정확히 기억이 없습니다.'(옛날에 뒤집어지는 건데 통탄스럽도다. 이 전문의 당할 자 누구 없소?)

'암적색 유동혈, 일혈점 내부장기에 심한 음혈성, 조직검사, 이화학검사, 음낭의 피부가…….' '잠깐, 음낭이 뭡니까?' '예, 돼지붕알 잡쉬 보셨죠?'(하도 의학용어를 들이대니 점잖은 신분에 그걸 붙잡고 늘어질 수가 있는가? 참 낭팰세.)

'아무리 선의로 해석하려고 해도 꾸며대는 인상이 아주 많습니다. 모두 엇갈려요. 그래서 면회도 안 시키고요.' '그 반면에 군수품을 팔아먹고 부정을 많이 하는 부대이기 때문에 혹시 죽은 정 상병이 알고 뭐라고 해서 죽지 않았나?'(예, 이렇듯이 돌아보면, 당시 야당은 땀을 뻘뻘 흘렸고 여당의원들은 연막전술 등 뒤로 코웃음만 쳤던 것이었다.)

'화장하고 안치 시키고 통곡하는데 양옆에 있던 병들이 니 왜 죽었나! 니 죽음은 만천하에 알려도 영광된 죽음이다. 참 그 울부짖는 소리를 듣고 의문이 강하게 쌓이기 시작했지요. 그것 규명하는데 이 농사꾼이 무슨 힘이 있습니까? 뭐가 있습니까? 권력이 있습니까? 그 후 집에 돌아와서도 벙어리 냉가슴 앓듯이 계속 앓고 있었지요.'(이리하여 아버지도 아들을 따라 가셨으니……. 아! 이 원한을 어떻게 풀어야 할거나.)

'그 많은 문서검증도 사전에 안하고 현장검증에서도 허점 투성이요. 양심선언할 분들의 편안한 분위기도 못 만들어 87년 전후 군의문사 사건들은 더 묻혀져갔다. 왜? 청문회에서조차 멋지게 국민을 속여 봤으니까. 사실이지 상여 국회로 보였다.'(노태우는 대통령이 아니다.'라는 무효소송조차 대법원은 줄초상 나라를 외면했다. 다시 똑바로 세우자. 당장 봄 가뭄에 콩밭이 탄다. 밤새워 물 퍼야 한다. 심거야 산다. 이래도 자네들을 먹여 살려야 하는가?)

'귀찮구만, 또 뭐요. 토끼선생.' '예! 지금 증인들은 말이죠. 시종일관 계속 거짓말을 반복하고 있어요. 살인마 군선 대통령 아닙니까? 끝끝내 투표와 관련이 없다는 훈계, 지시, 넌지시 기합으로 내몬 더 머리 좋은 배역은 만났소?' '아뇨.' '다 토끼고 없습니다. 감자 헛

골에 풀 잡는다고 약 치러 갔대요. 숨이 턱턱 막혔죠.'

한편, 수면 위로 민물고기마저 입질이 시작됐습다. 뭐, 과거사 뭐라구요? 또 지켜보재요. 아니 이게 웬일입니까? 내일 밤부터 촉촉한 단비가 마침 온다니, 바보같이 또 눈물이 퍽! 쏟아지는군요.

따라서 장군은 오늘의 대한민국 군인의 명예를 걸고서 양심 속 기록을 남겨주시기 바랍니다. 누가 봐도 저 엄청난 부정과 직, 간접 살인에 대한 최고책임자로써 우리는 그를 마땅히 똑바로 역사 앞에 세울 것입니다. 그래야 잘 아시듯이 법이 섭니다. 가르침에 힘을 얻습니다. 예. 토끼어사또에게 각중에 혼난 우리 흰머리 어른도 후에 존경을 받습니다. 마지막으로 무수한 의문사 영혼과 함께 우리 어머님이 숨을 쉬게 될 것입니다. 그리하여 물이 맑아지면 물 좋고 정자 좋은 자리 차지한 한때의 권세가 큰물 지듯 골라지면, 이 막지게 꾼도 차별 없이 말씨와 관계없이 어디 가서든 편히 좀 벌어먹게 될 것 같습니다. 도와 주십시오. 이때 벌떡산 콧노래가 흥겹고 애절타.

♬아, 정직할 수 있다면~ 눈물은 애초에 없었을 것. 진정 이웃사랑이 있었다면 의문사도 벌써 사라졌을 것을. 저 착하신 저 어머니의 아드님들, 바로 저 동료들의 괴로움마저도 씻겨드렸을 것을. 미안하우. 이 못난 토끼아씨도 이 쓸데없는 짓이나마 말발이 서고 호미를 다시 들고 신이 저절로 일어나, 다시금 미천한 돌씨 노래와 지게춤을 출 것을. 저 혼자 강냉이 콩밭 매는 인심이와 같이 우리 죽어서도 흙땀이 흐르지 않는 길은 가지 말자고. 그래, 짐 지다 죽자구나. 새벽닭이 하매 우는데, 콩 품앗이 하러 일 나갈 준비를 하자니 괜히 기분이 참 좋십더. 참 이거 여러 존경하옵는 선배제현 동지 여

러분요. 용서하소. 정말 미안함더.

고마워유! 예예! 사람이 미울 턱이 있나요. 아유! 참 고마우셔
라! 다시 푹 쉬이고 생각 없이 흙 만지게 해주시니. 예! 고맙고 말고
～ 쥬!

하늘보리가 폈습니다. 산수박, 분메론, 청참외, 홍당무, 양파,
양배추, 그리고 초롱박을 끝으로 심었습니다.
기분이 찢어질 것 같습니다. 예. 고마워요.

다들 여러 뭇 생의 벗님들 덕분입니다.

내일 아침 눈 뜰 수 있으려나?
기다림 하나, 둘, 셋.

하나
고사리 꺾자! 상고사리 꺾자!
참 고사리 꺾자! 늦고사리 꺾으러 가자!

둘
뿔따구 싸움하러 가자! 야, 산염소야! 따라 와! 나하고 놀자!
따닥! 인사.
따앙! 덤빌래?

꽈당당! 까불지 마.
음매애애! 와, 졌다 졌어!

셋
향혼새가 훨훨 날아오르십니다.

꽃도라지 한 짐 져옵니다.

작두 지고 나는 떠나렵니다.

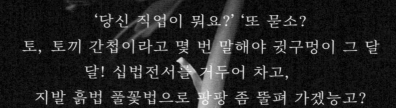

'당신 직업이 뭐요?' '또 묻소?
토, 토끼 간첩이라고 몇 번 말해야 귓구멍이 그 달
달! 십법전서를 거두어 차고,
지발 흙법 풀꽃법으로 팡팡 좀 뚤펴 가겠능고?

포고문
—약속 1호

나라 : 꽃도라지 세상.

제목 : 전, 노일당(부정축재자 포함) 처단!

직업 : 짝뚜꾼

품목 : 작두

전국의 외양깐, 마굿깐, 헛깐, 뒷깐, 나뭇깐, 그리고 도둑깐에 징거 있는 녹슨 작두 및 작뚜꾼을 공개 수집 모집한다.

① '피, 눈물을 흘립니다.'

② '너무들 했어.'

③ '웃으며 살리라.'(천지조화)

* 大恨門 육거리 장작골에서 집행한다.

청솔바람소리

쌔애애앵!

시건방진 놈들! 네 이 천하에 못된 놈들아!

이 땅에 머슴질 하라고 했지. 느그끼리 처먹고, 온 사람 짓밟고, 죽이라고 안 혔어! 여봐라! 작두날을 덜 빛나게 갈으렸다.

어떡할래?

싸아아앙! (인간도 아니다.)

으으으응! (예고편 : 청, 청산 2호)

화봉치 동치미

호르륵! 따르륵!
희르룽! 뽀르룽!

"아이고오! 참말로!"
"와! 손 시려!"

깊은 산골짝 850고지, 화봉치花峯峙에도 어느덧 서리가 내렸다. 묵밭떼기에는 호박잎, 콩잎, 고춧잎, 고구마순은 고개를 먼저 숙였건만, 지멋대로 생긴 무 배추잎사귄 살얼음을 이고 되레 쳐들고 있겄다. 오늘은 천지신명이 날 데려가도 동치미 큰독, 작은 독, 옹기 항아리, 중발, 사발 그릇, 그릇, 대접, 싹 모셔놓고 한 판 또 놀다 가시드라고!

자아, 싹싹 씻을 것 뭐 있소? 털털 털어넣어요. 소금 소금, 배추, 무, 약간 약간, 함께 함께, 뿌리 채 깊은 독에 쌓여간다. 팔팔 끓인 소금물에 펄펄 살아나는 이파리 귀신들 좀 보소. 참 많이들 멍들었지. 산새 따라 가는 길 즐거운 죽음이런마는 생 쪽파는 울지 못했지.

그 시절 잎이라곤 다 찢어지고, 청태는 베어 잡숫고, 간밤에 갉아 드시고, 빵꾸 투성이에, 사이사이 푸른 똥에, 쩍쩍 퍼드러진 팔 다리가 숨, 숨이 금방 죽지를 않는다.

'이 새끼! 지금이 쌍팔년도 자유당 시절인 줄 알어?' 2단옆차기였다. 이 난데없는 아우성에 꽃섬읍 장날 모인 약국 앞 사람들이 빙 둘러섰다. 뜯어 말리는 이가 없다. 꼬꾸라진 바우떵이다. 오토바이 소리가 귓전에 운다. 숨을 못 쉴 것 같다. 나는 비켜 봤다. 군 바바리에 아랫도린 사복이겠다, 인사도 없이 정식 목례도 없이 뒤에서 비겁하게 껍적대는 넌 누구냐? 난 그렇게 안 배웠다. 회전 낙법 차례에 장난치듯 뒷발 걸려 왼쪽 어깻죽지가 접골원 오가며 굳어도, 우리 유도 동네는 그럴수록 의리가 있었어! 누가 시켰단 말이냐? 가슴 팍 바로 앞에 그 자가 섰다. 아무 거나 들까, 박을까, 허릴 꺾어 버릴까, 목 조르길 시도할까, 아니다. 이건 도가 아니다. 운동이 아니다. 정식 맞짱구여야 한다. 이때 지난 장터에서 똥돼지 한 쌍을 팔았던 그 흰수건이 다가와 수박인지 참왼지 한 쪼가릴 건넨다.

나는 그만 이 울림소리 나기 전 기억에 멈춰 버린다. '설래 형! 형은 이곳 대학도 나오고, 언제나 정장 차림에 주산학원 원장이지 않소. 우리 약속 했잖아요. 몸이 불편한 저 윗마을 아이들을 위해서 처음 차려드릴 때, 6대 4던가, 7대 3이던가, 그래 쪼개주기로 말이요. 덕분에 잘 된다는데. 꿀 팔러 갔다 오면 태풍이다 풍랑에 세월은 가고, 돌아오면 식솔들은 불어나 있으시고, 그 수십 개 조립한 책상 앵글, 부산에서 한 닢이라도 아낄려고 울러 매고 싣고 내리고, 물통 30키로 짜리가 꿀은 35~38키로 어깨가 빠지는데, 두 통씩 천리 길

육지로 버스에 버스에 얼마나 힘든지 알아요? 외상은 깔리고 예? 그럴 수가 있어요? 그는 지팡이를 얌전하게 내려다보고만 있었다. 나는 어릴 적 복사꽃마을 곱추누나가 곱게 겹쳐졌다. 아! 내 신을 믿지 않았더라면? 골 타고 병을 눌러 씨맹이 한 알씩 떨구며, 손끝에 잡은 풀은 결코 끊긴 채 그냥 두지 않는 어머니! 고무줄 끊는 시간보다 낫들고 운동장가 두엄 쌓기에 맛들여 주신 선생님! 썰매 타다 몽창 내려앉은 우리를 건져 올려놓고, 4인용 널판 썰매를 불러 모아 한문공부가 어릿될 무렵 돌려주신 순경 아저씨! 진정 어린 편지를 읽고 혼자 남으라 한 후, 집으로 갈 차비까지 챙겨주셨던 법조인!

설사가 계속 나서 그렇다는데, 구슬픈 눈치를 채시고 쌀 한 포를 들이밀어 놓고 가신 이웃 아저씨! 아, 세 갈래, 세 갈래 진자줏빛 붓꽃도 서러운 머슴에겐 참꽃인 것을. 꽃마음? 초심이란? 착하디착하신 동심초이셨다.

'미안해요.(여긴 내 일가친척도 저만 학맥도 없다.) 난 이만 갈라요.' 이 못난 가슴팍이 시도 없이 울컥거린다. '돔, 돔, 일류호텔로 공수 중!' 스치는 장바닥 핏물만이 흘러내리는 것은 아니었다. 뜨겁게 삼키며 기어가야 한다. 나는 카운터 안 두 사람, 아니 군중에게 간첩 아닌 못 배운 죄인임을, 이미 굽어버린 허릴 더 납작 굽히고 나서야 돌담길을 접어들 수 있었다. 나는 절렸다. 한 3일 넘어 절린 저들의 잎들이 독 안에서들 빛나고 있었다. 길섶 저 꽃은 왜 피는지? 난 가슴이 아파 죽겠는데, 저 산새는 왜 우는지? 빼애~ 빼애! 째애! 째애! 너도 숨 넘어가는 새! 여덟 번째 운다. 일곱 번째 그쳤다. 아홉 번째 울다 날아갔다.

때는 '뽀얀사령관' 시대인 줄도 모르고 순진하게 파출소를 찾아갔으니, 잠시 후, 끽! 소리가 또 났던가? 반쯤 누운 나무의자가 통째로 넘어진다. 허파가 찢어진다. 누군가 물을 뿌린다. 무기고 지키던 방위병이 물컵을 건네준다. '미안하오!' 나는 또 이 떨치는 휘발유 냄새를 피운 후 빈 택시를 봤다. 신변보호? 마지막 의지할 곳은 어딘가? 난간을 붙잡고 올라간다. 이층 오른쪽 끝이 1호 검사실이던가. 경기 말투인 이 검사는 경상도 말씨인 김 검사에게 다시 전라도 억양인 박 검사에게 안내되었다. 말없이 표정도 없이 꽃은 폈다. 그 순간 나는 눈을 감고 싶었다. 청운의 지게꾼이 코피를 흘리며 산사에 누웠다. 청춘을 불사른 동지는 한평생 청백리 옹기 속에서 연둣빛으로 감칠맛 나게 삭혀지고 있어야만 했다. 산토끼는 서로 눈빛을 보면 여느 골 촌수를 알아챈다. 아! 저 산마루 땅 속 동치미는 잘 익어가는지? 내일이면 비석마저 기울 텐데. 한 사발이 절로 생각난다. 보고 싶다. 먹고 싶다. 어금니가 아프도록 씹어 먹고 싶다.

속을 풀자. 옛 맛을 다오. 옛 맛을! 시퍼런 배추요, 소금이요, 화봉치 물로만 담갔어요. 예! 맛있다고 생난리예요. '옛날옛날 그 옛날 어머이 동치미 그 맛'이래나 뭐라나. 하지가 가까운데 꺼낼수록 샛노란 게 백 가지 과일 맛이요. 천 가지 약초에 양념이 다 녹아 있지요. 우리 산동무들은 봉투는커녕 떡호박 한 쪼가리 받아먹지 않고 맨 남의 집 신세에 누가 봐도 거렁뱅이요, 반 미챙갱이요, 이리 치이고 저리 굴리는 막돌로 보였던 것이지요.

그런데 속세에 욕먹을수록 산이 물이 살드래요. 장맛이 살자, 병든 이가 웃더니, 야생화가 딱한 돌마음마다 꽃밭을 이루지 뭡니까? 글쎄. 예! 죽어버린 자, 다 태워버린 것들, 나는 반가웠다. 나는 신뢰했다. 그래서 보안사 짚차에 곱게 실려갔던 것이다. 어만 죄를 씌우려 든다. 산천초목이 왜 눌러야 했을까?

'당신 직업이 뭐요?' '또 묻소? 토, 토끼 간첩이라고 몇 번 말해야 귓구멍이 그 달달! 십법전서를 거두어 차고, 지발 흙법 풀꽃법으로 팡팡 좀 뚫펴 가겠능고? 어요! 야아?' 갑자기 병원 셔터문이 닫히더니, 써부럴! 머 합의서를 받고 쫓아내라고요? 말하자면, 식인상어 이빨마저 흔들리니 불배추, 돌무우만 심지 말고 싸곰쎄곰한 동치미 국물촌, 화봉치로 돌아가라는 것이었다. 링거액이 걸린 채로 반대편에 앉아 있는 예비군 중대장, 복지회 이사장, 포함 5인인지 6인인지에게 나는 뒤를 위해 옛날 강뚝 순경 아저씨가 가르쳐 주신 대로 괄호 열고 막 갈겼다. '합의서合疑書'

한 사발 마시고 싶어 미치겠다. 속 답답해 죽겠구마. 어이, 밖에 누가 없소? 야~ 아! 오냐, 돌아가지. 내 죽어서도 원수를 갚아 놓고 돌아가리. 아주 맛 좋게 삭혀서 만인의 간이, 온천하의 생명 찬으로, 인류의 밥상 앞에 녹고 말리라. 니네는 뿌렁지가 없겠지? 꽃을 본다. 왜 멍해질까? 인간은 배추잎만도 못하다. 무우 꼬랑지만도 못하나다. 나는 거듭 속죄한다.(울고 싶어도 울지 못하고.) 오! 어머니, 어머니!

"피고인은 가정주부로써 군복무 중 사망한 아들의 죽음에 의문이 있다고 주장하여 소위 '의문사진상규명대책위원회' 회원으로 활동하는 자인 바, 같은 공소의 임분이, 오영자, 김을선, 이계남, 전영희, 박영옥과 공동하여 법원의 재판을 방해할 목적으로, 1988년 11

월 14일 10시 30분경 서울 중구 서소문동 37번지 서울형사지법에서, 동법원 합의 제 14부의 심리로 열리고 있는 피고인 3명에 대한 특수공무집행방해치상 등 선고공판을 방청하던 중, 위 3인이 재판을 거부하고 퇴정하면서 '미제 타도' '전두환, 이순자 구속하라!' 등의 구호를 외치고 퇴정한 가운데 재판장이 판결을 선고하자, '재판 똑바로 해라!' '죄 없는 학생들에게 징역이 웬 말이냐?'고 고함을 지르는 등 소란을 피우고, 이 소란으로 이어 진행할 국가보안법위반 사건을 개시하지 못하고, 질서 회복 차 휴정 후 나가버리자, '판사님! 어디 갔노! 나와라!' 고함 치며 판사석으로 올라가 그곳에 설치된 마이크 두 개를 떼어내어 던져버리고, 법대 옆 벽에 걸린 액자, 시가 3천원 상당을 집어던져 깨뜨리고, 위 '5·6공 피해 유가족 어머니'들은 서기석에서 국보법 사건기록과 판결문 초고지를 빼앗아 법정 바닥에 찢어버리고, 의자를 걷어차고 검사석의 명패와 피고인석의 마이크들을 집어 던지는 등 난동을 피움으로써……."

잠깐, 이때 88올림픽인지, 내림픽인지요. 사회주의 민주국가에 돈 빌리러 다니는 독재자 일당에게 광주 진압 비디오를 생생히 보여 주면서, '저런 야만국가에서 올림픽이라니. 어이구! 넘사시러워라! 왜 죽였노! 왜 우리 귀한 아들 죽였노 말이다. 엉엉엉! 즈그가 먼저 올라오라고 복창을 터뜨려 놓고 억울해 죽겠심다. 여러분! 이 한을 좀 풀어주이소오. 보자! 자식 죽여놓고, 한 맺혀 남편까지 앗아가고, 온 가정 풍비박산시켜 놓고, 이 에미도 몸져누워 죽을 지경이다. 감옥 갔다 백발인데, 저 살인마들 떵떵 박통 잘도 켜먹고 돌아다니는 것 보소. 도대체가 이게 무신 나라요? 야아? 내 진실이 밝혀질 때까지 내 삼시세끼 김치쪼가리에 물말아 먹더라도 꼭꼭 씹어 먹기로 했습니다. 오냐. 살아만 있어라. 누군가 밝혀주시겠지. 언젠가 밝혀질 날이 꼬옥 오겠지. 어이~ 이~'

드디어, 여러 문건과 증인을 들이밀 새 군법회의 등장한다.
"소장! 전두환 장군! 마지막 할 말씀은?"
"소, 소인 죽여, 죽여주십시오!"
"소장! 노태우 장군! 최후 할 말씀은?"
"사, 살려주이소오. 우야능교."
여봐라! 저 중국, 사우디, 월남 등지의 형법 중, 여남은 개를 빌려 줄 때까지 잠시 쉬었다 가잖다.(가만, 익었나, 덜 익었나?)

♪둥굴레야. 쉬었다~ 가자. 쉬(달궁샘골), 었(청봉샘터), 따(진달래고개), 가(민주꽃동산, 6부 능선), 자(순통일), 덩굴레 산마루까지, 안~ 된~ 다. 쉬지 말고 가~ 잖~ 다. ♪

'한잠 잤는교? 삿갓 어른!' 세월은 쿨쿨! 이렇게 앞뒤 없이 흘러갔다. 저들은 옛 동치미 맛을 잊었다. 세상에 인간미 넘치고도 이 산마루, 머루, 다래, 맛 나는 새콤달콤한 청춘은 많은 듯한데 쌍콤한 수사, 재판, 자서, 증언, 비망록은 다 어느 골, 어느 도가지로 들어가 즈그끼리 다 쉬었뻐렸는고? 오호! 고려장에도 꽃은 피고 국사발 깨어져 있으니 이렇듯 청중이 눈을 감자, 부패는 깊어가고 미끄덩 미끄덩한 피싸리뿐, 애매한 중간치 개미 새끼 한 마리 얼쩡거리지 않았다. 하수인인 법꾸미들의 멋진 전놀이에 5공 치하 아주 바보인 난 이렇게(길거리, 파출소, 검찰, 보안사, 군법회의, 법인 '불쌍한 꽃나무' 그리고 진실 없는 신신신!) 거들빼기로 내리 여덟 번인지 터졌다. 간이고, 쓸개고, 장이고, 온 신경줄 마디가 녹아내리고도 모자라 피눈물도 더 아니 흐르니, 다음 세상을 향한 좋은 인연인 듯 이 가슴엔 늘 흰눈이 내린다.

하늘이면 하늘, 법이면 뭇 생을 살리는 법인 줄로만 알았으니, 그러니 그저 법치기 형은 말할 것도 없으리. 지금도 화봉치엔 흑뻐꾸기가 울고 있다. 청개구리는 애처롭게 감자잎 사이에서 간간 울고 계신다. 그리하여 미련 없이 취하서醉下書라고 또 맞불을 놓을 수밖에 없었다. 흩어진 꽁병아리 새끼들이 보고 싶기도 하고. 밤 바닷가를 쥐포, 오징어에 병병을 들고 우린 같이 파도처럼 걸었다.

♪사나이들~ 우는 마음 그 누가 알랴. 아! 첩첩 분단, 분단, 선한 백성들만 서서 분단에 우~ 는~ 구나. ♪이때 듣자하니, 피멍울 진 약국은 5촌간이었고, 앞서 두 해 전 빚고을 의거를 덧칠하려는 건수를 잡아 올리려는 사복은 설래형의 4촌, 그리고 개구쟁이 아이들! 뱃전에 손 흔드는 눈물꽃을 보았다. 그런 후 화봉치 도라지만한 심을 캤다. 팔러 나갔다. 고개를 끄떡이는 이 없다. 맛보기라 서산에 해는 도는데 심은 온데간데없다. 온 산천에 몰래 쓰레기였다. 이것이 5·6공이 세운 최첨단 한 탕씩 망조임을 뻔히 알면서 여적지 동네 진돌이만 밤부엉이 그림자에 밤새 짖고 있으니, 이걸 죽어도 절단 내고 가자는 말이렸다. 봉우리째 꺾은 꽃은 물 만나면 이내 활짝 펴 버리니, 그분은 숟가락을 한 사나흘 놓고 보랍신다. 골로 아니

가야할 넋이 헤아릴 수 없이 떠도신다며. 맹독성 농약 뿌리던 고을에도 어느새 북방 개구리의 앞뒤 먹이사슬이 한 뼘 차로 둥지 튼 거름더미에서 겨울잠 깬다. 밀보리밭에선 틀어 안고 뒹굴치는 세상이 되어갔다.

홍굴래 외 27종이 살아 왔다. 구렁이만 한 얼룩뱀이 풍덩! 깊은 연못에 뛰어들더니, 쑤욱! 머리를 들어올려 헤엄쳐 저편 산딸기 숲으로 건너간다. 자연이 좋다. 스승이시고 나의 의사시다. 상처가 아문다. 하나 없이 다 뽑아야 된다는 이빨이 잘 있다. 자연생식이 맞다. 모두의 덕분이시다. 단비가 내린다. 자주감자꽃이 고개를 세웠다. 이 서툰 짓 하다 풀베기가 늦어 웃거름이 적다 했더니 고구마 순 고춧대가 말라 갔다. 화봉치 낫이 팬대 무덤주의에 밀려 있었으니 님들은 정직하시다. 어언 30년만에 산미나리꽝에 벼포기가 손끝에 꼽혀 나갔다. 기계모, 줄모보다 막모가 아름답다. 물방개, 우렁쉥이, 떡붕어, 올챙이에 눈물이 난다. '발이 시리지 않아?' 오가는 새벽인사가 더없이 정겹다. 생땅에 둥둥 떠도는 쌀생명이 다시 모양을 낸다. 이날 이후 산벗님네들이 이 땅 봉마다 기쁜 나머지 너그러이 꽃마중 하시는 무전이 날린다.

"몰랐습니다. 토끼 아씨이!"

"참 미안하게 됐습니다아. 오버!"

"예예! 핫핫핫! 화봉치 동치미 잠수러 놀러와요들!"

"예! 한바탕 떠들고 나니, 배도 고프고 예! 딱 맞게 익었어요!(가만, 우리 님이 오기 전에 맛보러 먼저 초대한 이 수십 가지 날개님들, 꼬랑지님

들 건져내야 할까 봐 예의상.) 이 산 저 산, 솟쩍! 솟꿍! 힛호! 홋호호!(우
린 뚜껑이 없어 좋아요, 저 우주처럼.) 아! 먹고 싶다. 엄마 그 젖꼭지 짱아
지! 쭈물쪼물 장간을 끊여서 세 번, 내년 봄 간간히 베어들 때 우리
지난 아픔을 거둬내고 둘러앉아 보세. 사는 게 다 무엇이요?

나도 하늘 아래 맑은 물과 공기에 보탬이 되어 가는 길은 없을
까? 더럽히지 않으시고, 손 빌리지 않으시고, 스스로 순거름이 되어
드릴 곳, 이내 욕된 육신 고이 받아주실 등걸? 돌덤? 토굴? 성한 건
다 넘기고 내 얼굴 하나, 돌뚜껑 하나, 마지막 달을 기운만 있을지어
다. 오! 사랑만 받았노라고.

"어머! 하마 감자꽃이 졌어요."
"우와! 알, 알 들었어요. 캐서 쪄야지."(음, 동채미 한 사발.)

속, 속에 처언, 천불이 나는 나그네야. 자아! 어서 와요. 우리 속
시원히 들이마서 보시자고. 얼마나 쎄콤달꼼한지요.
싸끔. 쎄끔! 씹으시면서, 부디 눈물 없는 세상으로 돌아가요.
되져도 약자 편에 확실히 서서! 드실 건 없사오나, 잠시나마 속을 좀
푸시구랴. 꿀떡 꿀꺼덩!

—속천불 진화주의자, 동치미 올림

마당극
— 아욱 평화!

"비 맞으며 뭘 해요? 호호호!"

"어! 허리야, 핫하! 예! 해바라기와 깨요, 모종 하고 있어요."

"나는 아욱이 많이 컸나 하고."

"우흐! 마침 잘 됐어요. 할머니! 혼자 못 다 먹걸랑요."

"사람소리 나길래 걸어 올라왔지. 오랜만에 풍물소리 따라서."

"예! 손 씻고요. 계세요. 구경도 하시면서. 오늘 같은 날은 우~"

"같이 드시면 더 맛있겠죠?"

(이맘때쯤 산 향기 따라 귀한 손들이 등장.)

집토끼어사

대도무문大道無門, 김영삼 장로님! 기억이 나시죠? 예, 1988년 6월 10일, 통일민주당 총재 시에, '의문사 민원서류를 접수하고도 당내의 여러 사정으로 인하여 아직까지 해결해 드리지 못한 점 대단히 유감스럽게 생각합니다.'

"까악! 까악! 까악!"

"예, 곧 출또!를 먼저 부를 터이니, 오늘의 심정을 말씀해 주시기 바랍니다."

산토끼어사

경천애인敬天愛人, 김대중 선생님! 익히 잘 알고 계시죠? 1988년 10월 11일, 평화민주당 총재 시에 '장부로 태어나 혼란한 정치사에 보탬이 될 수 있고, 그 희생정신을 다른 사람들이 본받을 수 있다면 죽음이 서럽겠습니까?'(유가족 편지 중,)

"깍! 깍! 깍!"

"예, 지금은 어떻게 보고 계십니까?"

들토끼어사

진실정의眞實正義, 노무현 통머슴님! 생각나시죠? 1992년 3월 11일, '진실을 밝히고 정의를 세우는 일에 늦은 일은 없습니다. 용기 있는 결단을 부탁드립니다.'(부산역 건너 사무실에서,)

"아! 예! 토, 토끼어사또!"

"요새는 호옥시, 변함이 없으십니까?"

둥둥둥둥! 여봐라! 솥단지를 또 걸라! 365일 먹어도 물리지 않는 배춧국, 아욱국, '무시국'에다 우리네 옛 된장을 구수무리하게 풀렸다!

보아하니 잘한 일도 많으나, 세 분 모두 친인척 비린지, 덜 비린지, 차제에 산행 중 걸음 하셨으니, 나라와 자신의 큰 뜻으로 인하여 아직도 아파하는 바로 이 발 밑에 눌린 이름 모를 꽃들에게 그 영광! 그 영예에 버금가는 모든 사랑을 되돌려주며, 맛 좋은 **보따리**는 헐히 다 풀어놓음이 늦기 전에 좋을시고! 그래야, 앞서 군부독재자, 부정축재자, 악질투기분자 등을 '바른 역사'의 작두 앞에 고이 눕힘이 추호도 부끄러움이 없을 것이니라.

본 사또의 이 푸른 바람소리가 심히 틀렸는가?
……??
(어라! 돌사또라고 깔보는 건 아니렸다.)

이렇듯, '높은 구름' 같은 세월은 '피도 눈물도 없이' 흘러갔으니, '어설픈 용서'에 '빈부에 빙고'는 천지로 다 벌어져 '낮은 언덕' 사람들은 '좋은 일 하기가 나쁜 일 하기보다 더 어려운 나라'라는 소문이, 땅굴, 동굴 속 우리 야생 조수류에까지 울리게 되었다. 마침내 '제대로 한 번! 딱 부러지게 똑바로 한 번! 밝혀보자고. 이 광대싸리로라도 싹싹 빗질하고 가자고!

무지무지한 우리가 굴 밖으로 나왔겠다. 녹슨 연장을 옛 노인 청숫돌에 갈면서 '곧고 아름다운' 유언을 고하고 있는 것이다. 때는 산나물도 쇠고, 저절로 이 땅에 씨 떨어진 듯 먹음직스럽게 큰 아욱, 근대 등 드넓은 잎혼만이 울타리를 넘어 온 동네 국그릇으로, 동서남북 사잇골로 훈훈한 김 피어오르며 가는 정 오는 정 그득 담겨 넘나드신다.

"왔따! 임금님 떡은 더 맛나네야. 국맛 좋고오. 고향 생각이 절
로 나는구랴."(아! 어머니, 우리 어머니.)
"예예예! 어르신! 울지 마시고요…… 많이 잡싸~요!"

얼마나 좋습니까? ♪그리워~그리워서 아욱국이 끓는 마을! 맨
돌바닥에 둘러앉아서 얼핏 보니, 잘난 사람 못난 사람 없구만요. 가
진 자도 못 가진 자도 없는 거여. 낮은 이도 높은 이도 간데없네야.
우리 할매신도, 그 할배 재물도, 여기저기 시방 핀 '하얀 꽃'들도, 울
며 나는 저 산새께서도…….

"토끼아씨! 요즘도 끼니를 때우지 못하는 사람이 한반도에 있
어요?"
"으응! 그럼! 접때 니들 중 펜더토끼 한 쌍을 그 철책선에서 풀
었잖니."
"소식은요?"
"아직, 늘 우린 먹히잖나."
"또또, 국물꺼리를 찾아 나서야 돼요?"
"글쎄다. 생각하면 어저께 검은 피는 니네들 만지는 그 흙으로,
또 내일의 꽃으로, 오늘 같은 날, 이 흐르는 국물로다 씻을 수 있을
것만 같기도 해."

아! 아름드리 참옻낭구 꿀향기는 숨 막히듯 날리고,

딱새 한 쌍 쉴 새 없이 둥지 찾아 물고 나는데,

왕왕 벌떼들 소리 잠든 지 오랠세.(1905년 6월 10일.)

　　　　　　　　　　　　　—노을 지는 청문마당, 제1막 끝

지게질타령

먹고 합시다. 자아,
올챙이묵, 감자부침개, 찰강냉이, 시루떡, 곰딸기, 생꿀, 능금,
맘껏 잡숴! 시장들 하시죠오.
야아, 난 새벽 두 시 반에 하산했더니만,
자아! 한 판 지고 놀다 가십시다아!
짐꾼들이 고속도로를 최우선 걷고 있군요.

여러분! 노랫가락에 실어갑니다아.
고맙네 고마워! 오! 향긋한 그대여!
이 모진 목숨 살아있다는 게 돌아보면,
어디 하나 저절로 먹고 살았겠소.
난 지게 지면 진실스러워요.
고통이 의문사를 일받거든요.
그게 무슨 소리요?

여보시오들! 배추 무값이 있으나 없으나,

스스로지기한테는 춤추는 시세 상관없소.
싸릿발이 다 나가겠네야. 어, 무거!
보시다시피 우리 꽃 떼죽음도
눈 크게 뜨면 광신 때문이라지.

한 잔 하소!
거 도라지 더덕술 너울머울 주껌씨롱,
씹다 보면 하도 고수해서요.
저 어금니 쩍배추도
이 토끼아씨네 통밀된장에 쿡 찍어 잡새요.
땅만 보고 살았지요, 엄마가 늘 보고 싶어서.
소쿠리가 비는 시각에 잠이 자꾸 떠돕니다.
어느 날 화학제품이 간 뒤로
밀밭엔 뛰는 놈도 나는 친구도 돌아왔어요.

잠깐, 오늘 잘구 작업은 군납이라오.
좋은 놈 골라 담으소. 그런데,
청메뚜기부터 개미 벌나비까지 싹 살아온 거요.
그래 알음알음 뭇 생,
바로 우리 꽃들임을 알게 되었소.
오! 약약약! 솔 에이즈? 천적에 극약?
자아, 차를 수평 맞춰요.
밀뱀 같은 관이라면 내가 먼저 비켜 서 주지.

뻔히 알면서 피를 말립디다.
끝내 거대한 맹독성 농약사 뒤엔
제국의 붉은 독수리가 쏘아보고 있었지요.
하늘은 이 땅에 없소이다.
철책선 주검들도 같은 이치요.
장군! 장군의 아들만 의문사요. 군 사기가 먼저요.
분단사정을 잘 알면서 뭘 밝히실래우. 어 무거!
첫닭이 운다. 칡꽃 향기가 날린다.
자아, 멜빵도 맞추시고요.
폭설인가, 치마받인가,
고요한 아침의 나라에도 산새들이 파묻힌 알곡을,
손도 없이 괭이도 없이 입부리로 파제키고 있답니다.

자아! 얼근하시죠오.
여러 상차꾼네들요.
다리 떠내려 가요!
장마에 지게 발목이 푹푹 빠져
짐 무게가 바윗덩이라
일어나다가 인대는 다 늘어나고,
벌어서 약값에 다 처바를지언정
지게꾼이야 하늘로 날아가겠소.(어 무거.)

자아! 일 나갑시다.

방글라 필리핀 아줌님! 고생 많죠?

자아! 덤벼요! 뭉칼을 잡아요.

죽어도 빈 지게 지고 죽읍시다.

오! 마음씨마저 아름답기에

갑자기 돌풍이 몰아칩니다. 이국 만리,

파란 사슴에 묻혀 떠나갑니다.

죽으나 사나 내 어깨가 신보다 귀해요.

내 허리가 울부짖는 기도보다 더 통증이 심하오.

어! 힘들어!

퐁쌍퐁쌍 솟구치는 흙땀방울이 줄줄 흘러내리네.

섞여서 빗물에, 소금물에, 배춧물에, 절어

우리의 땀값이 전자놀이에 빼앗겨 버리는구려.

잘도 진다아! 다 찢어졌다.

비옷도, 질긴 군복도, 탄복도, 달라붙는다.

허벅지가 막 나간다.

잘 논다. 채발 치랴.

고약하게도 땜마다 터져 노랗게 말라들 간다.

앞서가던 뿌렁지 따던 칼이 떨어질세라

(아! 돌아서지 않는 것은? 저 총기류들.)

아지매 몸빼바지로 갈아입는 거여.

냉장고도 이 맛 못내. 산골에 묻은 요 싸금째금 김치맛을,

이래서 일 맛 나, 땀일이 천하 으뜸 기도인 것을,

너무 힘들면 이렇게 남 탓에 실어 장단을 맞추신다. 어잇, 무거!

안 죽였대잖어.

웃어가며 모른대잖어.

엊그제 나도 배운 것이 기회다.

위선이었지. 껄껄 은폐였다. 저,

용공조작 깔치놈의 오만방자함이,

우리네 배추 짐을 더 무겁게 하는구려.

여봐요, 배추포기에 맨스대가.

얼마나 바빴으면. 얼마나 기쁜지.

깡촌에, 예예, 아기울음소리 듣겠시다.

아! 잘 태웠다.

한 수레 법창마리들 '신법철학'이고 뭐고,

진작 잘 거두고 나니 날아가겠어요.

지게귀신 공부에 밥맛이 좀 좋은가. 아휴! 무거!

3천 포기째 5톤 트럭에 떠올리면서 흥얼거린다.

척척척척!(한 포기씩 신문지에 감싸는 작업 중.)

"기사님! 먼데서 오셨네요."

"예."

"신문지 나눠줘서 고마워요. 아따! 잠이 쏟아질 텐데."

"와! 요즘은 더 어려워버려!"

"우리 상차꾼도 말 마시소.

전라도 아줌니들 그 반티이(다라이) 부대가
이 강원도까지 와서 잽싸게 날라다니니,
우리가 먹고 살겠소?
핫하 참! 점령이요. 점령군! 안 그래요?

"말도 마시오!"
"들기로는 가락동 칠팔십 프로 이상을 잡고 있다던데요. 서민
물가! 딱 그 소리 들으면……. 접때도 화물차 한 대 파스가 나, 그 동
네 차 다 써, 그 무거운 배추가…… 도와주더라구요. 하기야, 사실
바지런들 하시고요. 당장 내년부턴 상차꾼도 굶어죽겠소."
"그놈의 돈이 어느 쪽으로 사라졌는지 가닥을 잡을 수 있나 그
래. 우리 지게꾼은 대번 아는데 핫하하!"
"긍께, 중도매상 배불리는 거라. 열딱지가 나서 원!"
"어 힘들어!"

자아! 장단이나 맞춰요오!
토끼새끼들아!
내 사랑하는 놀갱이 새끼들아!
산판으로 일 나오너라.
도대체 이게 뭔 향인가.
저 낮 연기, 내일 땔 낭구가 모자라는데 의문사가 또 웬 말이유.

아니면 연뽀잠자릴까, 말똥구리실까.

토끼아씨! 힘 좋네요.

와! 인연도 인연치고는,

쏘련 친구, 참 잘하우.

예예! 기사님 서치라이트 좀,

엇차! 저 고랑이 봐라! 무비료 무농약 새봉치!

밤새 산배추 뜯어 잡숫고 자고 갔네야.

아주 허수아빌 자빠뜨려 베개까지 하고.

아하! 이제 보니 엊저녁 씹히는 검정 콩맛이 왠지,

뒤뜰 독뚜껑을 수놈이 떠받아놓고는

노루 한 놈은 망을 보고 서로 붙어 멀리서 보니,

지게는 제자리라. 오! 변함없이 해맑은 저 눈동자가

더없이 아름다워라.

뒤로 잡숫고 앞으로 또르륵! 또알또알!

먹어야 살지라. 핫하하하!

어허야! 챈다, 채! 산짐승 똥은 약이라오.

똥맛 좋고, 술만 좋고!

열매 열매, 머루, 다래, 마구리, 매실, 따먹었으니

술, 술이 됐지 뭐요.

꿀통 보고 따요. 알고 나니 속이 거북하네야.

그의 집행 현장을 보고나니 두고두고 더부룩한 기야,

영 좋질 않어.

참 들고 합시다. 잊자. 잊어!

날 죽이자, 지개를 다시 지자.

뭇 짐이 허리를 꺾을수록.

지게 작대기로 콧노래를 부르면서

자아! 삽쟁이불 좀 보시고요.

어랏차! 묵지게를 지고 나가세.

고려장 내 부모님 모시고 오세다.

잘 한다! 저 곰바우 생전 처음 져보는가 봐.

배추 지다 앞으로 꼬구려지고요.

무지다 뒤로 홀라당 자빠지는구나.

핫하하! 여보소! 남은 아파 죽겠는데,

아! 지게꺼리는 내 숨! 내 춤!

나의 연분, 꽃창포 처녀!

님은 들수염매기!

오! 꽃비 내리는 연못에 물결 이는 님이 아니더냐.

엇따! 발놀이가 안 좋아!

이 소리도 아직 등짐 무게를 느낀다는 얘기라.

아! 막노동꾼에게도 갈 길이 있었더냐?

석양이 되니 처자식이 생각나는구랴.

내 흘린 땀만큼 돌아오기만 한다면,

내 등껍질 벗겨 씨앗 준비하라고 보냈더니,

거들떠보지도 않더라고요.

더럽대요, 흙냄새가 난다나요.

그 질로 금간 가슴 쪼개기로 마음을 먹다가는…….

세월이 흐르면 쭉대기는 흙살 되시고,
그 곁에 누운 참꽃도 마디마디 피멍울 꽃피고 질 것을.
얼라! 잘들 부르셔어!
오! 땀꽃에서 흙꽃으로 돌아가는구나.(돌아가시는구나.)

꽈쾅! 꽝! 천둥 쳐요. 또 퍼붓는다.
일 없어.
두 번째 트럭을 끌어올려 보자아.
신문지 거들어준 기사님이 고마워서 힘을 내자고요.
벼락 맞겠나, 지게꾼이 사기를 치는가.
저 건설 토목계장 양주질 좀 보소.
우짠 일인지 군도로, 지방도로, 뭔 관광도로,
산천경계 묘지 동창에 흘려 사놓으시는지, 재주도 좋아서.
빌딩 올리고 사위들 무쇠 밥통에 앉히고 별장들 짓고,
다 잘 산대요. 그럼, 우리 옆집 사는 이도
미 군수품으로 자수성가했다나요.
정초 버스기사 양반한테 기름 흘리면서,
보따리, 절약 보따리라, 너무 묶어 풀지를 못하시는지,
콩갱이 한 쪼각 건네지 않으시더라구요.

아니야, 잘못 본 게야.
박스작업은 일손이 많이 가지라.
힘드니 막 불러봅세.

오! 반딧불 세상이 오면.
그때쯤 땅 한 평 머시기 하고파.

자아! 술술 넘어가세.
저 할배 석축돌 지게걸음 좀 보소.
어거렁 찌거렁 삐그랑!
아이고 나라지게도 한참 고치고 갑시다.
조상님요, 우짜만 좋겠능교.
자아, 길 내요. 먼데부터 져 와요. 얼릉얼릉! 요령 울리고.
얼싸! 이 무대가 아니 '거름질 오페라'더냐,
'지게꾼 페스티벌'이 된다더냐,
아무튼 똥쭐 불 나게 해봅시다아!

놀고먹는 짐승들 봤소. 산백합 밤나방 같습디다.
재산 환수라 그것도 좋지만 싹 잡지 말고,
저 대마섶에 벌나비 어슬녘에 모여들 듯이,
생땀째 거두어들이는 거요.
아! 골골 지키는 주인님들은
어느 시상으로 가면 사람대접 받을 건지요.
사냥한다고 남의 마늘밭, 밀보리밭,
싹 빠대놓고 총소리 강산에 고개를 들 수가 있나.
지게작대기 휘젓다가 몸땡이만 다쳤쏘매.
지게품값 떼어먹은 화주 찾아보니 쌀이 없어요.

토끼아씨! 배추밭 얼구랭이 청개구리 보소.

약 안 치니 얼마나 좋소?

그래서? 멱살은커녕 두부만 놓고 돌아섰쥬.

잘 했소. 이게 눈물 없인 못사는 우리네 인심법이었다우.

일어써어 ~ 고오우!

배춧짐, 신문지 다발, 생다발,

저 별난 신문들 막 밟혀.

좋은 것은 공근 지게 곁에 으스스 추울 때,

몸 말릴 때, 불 질러 놓기 좋아.

지 얼굴 발딱이, 아는지 모르시는 지들.

막 써제껴. 나맨치로 겁도 없이. 핫핫핫!

(노랫가락에 장구소리가 다가옵니다.)

떵기덩! 떵따라라라, 떵따라라라라! 쿵닥딱!

청산아! 불 온다,

족보 거두어라.

씨 붙임을 함시롱

빗질이나 하자신다.

야! 참 잘 노우.

엇싸! 엇싸! 저 지게가 무신 지게던가.

운동선수들 솥단지 거신 어머니가 돌아가시자,

가면서 그렇게 웃기더니만 관 내리자 펑펑!

다 뛰어들어 우니,

(보리피리 소리가 은은히 온 산천에 젖어듭니다.)

관 뚜껑이 떨썩떨썩!

얼마나 소리쳐 우시는 지들.

한편 맘껏 울지도 못하고 누운 어머니도 계시답니다.

잿놀이요! 한 잔 꺾고오!

들어보실라우,

'다 탄 눈을 내 목 분홍스카프로 핏물 닦으며,

살에 삼각팬티 고무줄이 박혀 자르는데.'

'제 몫…… 태일이 형 만나 어으～머～어～!'

일 없었어! 낭중에 듣고오!

산 동지 여러분!

자아! 눈발이 세차니 얼른 실어주고 넘어갑시다!

감각이 없다.

짐빵 잘 하시고!

가도 가도 사내새끼 눈물만 흘린다.

이렇듯 째지도록 아파올 때만이 토끼아씨는 신이 났다.

고비가 왔다.

세 대째 실어야 하니 모두들 열이 나고 지쳤다.

아휴! 다같이 벌어먹고 살자는데, 전라도 차 두 대 보내고,

저 충청도 경상도 아씨는 그냥 돌려보내야 되겠능교.

난 자살하지 않았어요. (배추 배차! 풀썰 물썰!)
토끼아씨요,
꼬옥 진실을 좀 밝혀 주이소. (무꾸 무씨! 울쩔 묵쩔!)
거짓말이 아닙니다. (개울 건너어!)
산새들이 지저귀는 곳 참사랑 고갯길이로다.

저 뜨거운 모래땅, 엎드린 양떼들을 보셨죠.
왜 싸우죠. (뒤로 제껴요.)
누가 싸움을 걸었죠. (자아, 공구고오.)
십계명 돌판! 보셨수. (어어, 허리야.)
살아온 자 있나요. (소쩍! 소쩍!)

(자아!) 아침에 우는 소쩍새는~ ♪
(떠올려요, 세게!) 거름 져내라 울고~요.
(어떻게 믿나요?) 저녁에 우는 소쩍새는,
(무조건요?) 솥 크다아. 솥 크다~ 울지요.
(굶고 있어요.) 토끼아씨 나물 삶는 가마솥도 울어요. ♪
참! 재미나네야. (똥빠 묶고오!)
예루살렘은 바로 지금 흐느껴 우시는,
영혼의 저 처절한 울음소리 이 아니려나?
오! 이 땅, 땅신이시여! (뻐꾸 뻐꾸!)
원인이라도. 살아도 산 것 같지 않는 어머니 어깨를 주무르며,
♪ 요 배추는 말쑥이~ 조 무는 말뚝이~!

오라. 걷다보면, 이토록 한없이 무거운 짐이,
지고 보면 꽃짐이, 하고 싶어서 하는 일,
꽃짐이 아니시던가요.
고리바 쳤죠?

드디어 신들이 지게꾼으로 변하시다.

와! 잘 쌓았다.
시집 간다. 배추가 장가 간다.
무씨가, 잘 가요.
예예, 수고하셨수.

얼쑤! 잘 넘어간다아!
𝄞아, 어깨가 빠져나갈 때
허리가 끊어지고, 다리가 감겨 쓰러질 때,
이 순간 진실하므로 무, 무기신이여! 너 세상의 죄여!
지금 내 목을 쳐라! (어머니~이) 𝄞

지고가세 지고가세 아픈지게 지고가세
배추지게 쏘복지게 무우지게 뻐덩지게
지게지게 나무지게 나무지게 사랑지게
생짜지게 머슴지게 개떵지게 알곡지게
알통지게 생명지게 별밤지게 나눔지게

업혀지게 들꽃지게 들꽁지게 평화지게
얘들지게 맨발지게 빠우지게 곰발지게
봉사지게 사쁜지게 꽃뽕지게 산새지게
고된지게 하늘지게 똘밭지게 새땅지게
쌩땅지게 새훍지게 살살지게 평등지게
빵빵지게 초록지게 촐렁지게 향내지게
빵아지게 사람지게 넘어지게 웃음지게
자빠지게 같이지게 또급지게 아름지게
쏭갓지게 참꽃지게 참한지게 엄마지게
들머지게 나물지게 아빠지게 소똥지게
할배지게 삐딱지게 토끼지게 바보지게
바보같은 우리네가 착한 영혼 짊어지세!

아! 어느 세상 돌아가면,
이 무거운 지게만큼 품값 받을라.
이 흘린 땀만큼 보람 찾을라.
뻐궁! 뻐뻐꿍! 뻐꿍!
또룽! 또룽! 또르르룽! (다다음 푹 쉴 세상이 있다니.)

여러분 모두!
욕 보셨습니다요.
애 많이 잡싸씸더.

신이시여! 그 동안 미안함다.

어서 '의문사의 진실'이 밝혀지게끔 해주소서.

그러면 다시는 감히 갖고 놀지 않을께유.

예예! 잘못했땅께요.

'유별나게 믿는 이들이요, 대체로 냉정하더라구요.'

이딴 소리도…… 허 참!

잘못했씀다. 오버!

큰 바위로 이 가슴을 눌러 놓았다.
아니야, 큰 바윗돌로 눌러 놓았어도 이렇게
답답하지는 않을 거야.
이렇게 아프지는 않을 거야.

금강애기나리

해오라기

오늘은 내가 저 세상으로 간 지 두 달 되는 날이다. 지나간 시간 죽었다가 다시 깨어나서 펜을 들어본다. 무덥던 복더위도 가고 새벽바람이 앙칼지게 가슴을 할퀸다. 너무 쓰라려서 눈물로 낯을 씻는다.

너무 아파요, 너무요. 어머니! 나는 철부지 어린아이 되어 몸부림을 친다. 불쌍한 우리 아들의 영혼을 님의 품에 꼭 받아 안아주시고 평안히 잠들게 하소서. 이 어미는 너의 사진을 꼭 안아준다. 자던 방도 돌아보니 주인 잃은 책들도 울고 있는 것을 바라보다가 어미는 허수아비 되어 동산에 올라 하늘만 바라본다.

하늘나라 어디에 내가 있나. 파란 하늘 솜털구름 속 맑게 비치는 햇빛을 바라보아도 너의 얼굴은 보이지 않네. 네가 좋아하던 당근, 고추, 토마토, 대추, 복숭아나무, 초롱꽃들……

아침 햇빛에 불태워 의문의 나라를 장식하고 자기 멋대로 각자의 결실을 자랑하고 이 어미의 시선을 빼앗아 가려는데.

아들아! 너는 왜 어미 앞에 자랑 못하고 어미 앞서 먼저 가야 했니. 민주화 통일 노동운동 때문일까. 너와 나의 운명인가. 이 어미는 이 시대를 원망한다, 그 님의 뜻일까. 어미는 미칠 듯이 가슴 두들기며, 눈물과 한숨으로 뭉쳐진 한 많은 세상 어이 살꼬 어이 살꼬, 한탄하며 필을 들어 마음을 풀어본다.

어림없다. 우리 아들의 죽음의 상처는 풀리지 않는다. 큰 바위로 이 가슴을 눌러 놓았다. 아니야, 큰 바윗돌로 눌러 놓았어도 이렇게 답답하지는 않을 거야. 이렇게 아프지는 않을 거야. 정말 어미는 못 참겠구나. 이 어미를 데려가 주면 좋겠다. 날 데려가 주세요. 밭두둑 같이 쓴 이 한 페이지를 소개하는 마음은 눈물입니다.

아들의 마지막 삶을 보낸 마지막 12월이 너무 쓰라려서 마음을 잡지 못하고, 허공을 헤매느라 편지 쓰지 못하였다우. 산골짝 머슴, 정말 님의 순수한 일꾼 되소서. 저는 진천 용암에서 자란 소도방 운전수 석순이라오. 아비는 우산을 들고 고인이 좋아하는 김밥, 녹삼차도 끓여 가지고 갔다우. 부모 마음이지 뭐. 먹지도 않고 왔느냐 소리도 없는데, 그냥 보고프면 간다우. 씨 뿌리고 씨 덮는 마음으로. 머잖은 봄향기를 기다리면서.

그럼, '촌머슴'의 다음 노래로, 추위에 건강 조심하시고, 글씨를 보고 흉보세요.(사람은 본시 너나없이 다 소박하잖여.) 소리없이 눈 쌓인 뜬새벽.

—1993년 1월 3일 그리운 해오라기 씀.

𝄞 한여름 장맛비 맞으며 대장간 낫 들고,
찍어가며 진풀 하는 저 농부야!

옛 어르신(96세) 말씀마따나,
'허어! 자네가 진짜 농사꾼일세.
세상을 고루 살림세. 어엄!
다 옛날로 돌아가는 거라네.'

저도 따라 그저 썩고 싶은 새봄 산골은
가히 젖꽃 바다 가난 만덕경이라 하옵니다~ 𝄞

오늘따라 더욱 보고픈 정!
봉숭아, 채송화님께.

사랑합니다

고맙습니다!

이 땅의 돌과 돌님에게! 흙에 흙신에게! 물에 물의 여인에게!

햇빛 속에 양심의 빛을 주신 의인 여러분께!

소리 없이 응원해주신 들풀님네들, 언제나 우뚝 선 나무님네들,

이 가지들 곁에서 늘 위로해 주신 산새들!

이 뻐근한 지게 길에서 쫓기며 수없이 쓰러져 정신을 잃었을 때

일으켜주신 당신의 산바람!

꽃바람! 이제 같이 떠나야 할 이름 짓지 못한 꽃님들!

잠시 옷깃을 여미고 아직도 진실에 목말라 애태우시는,

의문사 가족들께 무어라 감히 말하리까?

어머님 건강하십시오. 훗날,

어느 하늘 어느 꽃님과 기쁘게 만나시더래도.

어느덧 언강이 풀리면서 쾰쾰쾰! 소리쳐 흐르고 있었다. 풀기

어린 강바닥 돌들을 내리 훑으며 굽이쳐 어디로 가야 하는가? 수없

이 죽어간 님들이 그토록 목숨 바쳐 원했던 소원은 무엇이었던가? 뒤돌아보지 마시고 쉬 가소서! 저 두꺼운 얼음장이 마침내 녹고 언젠가 녹아…….

해마다 5월이 오면, 저절로 밀씨 떨어져, 푸르른 가슴 일어나! 이 땅 묵밭, 뭇생도 의문사도 살리시더라.

(토끼 친구들의 궁금증.)

젖 짠다! 퇴끼동무들! 놀러오라고오!

막지게꾼

어머니는 버들양씨 아버지는 청풍김씨
휴전둥이 동촌생에 머슴살이 무식꾼에
이런사랑 저런인연 생전처음 거두어본
말씀마다 두려워도 죄값업보 짊어지고
일용지게 풀었으니 눈꽃같이 사라질세.

— 1905년 3월 13일, 퇴끼봉에서.

"애들아, 니네들도 우리 사람이 꽃으로 보이니? 아니면, 꽃이
사람같이 보이니?"

"으응! 아름다운 흙꽃을 늘 생각하시나 봐요. 그쵸, 토끼아씨?"

"핫 핫 핫 핫 ~ ! 고마워! 예쁜 눈으로 봐 주시니……."

선신이시여

오늘, 지구촌 샛골 따라 샛노란 곰취꽃, 새하얀 취꽃 곁에 몇 뿌리 남은 도라지마저 둘러 파먹는 저 미운 벌레를, 우리 신들각시 넋 낭놀이에 터져도 심히 나무라지 마시옵고, 덤불 사이 '별 게 별 게 있는 꽃밭'에 또 몰려드신 어린 메뚜기들을 땅임자라고 약 쳐 잡는 짓은 이 벌낫 치듯 떠말려 주서서, 어제같이 '아리랑' 저 달빛저고리 휘날리는 샛뿔봉 앞자락에 솟침나무들처럼, 진정 불꽃같이 살다 간 참한 꽃들이 한밤이면 골골 옹아리며 울어대는 달궁못 영마구리를 찾아와 어울렁 더울렁 놀다 가시니, 그 뒷자리가 너무도 향깃한지라 우리도 본받아 그날 한반도 꽃마루 또 뉘 갈구면 '의문사 땅', 나 어수루이 이 풀거름으로 쉬 돌아가도록 우리 선신께 부디 부디 비나이다.

2005년 7월 19일, 하얀나비 한 마리
무꽃에서 산초꽃으로 날아오르시던 날

211

내 감은 눈가에도 꽃잎이

　　낙엽을 뚫고가는 고슴도치 나타남. 향긋한 두더지의 숨길에 씨앗이 떨어짐. 아름다운 유산상속임. 숨 쉬는 흙을 만들어 준 크로바와 물풀들과, 찔러대는 너구리들이 세를 확장하여 바람씨 한 톨 뿌릴 못 내려도, 소농들의 자연초지가 웬만해선 고사되지 않는 것은 목이 타는 뙤약볕 채소밭에선 좋은 친구가 되었기 때문임. 도둑놈 풀은 몽창 올라와 뽑아도뽑아도 피를 보이지만, 양떼들의 울타리가 되어 토끼도, 소도, 염소도, 파아란 잎사귀를 넘나듦. 미워할 수 없어서 민들레, 당귀, 삼지구엽초, 익모초, 고깔나물과 어울려 살아감. 개망초도 향이 있다고 그분께서 그때까지 순만 치라 함.(2009년 7월 19일)

　　'삼촌! 우리 가족은 하나님 가호로 다 잘 취직이 되었어요.' '오! 우리도 뜨거운 햇살 아래 부처님의 가피로 여기 곡식들도 다 잘 익어가고 있단다.' 이 시간, 부리가 긴 파랑새 한 마리가 뿌연 강가에서 뜻밖에, 민족문학과 종교 이데올로기를 넘어서, 비만 안 새면 되는지, 뒷동산 옛 둥지를 물려주고 눈에 확 들어오는 녹꾸만이로 날아갔다. 이 날은 이태리 한 성당과 그 안에 귀중한 액자들과 생명들이 난데없는 지진으로 피울음이 끊이지 않았다. 살피건데 서구식 제국주의와 대등해야할 동양적인 신관, 가족관을 귀족관념에 사무친 그 점잖은 떼들과 엘리트식 신민주의로 굴러가고 있다. 지금 딸딸이가 전진하지 않는 강바닥길을 님마다 명도明道를 쌓아 올리기 위한 돌들이 실려 간다. 모두 헛바퀴만 돌다가 깊숙이 빠졌다. 물이 차 올라오고 있다. 이 땅에 가족적인 대화마다 토착적이며 인간적인 존재 뿌리마저 생명력은 자꾸 꺼져가고, 반생존의 원형으로 어쩌면 보기 좋은 그 '뜻'으로 바꿔치기 하여 무너뜨리고 있는 것은 아닌가? 그래도 몰라, 세상에 '역마살'이 끼었다 하자. 이 삼촌토끼도 저 솔마저 집단으로 벌겋게 죽어가는 줄 미처 못 봤다 하자. '여보! 지금 뭐하는 참이래요?' '예! 여기는 굉장히 너르네요. 요지요 요지! 다들 몇 십 년도 못 가 급격한 저 솔바람 따라 새들의 멸종을 예견하시지요. 특히, 희생적 계약층께서 먼저 젖 나눔, 믿음 터짐이, 얼마나 큰 축복인지, 이 긴급상황을 널리 헤아리시겠지요.'(한 번도 탄식하지 않는 자비와 사랑이 있다면, 어찌 성당만의 이야기겠는가.)

"한미일 천안함으로 강화됨. 동해바다 무기전시장화, 한국이 잠수함 등 구매할 것임. 중국 지대공 미사일 서해에서 날림. 이상을 재주넘는 일본 천황과 성교회 무쇠를 녹이는 미국 예수님?"(2010년 7월 29일)

"여봐라! 산토끼들! 오늘부터 이 산천에 '신의 구름다리법'을 넘나드는 토끼들은 전쟁판에 뛰어들지 못하게 하라! 원, 살벌해서 못 살겠구나. 선교목적에 정보수집이 다 뭐냐. 다시 말하지만 초등학교 운동장 근처에 못가 볼수록, 공을 갖고 놀수록, 꼴을 베러 다닐수록, 인간성이 좋다는 사실을 알아두렸다. 알겠느냐?"

"묘목은 나누어도, 연어알은 풀어줘도, 꽃밭은 일구어도, 복사꽃 골짜기는 살려도, '은밀한 너만의 신'은 믿지 마라! 그 딴 신앙도 불성도 해원도 나누지 마라! 보지 못한 것은 못 봤다고 해라! 은밀히 갚아주신다는데 세상이 왜 요지경이 되었느냐? 믿는 이들이 더 간사스럽다고 은밀히 말해야 되느냐구."(쿠바 양심수 하나만 놓고 보드라도,)

"골재 체취 안했으면 좋겠어요. 믿는 사람 놔두고요."

"뭐라고? 저 민물장어 꼬랑지에 서식하는 밥값티 '적절치'들을 건저 올리렸다."

흙의 눈물을 보았느냐? 당신은 물초롱을 이시고 굽이 굽이~ 밤낮없는 사랑으로~ 강을 비트시며, 눈물겹도록 흘러오셨습니다. '댐'은 '산'을 깎습니다. '보'는 '물'을 썩게 합니다. '신의 뚝'은 잠깁니다. 너희 '믿음'은 터질 것입니다. 실개울과 씨멘트 벽 사이, 푸른 정과 화약공장류 사이, 담수어종과 차오르는 인간 사이에, 깨끗한 하느님이 보우하사……(공개 질의서 중에,)

부패권력이 '국민의 뜻'이라고 어림수로 말아먹으니, 그 신의 물줄기 하나 못 살리고서, 저 '행복한 농민 노동자'는 어디 가고 '줄기세포 연구'를, '생식기 자연발효'를, '요인 암살 미 부대' '국가정보, 강력대처'를, 또 어림잡아 '예수님의 뜻'이라고 할 거냐.

선생님께서는 충북 옥천이 고향이라 하셨던가요. 어느덧 흰머리 날리시며 우람하신 한 백년을 한의요, 침술이요, 의로운 이웃으로, 엄지손가락을 힘차게 들어 올리는 원주민들과 공을 차며 한 가족처럼 어울리셨습니다. 염려는 아니 되옵니다만, 그 백마가 달리던 사탕수수밭 주변 대평원의 커피농장, 광산, 원목, 브라만소떼, 옥수수밭, 치즈 공장, 양계농장, 그리고 크고 작은 만남의 장소들까지도, 일국의 몇몇 단체들처럼 소유의 개념이 없으셨기에 그곳에서 뼈를 묻으셨겠지요. 돌아보면 순서는 다르오나 여러 생활공동체와 자주 이마를 맞대고 있으신, 그 단단한 신들의 협업체 주인인 유대계 독일인, 일본계 미국인, 그리고 여러 화교분들과 그 깃발, '농토는 농민의 손으로!' 이 휘날리는 내 나라 내 민족주의를 뛰어넘으시어 참으로 부지런히, 그 푸른 약초로 어루만지심만으로 대륙을 넘고, '이웃신'을 또 넘어 넘쳐흐르셨겠지요. 하오나, 님들이 앞서가신 후 굴뚝을 제끼고 병기고를 치우고도 맨발 맨몸이시므로, 마지막 이 지구상 푸른지기이신 신다운 원주민들이 남겨주신 초지요, 숲이요, 허파가 타들어가고 마는, 그 뭐죠? 예! 전천후 생산, 주인 잃은, 그 검붉은 황토물에 함유된 우라늄탄, 수은 등이 연이어 대서양으로 흘러들게 되지는 않았는지요.

215

'잠깐만요!' 지금 이 시간 새 항공모함 조지워싱턴호가 한반도 주변 해역에서 작전 임무를 수행한데요. 예! 반쪽은 고맙게 반쪽은 이유 없이 겁이 난 건가요. 핵 억제력? 핵추진? 핵무기? 어딜 가나 농삿꾼만 어렵사리 흙이야기 하려다가, 정다운 이웃 간에 먹고사는 이야기 하려다가, 그들 전쟁광의 유사시 잠언록이 없어도 '기적'이 일어났는지 몰라도, 언어는 다르나 따뜻한 미소로 엄지손가락에서 표시되신 '아름다운 우리들이 친구'가, 온 세상 나뭇잎 모두 우리들의 가족임을 보여주셨지요. 그렇듯이 그 정글 속이 문득 떠올라서 저희도 이만 가랑비에 옷 젖는 줄 모르고 떠납니다. 그러기에 침몰한 신의 길도 반자연 반성전 친무기화 놀이이므로 계보도, 족보도, 핏줄도, 닿지 않으신 그 사랑이 하도 따뜻하여, 오늘같이 움츠려질 때마다 한 번 떠올려 보았습니다. 어쩌면 최소한 한 세대가 지나서 초월하신 그 사랑의 빛이 더욱 소중한 영혼이 한두 분 뿐이겠습니까만, 오늘 이 청숫잔 마른 꽃잎은 참 향기롭기만 합니다. 아~ 작지만 평화새 한 마리! 참! 손 잡을수록 따스한 눈빛이 맑기만 하십니다! 돼지인풀엔자를 모르던 그 시절이 다시 그립습니다. 산 넘어, 저 고개 넘어, 오로지 인간성 하나로 이스라엘 우방처럼 '첩보활동'이란 꿈에도 생각지 않으시고 살아가신, 선생님 집안을 언제 한 번 뵙고 싶습니다.(사물놀이와 어울리는 숲콘서트를 준비하면서,) ♪봉숭화꽃~ 살구꽃~ 아~ 기~ 진 달 래~ 에~

내 감은 눈주름에도 꽃가루가.

"가물어! 다 타죽어! 콩 대가리만 올라오다 말었어!"

'머가 올라 하네여.' '소나기 치겠서!' '우린 철수합시다. 우박이요 우박!' '여긴 지나가는 빕니다.' 2초 3초 '뻔쩍! 뻔쩍! 우르르~ 꽝! 쏴~ 아!' 아버지~ 아버지를 만나러 가는 길이 이처럼 험준하고 겁나고 먼지 몰랐습니다. 때로는 혼자 걷는 누이의 입술이 이 9부능선 단풍잎처럼 오를수록 붉게 타들어 가시는 것은, 밤이슬처럼 젖다가 쏟아지는 어느 둥근 사랑에 감격스러운 눈물을 아니 보이시는 것은, 어딘가 흐느끼시는 님이 어느 천 년 숨어 있으신 건 아닌지요. 어느 만 년 숨겨두고 가실 건지요. 맘 놓고, 맘 탁 놓고 아주 파묻혀 한없이 울어버릴 당신이 어디쯤 가면 나타나실 건지요. '쏴악!' 이처럼 방글방글, 입 넓게 우리 가슴 넓히게 순 맑은 향기로움으로 떠날 건가요. '꽈쾅!' 어쨌든 혼자 가시면 재미 없어요, 천녀님들! '뻔쩍!' 아! 애인이란 속삭임! 한가슴으로 스미는 그대는 훤하신 모두의 천둥소리로 치고 나가는 슈팅만 있었다면, 저 청기어린 잉태의 속삭임만 있다면, 우리 모두의 애인이 님의 숲속에서 홀딱 젖어 잠든다 해도 좋으리. 여한이 없으리.(밉긴 좀 밉지만,)

"농협에서 살충약을 샀는데, 또 번진단 말이야! 점점 독해!"

빨긋한 찔래순이 떨더냐, 산부추가 맵더냐, 돌배순이 달더냐, 산초순이 언제부터 쓰더냐, (누구나 가족을 잃고 평화의 길에 서보면,)

"씨도리 나와! 누구한테 박수치는 거여? 꿀밤 한 대 맞어!"
"메에롱!"

"잘해야지. 말장난 하지 말아야지."

"베네수엘라, 미 제국주의 도발, 생명줄 석유로 맞서다."

산할아버지! 그 넘어넘어 한 만 평 보현골 사랑밭을 아시지요. 그걸 불지르시려고요. 어라! 가랑비가 오는 날에 손잡고 걸을 님을! 맞불 놓으실 님을! 강냉이 한 알이 깨어지니 대여섯 부리가 가루가 되니 셀 수 없는 생명들이 찾아 드신 것도, 태평양 산호섬들이 가라 앉는 것이 아니라, 불어나는 핵잠수함과 기름땡크와 호화배들의 나팔수들이 수면을 높이고 있기 때문이 아닌가요. 거짓말 좀 보태자면 아무리 가진 나라가 빙산을 녹인다고 귀신고래에게 물어본들 말씀입니다. 예! 어이 신께서 하나인 인간성을 두고 위급상황 앞에 쓰다 달다 하셨겠어요.(쓰나미가 덮치던 그 날.)

세상에 놀라운 일은 없습니다. 당신에게 신비는 끝났습니다. 새로 개간한 고랭지 배추밭 돌칼에 어두운 맨등발이 어떻게 되었습니까? 님이여! 당신이 좋아서, 하도 억울한 일이 많아서, 검은 피가 부족해서, 치유로 가는 길인 줄 알고 흘릴수록 가벼워지는 죽임도 다 있는 줄 알고, 붕대와 실 바늘은 멀고 한 사람 빠지는 것을 허락하지 않는, 날품팔이가 강산이 몇 번 바뀌어도 변치 않는 세상에 인심은 흉악해지니까. 미친놈! 소리가 어느듯 귀에 딱지가 앉았으므로, 당신의 나라는 이미 지나쳤는가 봅니다. 이 정도 아무것도 아닙니다. '쩝쩝쩝! 삐 쩝쩝! 쩝쩝해! 안 쩝쩝해!' '자아! 잘 팔아오수!' 한편, 그 오랜 세월 남남북녀께서는 흙입술로나마 연분홍 가슴이나마 서로 닿을 수 있었으련만, 처다볼수록 내려볼수록 하늘은 노랗게 땅은 빨갛게 흘러갔습니다.

'쌕쌕쌕쌕!' 일곱 여덟, 날개질에 물갈퀴를 돋우며 허전한 배설미로 날 수 있길 빕니다. 떠나는 자여! 앞서서 둘이 떠나는 자여!

'썰렁썰렁해요. 일하다 해 빠지면 연장을 챙겨요.'(길 가다 치어죽은 생이 보이거던,)

꽁지 짧은 머슴새 한 마리가 또 꺼꾸로 솔을 오릅니다.(병드리 위스키를 농약으로 보았남.)

보름째인가? 도룡용 검은 알이 희멍하게 커지고 동글동굴 포도송이알들을 보이지 않게 흐릿한 흙물로 보호하며 커가고 있습니다. 중생대 고생대에서 악어까지 생물의 표본이 생명을 발하고 있습니다. '교감선생 사모님 한 분이 약에 좋다고 구하시던데,' 내 친구들은 만에 하나 떨어진 밥풀띠끼 한 톨이라도 찾으며 존경스런 호칭을 빌어 팔아넘기지 않았으리라. 호통치며 꿇어 앉혀으리라.(고요한 산에 어사산토끼 출또!)

'모슬포 해군기지, 민군관 협약? 무슨 소리요? 여의도 평민당사에서 '미군기지가 웬말인가!' 하며 그때 굶어 가시던 제주 해녀시오. 물옥잠 어머님들의 울부짖음을 벌써 잊었는가?

비가 좋다. 미끄러지다 쓰러지는 비가 좋다. 세상에 풀 없이는 다스릴 수 없으므로 비가 좋으시다. 젖은 만큼 꽃으로 돌아오신다. 등이 서늘할 때 보이는 얼굴도 이내 가슴이 따뜻할 때 업고 가시나 보다. 비야! '군비'야. 미랜 쫌 봐다오. 발길이 닿는 대로 꽂인데. 나무가 누운 자리에 못난 인간들이 누워도 꽃이신데,(님을 왜 찾아야 하나.)

봄맞이 간다. 늦을수록 봄맞이 간다. 저 세상의 낙오자인 토끼 아재비들도 광우병 보도 엠비씨 피디 체포에, 어느 나라 흑바람인지? 디스크가 쓰레기가 되기 전에 딴 세상으로 흘러가신다. 아! 진달래꽃 능선으로 떠나신다. 돌아올 넋을 기리며! 서리 맞은 삼청교육, 그 실종사 그 뱀길 따라 오늘도 집도 절도 없는 노동형제! 봄 맞이들 가신다.(너희 배찬 인권과 예수식 민주주의와, 그날의 장노단을 뒤로하고,)

'가시기 전에 산에만 오시면 더 말씀이 없으셨어요. 가시고도 웃으셨어요.' 80년대, 90년대, 여러 어른신이 남기신 옛 이야기 하나, 내릴수록 비에 젖은 관이 점점 가벼웠던 것은, 늘 웃음 진 모습만이 흐르는 지금은 움트는 푸르름이시다. 다 다른 떡잎이시다. 저마다 깊은 향기 머금으셨다.(이상하다. 요즘은 맑은 물잔만 들면 스쳐간 말씀까지 떠오르게 하신다.)

우리 시대, 그 누군가가 핍박받는 인간의 향기에 푹 젖어, 흐르는 속눈물로 신의 꼴찌들을 남몰래 찾아가 얼마나 따뜻한 위로를 일평생 주실 수 있었나요? 아니면, 귀 종교를 넘어 해맑은 그 기운, 늘 푸른 솔을 자비심으로 큰사랑으로 보셨나요? 아니면, 꺼져가는 농민의 마음에 지쳐버린 감자와 양배추를 소리없이 거두어 주셨나요? 한 걸음마다 그 정다운 표정, 오! 그 인간적인 한마디가 심금을 울리는 저 계곡, 저 대능선, 진실령꽃! 그 이름, 장기표 선생이시다.

내 감은 눈가에도 꽃잎이.

올해 유난히 가물더니만 땅에 깔린 과일 나뭇가지에서 아주 화사한 향기가 피어오른다.

"우~삐욱~쪼롱쪼롱!"
"쪽쪽쪽! 삐욱히욱!"

앞뜰에서 뒷산에서 마구 운다. 주고받으며 운다. 덕분에 생각난다. 해는 젖는데 돌아서니 왠지 안쓰러운 종달새 둘 사이에 무엇이 그렇게도 울며불며 멀어져 갔기에, 가슴속에 묻고 살기에, 곳곳에 산사태며 장벽이 무엇이길래, 우리가 새들만도 못하단 말이오!

"요즘은 한 발짝도 돌아보지 않아요. 다 농구 먹고 사셨는데,"

언제나 노을이 숨어들 때면 네 다리로 기어가게 하신다. 무지개를 쫓아간 나를 자전거로나마 풀리게 하신다. 원래 시원한 짐승 근육으로,

"아줌니! 왜 이리 무겁소. 보따리는 많고!"
"개코나 돈이 안돼요. 물은 살런지 몰라도."

식량 위기!(내일 아침 강냉이 한 주먹이지만, 저 큰 날개, 큰 소리 새들에게 준다면,)

"인간들의 손재주가 보통이 아닐세."

저 닭과 오리들의 떼죽음으로 끝이 날까?(때론 집단으로 가두어 놓고 영양제 사료와 말씀과 법경을 때려 먹이지만 않았어도 돼지도 소도 인간도 미래 손도 우리 넓패들도,)

"야 엄청나! 구름 위에 눌러 앉았잖아! 놀러 와!"

'안녕히 주무셨습니까?' 논밭두렁 향기가 어제 싹트고, 오늘 꽃핀 개보리뺑이 사촌들이, 파랑새 노래 소리가, 고단한 잠을 깨우신다. 장마가 지기 전에, 삐삐가 산기슭을 덮기 전에, 말냉이가 감자밭

고랑을, 도깨비사초가 강냉이 밭이랑의 물기를, 해마다 올라와 잡기 전에 꽃을 피우고 단단히 맺혀지라 하십니다. 울타리 없이도 둥글게 모여 피는 연보라 꽃잎을 올해 처음 찾아온 요 뚱딴지같은 호박벌이 2006년 4월 14일, 이 아침에 우리 동무들 어릴 적 얼램이, 순둥이, 보름이, 동무들도 왕왕! 잘 계시느냐고 꽃가루 따라 수정을 하고 가십니다. ♪향이 오르네~ 산에 들에~ 단물이~ 오르던~ 그 옛~ 시절이~ 차암~ 그~ 리입~ 꾸~ 나~ 아~(아~ 첫찌 사랑~ 그 상사화 자식애가,)

"너무 이뻐!"

예! 맞습니다. 인간사 곧 자연사라, 풀다보면 구르는 맛도 있고, 신기루를 꺾는 맛도 있고, 신법이 군부 자본의 놀이개가 된지 오래지만, 회전하는 맛도 있고, 꼬리 치며 떠나는 맛도 있는 모양입니다. 예! 웬, ♪ 아이~ 니드~ 유.

아, 그 맑으신 영혼의 가슴마다, 봄마다, 언덕마다, 능선마다, 피어온 우리 모두의 어머님 품안에 남모른 마야꽃! 사랑의 꽃입니다. 아마꽃, 애밀꽃, 말나꽃, 베니꽃, 디태꽃, 모두 향그로워라! 이 땅에 피고지는 지고 피시는 그대! 이름 없는 천리향이요. 저 볼수록 아름다운 당신은 이 땅에 연분홍 참꽃~ 하늘하늘이 피어오르는 진달래꽃이여~ 저만치 꽃핀 산도라지시여! ♪이래도~ 진짜~ 시집~ 안 갈꺼나~ 대자연 내 님의 품속으로~ 포릉~ 포릉~

하늘~ 멀리~ 안 떠나~ 보낸~ 우리 신랑께~ 샘 안 내시게~ 두루두루 이 어설픈~ 꽃노래로나마 받칩니다. 꽃망울이 막 터질 무렵, 너무 아름다워서요, 너무요~

썩어버린 윗때가리가 꺾여야 이 나라 담배꽁초류가 보이지 않을 것이다.(차도 총포류도, 허욕도, 공작극도, 지하선거도, 병난 식수도,)

"따가지고 온 게 없는데,"
"어데 감춰 났다. 영감차로 밤에 내려온다고."

앞으로~ 나란히~ 우로~ 나란히~ 좌로~ 나란히!(피웅피웅!)

그럼에도 나는 인간이다. 고이 접어둔 날개를 새처럼 날 수 있는 인간이다. 내 몸 안에 내 정신 안에 움직일 수 모든 것, 품을 수 있는 모든 것, 돌려드릴 수 있는 모든 것은, 어디까진가? 지금은 물이다. 축축한 사람이다. 축축한 사람이다.

나비처럼 나르듯 떨어지는 어린 새를 보았다. 꽁지는 빠지고 날개죽지는 부러졌다. 무엇이 둥지를, 눈가에 이슬이 맺힌다. 손바닥에 온기를 남기고 눈을 감는다.(불쌍하다. 정말 불쌍하다.)

이 세상에 가장 풍요롭고 재미나게 사는 길이 있을까? 있다. 친애하는 거지들이 '아이고! 할, 할배요'라고 놀릴 때, 남은 호박씨를 짐삿갓 보탱이 속으로 산말랭이로 묵밭으로, 묵묘곁으로, 강어귀 빛 좋고 살 좋은 곳으로, 향긋한 거름 내 놓고, 개똥참외가 나뒹굴 텃밭으로, 닥치는 대로 심기만 할 때. '왜 그리 더럽게 사느냐.' 해도, 조만간 오래된 퇴비더미에서 구렁이알까지 까고나와 하루에도 오랍들이에 짤딱한 독사들이, 만면에 미소를 지으며 느릿느릿 왔다갔다 하는 우리들의 천국을 못 보면 잠이 안 올 때, 노루새끼가 건초간에서 날다람쥐와 함께 튀어나올 때, 밀보리밭 메뚜기가 살이 쪄서 십여 군데 친 왕거미에 걸리자 반딧불 따라 해질 무렵 굴뚝새가 빵구를 내고 왠 떡이냐 파르랑 거리며 낚아채 갈 때, '얼씨구!' 묻어둔 독마다 익어가는 향기가 천지를 진동하매, 머잖아 동네 거러지들이 아프다는 소리도 못하고 절며 끌며 어디서 어떻게 묵사발이 반티가 되었는지 몰라도 찾아올 것만 같을 때, 언제나 이렇게 흙살 두업더미 속에 훌러덩 벗고 사는 한 보이는 게 있다면 말 못하는 님들이 풀숲에서 빈집 빈터에서 저 세상들을 만났으니, '누가 말려!' 누가 저 세상에 가서라도 쫓아내실까? 이 땅에 운 좋은 '토끼인왕'들을! 아! 버림 받을 수 없는 우리들은 언제나 최후의 날이니, 가는 겨울 준비 끝. 이미 여름, 가을은 그대의 지게에 없는 것! 너희는 쌍그물로 별의 별님을 꽃의 꽃님을 쳐서 주워담을 짬이 없을 것이니, 이 짧은 세상에서 만나 뵙고 스쳐간 모든 생이 바로 우리 부처님! 우리 주님! 우리 아버지! 오! 우리들이 까닭 없이 젖 물린 어머님의 벌판 같은 가슴이 참으로 맛 좋고, 두 번 다시없는 재미난 세상이 아니고 그 무엇이겠나이까?(이상 땀에 젖은 '지게신'이 함께하시다. 어쩌면, 그 옛날부터 전해 내려온 거짓말 같은 몇몇 전설처럼 보이기도 함. 동시에 자연히 물맛 좋은 물이 사람다운 신이 살아남. 사고파는 죽음 없음! 더욱이나 앞으로는 홀랑 벗겨서 정신까지 빼먹는 종교 없음!)

내 감은 눈가에도 꽃잎이.

오늘날 저 순진하신 아녀자들의 생매장과 신들의 불평등을 이처럼 쇠스랑 끝 향긋한 퇴비더미를 깊숙이 뒤집어서 맡아 볼 때, 어릴 적 본 마귀그림과 지옥불 환등사진 등은 그 시대 그들만의 금고 속에, 소장품 속에, 쇠사슬처럼 얽힌 조직체 속에, 서서히 갇혀 또다시 천 년이 가드라도 지구를 갈기갈기 꿰맬 수 없을 이 모양으로 찢어놓고, 빈부귀신하며 옛 인정 옛 물을 말려놓은 것 등이 얼마나 엉터리, 그 엉터리 말씀인지 잘 드러난다.(혼날 때 혼나드라도,)

더구나, 저 저 까마귀 귀신나락 까먹는 뉴미디어 하며, '씨이쯔 씨이쯔 찌찌찌셋지~'

멋있는 중대백로 한 마리가 선발대로 날아오자 물매가 시위를 했는지, 누가 텃새를 부렸는지, 아름드리 솔가지에 앉지 못하고 또 빙빙 돌다 날아간 고개 짤루목이를 향하여, 아버지가 가신 곳을 향하여, 나도 덩달아 자꾸 쳐다보게 된다. 아! 하늘 향해 나는 자녀새들은 어떤 즐거운 세계를 펼치는 걸까? 털이 푸석한 엄마새들은 무엇이 안타까워 울며 나는 걸까?

"오늘 상추, 쑥갓, 근대, 아욱, 열무, 심었다. 맨발로 심으니 누구 만난 듯이 기뻤다!"

"와! 축하축하!"

그 뭐지? 씨의 평형성, 꽃의 평행성 둘 다 추구! 밀, 보리, 도라지, 더덕, 호박고구마, 야생조류용 강냉이와 조도 심어 봐! 추방! 비료 제초제 항생제 소독제 및 의약품 첨가 사료용 똥, 식물성 인간에게 아프리카 기름을 먹이는 자, 핵을 챙겨 신을 방어하자며 거진 반쪼가리 평화를 숨기고 철저히 말아 먹는 신식민지화! 내전을 빌미로 굶주리는 뼈와 혼신과 혹시 모를 모두의 소득사업인 부활 환생극을 찾자고! 저 많은 포교당 선교당 무기 규제당과 어깨동무 하면서.(오늘 내일 모유폭등이란 것이,)

"거 이상도 하지. 하나님을 믿으면 대부분 너무 빠지지만, 하느님을 따르면 왜 덜 빠트리실까?"(거짓말)

아주 오랜 옛날에 이따만한 시커먼 미꾸라질 '종회'라고 불렀을까? (글쎄요.)

구두 벗어! 여기 뜰 앞 뱀들의 어느 부분을 밟았는지 모르잖나.(동의함.)

"각처에 '국경검문'이란 완장을 없애자니 특히, 아기예수 탄생

지대요. 말 안 들어요."

"그러면, 토끼아씨처럼 엉뚱한 길로 빠질 참이여?"

"하하! 애 먹겠소"

"핫, 나도 둔해서 그러니, 잘 봐주시우들."(협조하겠음.)

"중국, 일본분들도 동요, '새야새야' '샘아 샘아, 달궁샘아' '달 맞이 가자' 등을 모르는 분이 없으셔요."

고랑도 이랑도 없습니다. 그냥 풀밭입니다. 쟁기질도 필요 없습니다.(님의 사랑밭떼기는,)

내 친구 두더지는 땅속 알감자를, 들쥐는 땅거죽 땅콩을, 다람쥐는 지붕 위 단호박을, 거의 파먹고 갔다. 이것이 인문학이다. 기계공학이다. 우주신비학이다. 상상력에 씨를 말려야 하는 비상 신학도요, 중증 영화인이요, 전쟁과학도들이다.(최소한 다음 새들을 위하여 자신의 똥거름으로 물 한 방울 맑게 흘리지 못하는 나의 반환경적 뒷간을 퍼내면서,)

오늘부터 안방 속 그림을 지우시다.

'예예! 덕분에 입원해 있다가, 예! 건강들 하수우! 나 내일 가요. 좋은 날 만나시구랴. 배배배배!' 개돌이네 아버지는 대단한 분인 줄 알았습니다. 별의 별것을 다 챙겨 드렸습니다. 생의 끈을 의학이요, 복리요, 미신 넘어 선신이요, 그렇게도 타이른 생식세포 저 비윤리적인 생동감 없는 신에다가, 저놈의 할망구시켜 오만 약초 다 캐고 자신의 그것까지 발랑 받쳤건만, 그늘을 내려 점심 먹고 가재요. '야! 개돌아 니가 좀 나서라.' '갈 수 없어요. 쉬었다 갈래요. 내 반쪽을 내 놓으시라구요.' 하지만, 그 '고통론' 뒤에 곡조가 꺾이는 대목을 그인들 감이나 잡겠소. 그만 하지. 저 초록 나비 어디 앉을지 누가 알겠냐. 가자고! 그리하여 다 팔아서 생명의 연장을 위해, 간병인이 이제는 선정되신 순간병인에게 떠넘기고, 반대편으로 돌아요. 반대편으로!

"멋집니까!" (그 산은)
"깨끗합니까!" (그 강은)

아닐수록, 아롬아롬 일으켜 세우십시오. 무릎을 꿇으십시오. 어깨에 가볍게 기대게 하십시오. 두 팔을 펴서 하늘을 잡고 당기십시오. (울지 말고 일어나 둘이둘이 걸으십시오.)

"저 신무기 불편하고 무거우면 안 가져가도 돼요."
"여보! 평소에 사람 좋은 나리! 주부가 생각지 못한 일이 많지 않겠소. 공개해도 전파로, 웃음끼도 없이, 가끔 질경대는 소생도 반성하는 중이지만, 더 하잖우! 얼마나 창피를 주는 거요. 희롱에 가깝다고 생각지 않소. 딱딱한 공직은 그렇다 하드라도, 매일 새벽 바위나 나무나 꽃이나 백성을 보고 천 번 만 번 엎드리는 기본자세로, 더 둥글게 낮추며 귀를 기울이심이……. '따박따박~ 까가~ 콩콩콩!' 땅에 깔리듯이 울어, 저 박새, 콩새, 피울음소리 하며 오늘따라 날은 좋은데 슬프기만 하는구료. 미안하게 됐소."(저짝 능선은 꽃불로 타오르 는데,)

　"여보게 젊은 친구들! 많이 잡았나?"
　"예!"
　"낮에 여길 스쳐가는 분들을 보기만 해도 즐거워 하신다네."
　"어차피 올라왔으니, 다섯 시까지 잡고 갈려고요."
　"놓아주게! 차라리 주변 외기러기와 물뱀에게 돌려주게! 머? 성 과! 공산당 일당 독제와 무엇이 다르지. 비급여 기만전술과 머가 다 르냐고! 여긴 낚시터가 아니네."
　"죄송합니다. 야! 일어나!"

　처음에는 저희 유정란을 그야말로 자연산을 350원 500원 받아 준다고 격려해 주었지요. 인수증 있네 없네, 재고 났네, 파통 났네, 바로바로 주다가 물려버리는 거 있죠. 결국 노인과 그 앞 바다는 가 고, 포대마다 구더기요, 천장은 먼지요, 막사 안은 닭똥만 남았구료. 갖다 바칠 데는 많은데, 오늘날 기름 가스처럼 감자 당근 그 어떤 과 일 건과류 유실류처럼 큰손들 장난이, 학생들 찬꺼리가, 저 무심한 '하늘의 뜻'이 아니시길……. 좁은데 몰아 놓고 키우는 생도 큰 병이 생기지만, 백제 신라 고구려식 저 산맥 저 정기를 어이 해 매점매석 해 너도가고 나도 가게 하느뇨. '찌찌리! 밑찌지!' 아! 병도, 병도, 골

병도, 신병도, 욕병도, 끼리끼리병도……. '삿갓어른! 갑세! 그냥!' 어
허! 이제 그만! 이제 그만요! 먹이 땡크 오리 하며 저 곡물신들 좀 보
소. 사람이 먹게 아니 하시네. 고기? 너 저 아름다운 섬들을, 꽃나무
들을, 그 좋은 인정들을, 잠기게 하는 인류의 돈쥐여! 살생쥐여! '쪼
롱쪼롱!' 저 무기를 화폐를 없애고도 잘 돌아가는 저 콩죽 팥죽사회
로 보시라! 이 빈들에 나물 먹고 내려와 물 두 번 마시고 가자 하니,
오 세상에 주먹밥이 어딘가. 김치국물이 보리개떡이 어디란 말인
가?(감사하오. 감사하오. 누구신지 모르지만 감사드리오.)

똥이 인간이다. 사랑하고 싶었다. 풀거름이 되었다. 맑은 영혼
이기 전에 물과 흙이 숨 쉬는 곳이 '맛이 좋은 님'의 시작이시므로,
앞서신 좋은 농사꾼들께서 실제로 향긋한 물거름을 보여주고 가시
지 않으셨는가. '어디 모친 땅이 좋으신가 봐!'

아름답다. 들풀 옆에 한 삽씩 파서는 찐빵에 팥 넣듯이, 내 새끼
키우듯이, 알맞게 거름 넣고 새소리를 들으며 혼이 빠지듯이, 온 정
성을 다해 떡 나누듯이, 사뿐사뿐 모종을 심는 저 아낙네가 참 아름
답다. 땅거미가 내렸는데 그걸 강물이라고 내밀던 엊그제를 생각하
면 바보같이 골이 딱 안 아프니, 저희도 이 싸릿꽃 향기처럼 깊은 병
말끔히 씻겨지리라.(잘 하면 우리 지구 하나쯤 살려 주시리라.)

내 감은 눈가에도 꽃잎이.

뻘겋게 타오르는 저녁 장작불 앞에만 쪼그리고 앉으면 잠이 온다. 꾸벅꾸벅 잠이 온다. 저 믿지 못할 날씨가 농사를 지으므로, 벌써부터 노곤한지 노새들이 먼저 픽 꼬꾸라진다. 톰방 애인 한 톨 없어도 씨앗은 묻혀 간다.(마르는 강가에 물소가 길게 눕던 날.)

"잘 하십니다. 4년생이면 6년 잡고 천 6백 평에 소나무 느티나무 천 주라. 희야! 욕심도 많으시네. 핫하! 천 년 천만 년 더 사시겠수! 봇도랑 치는데 위에서 흘러내려오는 부정수만 없다면야!"
"예예! 믿습니다. 불이 안 나게 간격은 얼마가 좋을지요. 우리 사이 꽃길은 얼마로 해야 되나요?"

"잠깐만요. 감자씨 밖에 좀 내주고 가요."
"예! 알았어요."

비가 흙에 내리지 않고 '비닐'에 떨어지면 소리가 크다. '집더덕'이 '산더덕'으로 둔갑할 때 조작된 신도 돌아 서 있다. '그 좋으신 법언들'도, '기적소리'도, '폭탄을 감은 순교'도, '거칠은 삶의 핏빛'도, 하늘손이 밥그릇인 더부살이 인생에게 '자연스러운 사랑'도, 돌아서 간다.(억지주장이 아닌가.)

뿌린 대로 거두지 못 하리라.

인간이 나약하기 때문인가? 아니다. 너무도 영리하기 때문인가? 그렇다.

당신이 계시다면 왜 저토록 아무 이유 없이 아무 죄 없이 순하고 착하고 아름다운 꽃송이들을 생매장 시켜놓고 통곡의 나날을 보내게 하십니까?

먼저 떠난 사람들에게 허리 펴주신 널바위에게 경의를 표한다.

촌 정류장마다 나트 하나가 녹슨 것도, 세워 둔 쓰레기 봉지마다 빗물이 찬 것도, 차 타고 돌아섬을 모르고 꽃밭을 만든 것도, 도령님이 많기 때문인가. 임금님이 굿은날에 혈세를 탕진했기 때문인가.

매 한 마리가 며칠 안 보인다 했더니, 굽이도는 강을 지켜 볼 수 있는 머리숲에 앉았다.

어떤 맞춤도 마무리도 도가 넘으면 탈이 나나보다. 군대보다 더한 종대를 보자. 작업하기에 편한 옷은 늘 입게 되고 타진 곳이 타진다. 노을이 질 때면 뭐가 쓰이는지 덮이는지 샘이 깊어가는지, 감자골 오르막 밭떼기 한 고랑씩 뒤편에서 묻어가던 할마씨의 숫자 풀이가 그 향기의 영역 넘어서 딱 두 개가 모자랐던 것이다.

땀채 돌아볼수록 인간적으로 감사해야 할 이웃이 넘쳐흐르신다.

'쯔비쯔비~ 홋호 홋호!' 사랑아 무슨 할 말이 있나. 서로 기본을 맞추어주며 생긴 대로 기는 대로 몰려가지 않는 저 우악스런 두꺼비도 신줄이 다르단다. 무시하지 말고 늦게 떨어진 꽃잎이라도 한 번 더 쳐다보고, 오뉴월 길손 맑은 물사발로 모셔가고, 동지섣달 그 본명 가만히 불러보고 가슴으로 안아주게나. '홋호~ 홋호!' 저 호반새 깊은 골짝에서 울음 운다네. 오가는 길 물살이 센 곳이 있거덜랑 그 세워둔 돌멩이 썩어가는 나무토막이라도 쉬어 가시게. 그 맵쌀 인심 삭히지 않으시며, 그 심장 바로 태우지 마시고, 저 땅거미 한 마리도 건너가게 하시며, 그 오라차도 흐르는 물기운에 녹아있으니. 그 오귀굿일랑 속상한 본정일랑 자유로이 더 가게 하시며, 그 어떤 묘한 상징도 물 흐린 요법도 님의 뜻이 아닐진데, 엄마 품만은 아끼지 말아 주시게. 저기 돌아가는 갠지스강가 아름다운 풍속도 조상 숭배 간디촌, 옛날 우리 어머님의 물레사랑! 그 질박하신 실만은 끊질 말고 잦아들게 하시며, 이 세상 그 어떤 놀람도 공포도 떠넘기지도 눈 감지도 말고, 풀잎으로 돌아가는 저 노루의 눈이 빛나도록 붉다가 이내 황록색 물을 쏟아 내기 전에 떠나자 하신다. 천지사방 종파 간 더 심해지는 그 무기를, 그 채찍을, 그 살기를, 두 손 받든 저 여인의 정화수로나마 살리시라 하신다. 부디 님 곁에 내 품에 내 속 저고리에 어리는 젖향만으로 그 무명 적삼 깊이 분쟁 또 분쟁을 묻으라 하십니다. 바로바로 내 청아한 흙품에 살며시 안겨 네 풋거름 속살같이 바로바로 돌아오라 하십니다. (그대 언제 편히 쉬실려는가.)

하이얀 박꽃 한 송이가 눈물 속에 피었습니다.

지금은 양파모를 내고, 해발 1,154m에 사과나무 배나무도 심어 보고, 맛있는 파지리는 산마늘로, 당신은 나의 버팀목으로, 어머님의 향가슴으로, 거름 좋게 해야 했습니다. 비 오는 날 한 모퉁이에서 풋마늘 까서 2천 원 한 봉지에도 꼬부장 할머니의 온몸으로 반겨 주시는 그 감사함을 돌려드리고자, 지진으로 인한 생피를 대신해 이 생땀으로나마 제를 올린다. 그럴수록 '믿음'을 논하지 말라고, '생존'은 입 밖에서 떠들지 말라고, 매마른 이 땅에 우는 비는 더 와야 했다. 때가 없으니 굶어 죽는 자도 모르리. 이 못난, 여기 모인 여러 갈매기의 한낱 부끄러운 '기부'란 '기증'이란 의식까지도 '죄'이다. 권세다. 부정하다.(개두릅향이 '나'는 더 좋더라.)

♪나비야~ 언제~ 날아 왔니~ 빛나는 꽃에 앉지 않고~ 속잎에 숨었니~

어제 물을 대고 오늘 논을 삶다.

사랑아! 내 사랑아!

샘을 가두어 놓고 나무 좋다 꽃 좋다 마오. '유혹'하고 '방해'하는 '세력'은 모든 종교마다 더 견고한 서열화 등등 '그림으로' 그림으로! 그 자체에 꼭꼭 숨겨둔다오.

타교를 존중할수록 사라진다. 연수 받고 열린 예수로부터, 초

생달 부처로부터, 또…….

불교와 천주교가 우상숭배 한다고, 그녀가 하나님을 믿었기 때문에 여왕이 되었다고, 예루살렘이 우리만의 성지라고, 핵을 먼저 포기하라고 웃겨대시니, 우리들 숲세상, 지구 재앙이, 음모가, 저주가, 따발총이, 나도 선지자, 너도 선지자가…….

땅 짚고 헤엄친 어느 교인 결혼식! 우리님맞이마을 못 보셨나? 부어라, 마셔라, 지방신자치여, 부패잔치여, 너희가 어디까지 갈 거야.

예수여! 이제 좀 잠드소서!

마늘을 까야 한다. 밤을 까야 한다. 둥근 능선에도 달이 떴다. 산이 억세면 사람은 순해야 되는 게 아닌가?

천주여! 이제 좀 잠드소서!

위아래가 터지려니, 피의 강이 맑아지려니,

부처여! 이제 좀 잠드소서!

"삿갓산 저 중봉은 풀이 나지 않았어요. 아래깨와 한 일주 정도 차이가 날 걸요. 어제는 눈이 덮이고 오늘은 꽃이 피고요."

"히이잉! 우~ 웅! 고추 한 판 얻어오지."

"현재 흙바람이 입니다아."(진실하시다. 그 목소리 진실하시다.)

알라여! 이제 좀 잠드소서!

애호박 중국, 밤호박 일본, 맷돌박 태국, 상추 미국, 대파 남아공, 생산지다. 사람보다 비싼 것이 씨다. '나'도 모를 임의 '씨앗품'이다.

사람아! 내 토양생 사람아!

삼각형 날개, 칼새가 올해 처음 날아 하늘과 땅의 신끼를 거두며, 바람을 가르며, 저 부드러운 '처단의 칼날'을 세우며, 멋지게 날아오르다.(2008년 5월 14일 뭉개구름 핀 오후 3시경, 우리네 여린 평화능선에서, 저마다 노후한 '사진'을 보고 넘어가지 않았기에 망정이지.)

유다야! 너 어딜 헤매느냐?

푸른 등 붉은 배 깨구라! 너 오늘 몇 번째 낙엽에 미끌어진 거냐, 산을 몇 개 넘어서? 개미취, 미역취, 아는 남자는 뜰 앞에서 뜯어가고, 곤드레, 고사리 아는 여자는 이 나물은 '토끼아씨' 이름 붙여

놓은 것이라며 남겨 두었단다. 보아하니 남자가 경우 없이 여유 없이 씨받이 나물정도 생각도 못하는지, 세상에 갈수록 '댐공사' 수제자들만 모였는지, 이럴 때 얄팍한 그 신의 풍차놀이 예배도 아니고, 저 대홍수를 보고도 욕심이 여자보다 많은 건 어째서일까?

주교님들이 우리 모두를 위한 새처럼 '은총이'를 날려 보내주실 날은 언제일까?

오늘도 어느 분 새밥 꽃이 폈다. 향기롭다. 싱그러우면서 달고 향기롭다. 연자주빛 하얀 입술에 검은 깨점이 아주 이쁘시다. 그 님은 까시 많은 길에 산딸기 넝쿨을 뒤덮고 있으시다.(낫으로 좀 숨이라도 쉬게 쳐주까?)

"예, 이상 없습니다."
"핫핫하! 꽃바람이 부는데 이상이 없수?"

사원이, 교회가, 절이, 아직도 먼 종교학교가 지배구조로 여성차별로 세습화로 얼마나 배를 불려야 하나?

'어~ 우~ 으~ 으! 일소야 고생 많다. 쉬었다 갈자. 이 집 양반 그렇게 제초제 치지 말라니 또 싹 말려 놓았구나. 이 근방에 새파란 풀이 안 보이는구나. 나도 숨이 막히는데 땅에 코를 대고 한 발 두 발 '콱콱! 씅씅!' 내쉬는 너의 가슴이야 다 차지한 0.01% 부유층이

파트너라면 어떻겠냐. 말도 못하고, 가자! 더 못 갈아주겠다. 내 이런 일은 하늘에 와서 처음이다. 안 받아도 좋다.(그 양반이 누구의 피와 물을 먼저 말리실지.)

저 부유한 기독교와 유대교는 핵무장까지 해놓고 왜 평화를 구축하지 못할까?

날아가셨을까? 사랑 찾아 날아가셨을까? 꽃동산 아이들을 내 자식보다 어쩌면 더 보살펴 주시는 천녀님도 장독깐 어귀에서 여러 번 뒤돌아보시는, 그 맑으시나 어딘가 핏기가 없으신 산새도 어느 날 나비가 되실 적에 날 찾아 오셔요. '째잴!째잴! 적으실래요' 비 오고 바람 불고 눈 내리고 강물이 넘쳐 흐를 때 님 보러 오세요. 세월은 흘러 꽃이 나비를 찾아가셨소. 참 잘 했소! 막바로 드리고 막바로 떠나는 새의 이름은?(달래새래요.)

팔레스타인 꽃새와 이스라엘 꿀새가 무종파 땅새의 중매로 저 하늘가 꽃밭을, 사랑을, 눈물 없는 꿈을 일구어낼 수 있기를!

"하이구! 사람 잡는다. 우리는 헛다리 짚었나봐, 서해 바다길이 여기까지 닦였는데. 뭐!"
"그러니, 그님의 향기로운 길을 찾아갈 수 있으려나."

예수의 '오랜 말씀'을 맑게 비우자, 부처알라산신님의 이웃이 되셨습니다. 전쟁광 세력을 뿌리 뽑을 수 있었습니다.

"해바라기 심었던 길섶에 자기 휴양지라고 돌을 부어놓은 신에게 꽃으로 보답하라."

'지지배배! 우야디야!' 이른 아침 눈 덮인 산하에도 새가 웁니다. 굶주림 앞에, '인종청소' 앞에, 촐싹이는 이중치들 면전에서…….

오랜만에 만나도 업고 오지 못하고, 이내 돌아서야 될 꽃잎 앞에 파릿한 마리아님 앞에 남길 말이 있다면? '죽어서 빈 수레로 만나라. 피고 진 후 혼내라.' ♪자진아리로~ 본연진심本然眞心으로,

주신 이여! 말과 염소와, 쿠르드족, 인디오 조상, 베두인족, 몽고리언들에게 그날의 초지와 옹달샘을!(여북하면 쌍심지기도라 하실까.)

탕! 탕탕탕! 한 쪽 귀는 총소리, 다른 귀는?(다 버리고 떠나는 물새 소리.)

복이 있는가? 복을 누가 주는가. 이런 복을 누리고 있는 순간 재앙이 다가왔다.

이 땅에 고통은 언제 끝나는가? 돈의 신, 자본의 신, 배부르신,

바로 너는? 연보라빛 나비로 보인다. 노란 줄 까만 무늬 잠자리 나타나다. 절대신과 상대신은 보지도 않았고, 나타나지도 았았고, 믿지도 않았다면, 보이지 않는 생명의 쓰라린 만족을 먼저 관찰했다면, '강진'이며 '대재앙'은 줄어들었을 것이다. (자연주의 콩딱새 날던 2011년 5월 9일, 수박 참외 노지재배 시작하다.)

"두루두루 먹고 사는 거지"(바가지 씌웠던 고추장수 되돌려 주며 하는 말. 고지대는 병이 없다시니, 농부의 아들이 어디 멀리 가겠소.)

노오란 오이꽃이, 노오란 호박꽃이, 노오란 배추꽃이 폈습니다. 흔들립니다. 바구미 먹은 쌀 한 줌에 무려 열세 마리 새끼를 모시고 어미꿩 나타났습니다. 앞뒤도 모르고 '강림하셨다' 소리쳤습니다. '꼬꽁꼬꽁꼬꽁!' '발길 닿지 않는 성황당 어귀가 얼마나 편했는지 모릅니다.' '꽁꽁! 저도 감사해요 꼬꽁~꽁!'

죽음을 각오했느냐. 유언장 써놓았느냐. 그렇다면 정열이니 열정이니 초록 가슴 앞에 '노래'하지 않아도 돼.(틀렸나.)

법이 생각나거던 떡을 사라. 뜯겨라. 꽃으로 염하라.

물 길러 가더니 3인의 꽁초와 비닐 봉지류가 밟힌 풀섶에 뒹군다. 통명스레 말대답은 잘했는데 연당이 앞다릴 쳐든다. 가래나무 판목에 올린다.

작년 두텁게 깔아둔 쑥대궁이 흙을 한결 보드랍고 향기롭게 하셨으므로, 그 누구든 혼자 울지 마시라고 그분의 꽃가슴처럼 밤새도록 비가 내린다. 그 누구든 흙에 묻히면 슬픔도 꼭 끝에 가서 해꼬지, 증오도 사랑할 수밖에 없으므로, 비 오는 밤 다 벗어던져도 땀이 식지 않는 것이다. 호미질 하시다 스르르 떨어뜨린 뒤 고통 없이 숨을 거두신 우라 강산 꽃도라지님들, 굶주림에 무너짐에 떠내려감에, 녹신이여! '금방 썩기' 위해서 저도 지금 허리를 펴도 좋겠나이까? (그 무덤, 그 해군기지, 그 말총머리, 그 복된 삶과 숲에, 목관이 종법이 공격무기가 왜 필요하나.)

'컹! 어엉! 앙!' 모소리가 줄행랑칩니다. 사실은 솔개 세 마리가 노리는 것은 착한 목자입니다. 아무리 어두운 녹색 반도라도 정의와 평화의 미풍은 잠재울 수가 없습니다.

"옛날 얘기 하나 해줘!"
"아~ 으~ 앗따~ 고단하다~ 자자."
"어~ 어, 여긴 전기가 나갔어~ ㅎㅎㅎ~ 천둥치더니."

아무래도 내가 많이 부족한가보다. 푹푹 빠지는 거름밭은 밟을수록 좋으니,

참나무 아래 솔, 솔 곁에 잣, 잣 곁에 밤과 배, 그 아래로 향기 넓히는 낙엽이 덮였지. 망이 삭았는지 뚫렸는지, 노루 토끼길이 만

들어졌지. 또 산비둘기들은 귀신같아 일부러 풀숲에 심근 새콩대가리들 꺾어먹고 간 자리에, 머 닮은 산마를 한 번 심거 보는 거라.

'개새끼야~ 개쌔끼~ 야. 쌍놈의~ 새끼야~' 피울음 소리였다. 이어서 별장을 돌아 검은색 고급 승용차가 빠져나갔다.(남자, 남자, 잘못 만든 특별한 내 남자야!)

꼬옥 해질 무렵 소나기가 온다. 싱그러운 오뉴월의 흙가슴이 안팎으로 푸욱 젖는다.

"나타났구만."
"어디 있는데."
"심심해서 싸릿꽃길 따라 쭈욱 올라와 봤지."
"……."

풀아 너희는 베여서 거렁지에서 향을 머금은 채 말라가도 괜찮겠냐?

벗겨진 산봉에 이름 모를 풀과 꽃들이 사이좋게 피었습니다. 억압 받는 생은, 산 아래는 개구리요, 중턱에 산새들이요, 산마루에는 고요고요히 낮게낮게 나르는 벌나비였습니다. 서해상에 불어오는 민주주의 열풍을 감히 어느 군강신이 막을 수 있단 말입니까.

243

우리 아버지 어깨가 내려 않으셨나. 우리 어머니 허리가 내려 않으셨나. 이맘때쯤 무얼 믿으시길래 저기 가장 속 넓은 자, 뭉쳐다니면서도 소농신을 못 보셨나. '뻐꾹~ 뻐~ 뻐꾹~'

♪고오향에는~ 지~ 금~ 쯤~ 뻐어꾸욱새~ 울 겠 네~

팔레스타인을 희생의 재물로, 이틈에 쇠고기를 팔아 인디언 학살을 담보로, 이틈에 끼여서 변함없이 맑은 독도를, 무공해 난징을 또 침략하라. 또 말로만 '미래로 가자' 여보시오! 강탈한 문화재와 양식보다 위대하지 못한 그들만의 잠재된 첨단신의 굽은 뜻으로! 그핵! 아인슈타인 머리보다 빛나는 '똑딱학문'의 이름으로? 사실상 각자 뜯어먹고 마시는 귀족신들이 지구를 곧 파멸시킬 것일세.(어이구우! 진짜 신이 계시다면 콱! 그냥!)

"그 산 아래 부처동굴이 보일 꺼야." "머리 아플라 그래."(밥그릇 받자 눈 꾹 감은 자. '맞춤질. 시민단체' 간판을 띠고 망녕된 하늘을 다시 볼 것. 밤에 나온 반달을 위해 기도할 것.)

'뻐뻐~ 뻐국!' 흐르는 소리에 가만 있다가, '째째째액!' 또 떠드는 소리에 가만 있다가, '까까까악!'이 다급한 소릴 듣던 염소들이 아침식사를 맛나게 들다 말고 한 곳으로 왜곡된 역사의 현장으로 귀를 모은다. 털을 세운다. 뿔을 높인다.

싸리향, 보리수향, 사과꽃 향내가 숨을 못 쉬게 하신다.(여기가 어디오.)

이봐요! 아가씨! 촌길에 조그만 차를 몰고 다니는 것은 겸허하다 하지만, 지금 낫질을 하고 있지 않소. 안 보이는가? 저 노인네 코가 매워서 먼지를 덮어쓰시고 기침하시는 소리 못 들으셨나요. 좀 봐주시요들. 그러잖아. 풀이 밥인데, 풀이 우리인데, 풀님과 어울리면 다 향 좋은 날에 날아가고 말잖나. 아! 풀풀하신 내 님이여! 이 향기로운 풀떡사랑이 어느 가슴, 어느 세상에 또 있으리까! 예! 풀렁 풀렁~ 살렁 살렁~ 저도 따라~ 꾹꾹~ 지고 갑니다~ 아~

"토끼아씨! 코, 코스피지수가 뭐냐구요?"
"이놈새끼! 알면서 그래, 코피 터질 줄 알어!"

죽어서야 만나는 꽃! 그대는 바람꽃! 산마루 눈 녹이시며 피는 꽃! 요만한 기 방글방글! 하늘하늘! 웃는 꽃이오니 캐가지 말아요. 이대로 살게해 주세요. 바람 따라 옛정 따라 그 사랑 따라 그 자리 펴시어 돌이끼에 닿게, 그냥 날아가게 해 주시면 아니 되겠습니까요. 꽃씨 하나 그대의 봄빛 가슴에 얹혀 훨훨! 날아가나이다. 오늘도 꽃 마음속에 피어난 우리 어머니! 당신을 내 진정 님이라, 님이라, 부르게 하소서. 땀이 흐르면 웃통을 벗으라 하시네. 개미가 기어오르고, 나비가 긴 대롱으로 콕콕콕 소금끼인지 찍어서 감아올리고, 날다 가만히 공중에 정지해 있는 벌 비슷한 날개들이 모여드시고,

날개를 아주 편히 내린 채로 움직이는 않는 잠자리가, 솔새가, 팔등 손등에서 날아가질 않으신다. 이때였다. 쇠가루가 날았다. 총소리가 들린다. 세멘트가 깔린다. 저 '굉장하신' 이, 그 낮짝에 또 철판 간 신들이 몰랐는지? 알고 있었는지? 이제는 자신의 신성스런 건강만 생각하자며 땅을 갈라놓고 어름을 녹여가며, 배앓이 초월주의자가 하루같이 울음바다를 이루고 있는 것이다. 이건 씨도라지가 봐도 분명코 잘못 됐다. 그 양반이 진화되지 않는 허상이지 않고서야 저토록 살기 어린 교육에 '땅끝까지 참사'를 모른 채 보고 있겠는가. 야 이 반귀머거리들아! '다시 대자연으로 맨몸땡이로 돌아가라!' 하시잖나. 화사한 송화가루가 당신과 나의 이 핏빛 가슴마다 빗물이 흐르는 오늘, 우리 앞에 찾아온 죽음을 또 한 번 맑은 물 한 잔 떠놓고 넘어넘어 어디로 가라고 그러시기에, 날개들마다 잠시나마 서로 쳐다봐 주고 그대 수류탄 팔이나마 쉬게 해 주시기로 하셨다지만, 여보게 벚꽃 나그네! 쉬는 게 무엇인가? 이 세상 쉼터가 있었는가? 틀렸네. '삐삐삐~ 삐롱~ 쪽쪽쪽~ 쪼롱~' 쪼매 어려울 껄요! 빗길에 밟힐 듯한 어린 개미들만이, 작은 생명 하나 존중했던 자들만이, 후세 거미들이, 아들 며느리가, 그 긴 기록을 향기로운 꽃잎, 내 얼굴에 주름진 눈가에 흩뿌리며 참으로 묻어줄 것이네. 곳곳에 저기 저 아련한 바람꽃님을 더 넓은 쌀통들을 땡크로 고층탑으로 다시는 짓밟아 버리질 않길 바라오. 무엇보다, 우리 내일 돌아갈 물에 이 흙을 버리신 건 혹시, 아무게 '돈바람'이, '나만의 천상폐하'가, '나만의 밴딩이'가, '우리만이 간택된 백성들'이, '허장성세 지식폐기물들'이, 뱃가죽, 바로 나신 아니신가 하오. 뭐? 지금 한 바꾸 돌아와 있다꼬?

여보게 친구! 용 같은 바람개비야. 보다시피 뿔끼리 등날이 섰는가? 새 순 새 잎이 윤기를 뿜는가? 우리 말, 산양, 노루의 등덜미가 산마루 등줄기 같이 날이 섰다는 말씀인가? 아니면, 바위와 절벽을 붕붕 날아갈 듯이 오로지 평화와 사랑의 뒷발을 앞발과 달리 차면서 뛰어 보았는가? 당신이야말로 '건강미'가 넘쳤다면, 신께서 버린 것은 어느 대륙 붉은 고긴가? 파아란 풀인가? 아니면, '구성장동력'인가? 이 발 아래 암벽! 해양 심층수 개발인가? '쩝쩝쩝!' '글쎄올시다.'('신드롬' 이 재처리 핵가면놀이가 돌이킬 수 없는 참화를 일으킬 것이다.)

서원, 서원을 원만히 이어가기 위하여!

오솔길, 진흙길, 퐁당길, 자제할 곤충체집용, 왕골들께서 수북 수북 빛나는 초록으로 모녀 사는 길, 길, 감사히 코 박는 길, '삐롱~ 새삐롱~'

♪ 낙도오~ 온~ 강~ 깡빠람이~ 꽃달재를~ 스으~ 치이며 ~ 어~(어딘가~ 다시 돌아~ 보니이~)

까마귀 울다. 산비들기 그 쪽으로 날아가다. 매가 힘을 못 쓰다.
눈이 내린다. 불 때다 말고 뜨거운 숯검댕이로 똥강아지의 멋진 눈섶을 그리다가 콱! 물린 저 장난끼 심한 취떡아씨를 봐라! '하하하! 에잇! 고놈 꼬시다!'(그만큼 전쟁을 치렀으면 됐지, 보지도 않고 그린 종교풍화갈세.)

산불! 또 산불! 곡물 위기! 밀! 옥수수! 콩! 쌀! 불장난 깝죽까리 들, 들.

'홋호홋호~ 힛히힛히~' 호호새야, 히히새야, 머시 그리 즐겁나. 저 할미네 강냉이 한 알씩 그 부리로 떨구어 드리지. 능금나무잎 같아먹는 너 푸른 벌레, 검은 벌레, 잎만 건드리면 꼬부라져 총모양으로 서 있는, 요 노릿한 냄새 피우는 녀석들. 야야! 저 높은 가지랑 너희가 좀 와서 물고 가거라. 바빠 죽겠다. 5월말이 되어가는데, 이슬은 계속 내리고, 산기운이 내려와 땅에 깔리는 향기 때문인지, 요상한 날씨 때문인지, 산수박은 한 포기씩 쓰러지고, 폭탄공장은 계속 돌아가고……

"거 채소 듬뿍 뽑아 너희 사는 아파트 주변에 좀 나눠드려!"
"저 얻어 먹은 거 없는데요."
"야, 임마! 먼저 줄 줄 알어!"(아버지와 아들 사이 사귀기에 따라,)

퍽~ 퍽~ 퍽! 흙덩일 깹니다. 세 번 네 번 다섯 번, 서로의 혼을 깨웁니다. 남자는 위에서 허리를 더 굽히고, 여자는 아래서 가까이서 무릎을 좀 덜 굽히고, 호호! 일 받는 척, 들이대는 척, 자빠지는 척, 님이 주신 생땅일수록 즐겁게 향기차게끔 좋게 좋게 어우러져 갑니다. 경사 진 밭떼기를 갈아엎었으니 님이 실릴까. 돌이 파일까. 비닐을 안 씌우다보니 보이지 않는 기분이 살아나 부부 사이에도 저 물기를 머금은 꽃마리와 같이, 자라는 앵초와 냉화초 사이에도 순서는 바꿔주시면서 콸콸콸! 흘러갑니다. 한바탕 애정 어린 소나기에 우리도 죽어서 어디론가, 자연스레 저 꽃구름 아래 누치 끄리강 따라 흘러갈 것입니다.(에덴동산이, 극락이, 고래 떼 고향이, 순천만 위아래께 새날개 울음 어딘가는,)

초록입니다. 흙빛입니다. 최상의 색입니다. 그 시절 난데없는 죽음을, 일단 묻을 수밖에 없을 때, 이 땅에 진달래빛을 밀어내고 공원마다 기도로 이름난 곳마다 이상히도 붉은 꽃들이 길을 매워 나갔습니다. 우리에겐 아픔입니다.

연보라꽃은 왜 저만치 피어있어야 합니까? 왜정시대 심것는지 일제 법원 뒷켠에서 본 저 오동나무는 왜 짙게 피어야 합니까? 저 숲 아래 부활, 환생의 넋들을 춤추며 오늘도 민족말살문인지, '냉철함'을 떠드는 저 '갓나새끼들' 속에 왜 숨죽이며 피어 있어야 합니까? 속심은 제 종파에 빠져있으면서, 풀향기 따라 매발톱만 흙에 파묻혀 그 날 그 날 울지 못하시면서, 어찌하여 만삼향이 스치고 간 자리에 한참 썩어버린 '짧은 생각'에 잠들고 있는가, 그 말이오. 쪼롱쪼롱~ 삐욱삐욱~ 오! 청산청산! '알았찌비! 알았찌비!'
'참, 밤낮으로 부지런하십니다. 아저씨!' '어떠하오? 물땅이 죽는데,' 젊은이는 대답이 없다.

♪사람은~ 떠나도~ 향은~ 신향만은~ 남으리니, 믿어도~ 되나요~ 차라리! 당신의 그 언약을~ 믿으리~ 던지고, 끌고, 매고,

굴리고, 매몰되어, 널리는 작업이 좀 쉬어지리. 착한 농부 선배님들께서 그러하셨듯이, 언제나 새 우는 아침이면, 송아지새끼 밥 달라 우는 저녁이면, 맑은 물 한 종지가 그렇게도 향기로울 수가 없습니다. '예! 여러 선조님네 감사하옵니다' 서로 잡아 안 먹고 서로 안 속여 먹기 위해 눈매가 곱들곱들한 그 옛날에는 신을 풀어 신들을 차지 않으셨음에, 젖줄 맑으신 그 가슴속에 아무개 흙에 다들 흙찬 사랑! 외에는, 풀속사랑 이 외에는,(정토강아, 바빌론아, 진시왕능아, 특수특권사회야 너의 평화본색 바로 보여다오.)

노보살은 '우리 종단에 큰스님과 전두환 처사님이 당시에 만날 때는 외딴 절이 하나 있어야 했나 봐요.' 정말이요? 그 진부령 골짝에 가면 금빛 찬란하다. 누가 봐도 일이백은 가당치 않을 것이라 했다. 대처승이었다. 썬팅한 외제 고급승용차를 몰고 다닌다. 그러나 그 집안 문서와 비석을 대충 보면 중국과 일본 등지에 뒷받침이 되셨는지 '의미 있는 교류'를 하신다. '덕망이 크시다고'들 한다. 산미나리를 퍼뜨리고 싶다하여 한 삽 떠드렸다. 이것이 겉모습이요, 편견일수 있는 인연의 전부다.(꺽쇠는 가고.)

'줄잡아 수천마리 고래 떼가 춤추며 출렁이는 이 땅의 주변 바다에 돌와왔다.'는 소식이 있던 날,
　① 동네 가장 크고 아름다운 소나무가 팔려갔다.
　② 스스로 개발한 '고문기술자'가 목사 안수를 받고 회한의 눈물로 '아버지'를 찾아주고 있단다.

③ 얼어죽던 고지에 사과나무가 살아났고, 안 된다는 감나무가 심어졌다.

④ 해오라기 새끼가 날아오르는 연못가엔 라일락 향기가 감싸고 있었다.(2009년 4월 22일 기록은 기록이다.)

마지막 인사를 하면서도 바람 불면 떨어질 듯 말 듯한 애추님! 건드리면 터질 것 같은 복상님! 두 손에 받쳐서 말리드라도 무릎 깨어지면서라도 크게 오래 절하고 떠나라네. 님의 뒷꼭지가 보일 때까지 돌아서지 말고 눈가에 흙을 덮어드릴 때까지. ♪처엇사아랑~ 만나던 그나알~ 깨모를 감추~ 시면서.

아! 내 감은 눈가에도 젖은 꽃잎이.

다시 이르니, 산에 산 넘어 눈물짓는 산도라지꽃 꼬옥 찾아가거라. 인간에 대한 사랑이 애롭거덜랑 꽃 속에 앉은 저 초록빛 여치로 가! 가다가 긴 대롱을 박고 날지 않는 은빛 금빛 나비로 생환하거라. 너희 사랑도 꺾이는 중간이 약간 부풀 것이야. 붉은 부분은 다 베어 먹었다마는 오 그렇게도 목이 말랐더냐. 안 그러면 탁 터진 인간의 풋정이 그리웠더냐.(나도 오늘 하루 잘 품다 간다.)

앞서 여러 이름 걸고, 오늘따라 상위에 올릴 겸 된장찌개에 넣을 올해 첫물 애호박이, 분명히 누가 생풀들을 잡아당겼기에 이리저리 찾는데, '뒤질 게 머 있소. 잘 드셨겠지. 남은 박나물 있자능교.'

고추잠자리가 한마당에 가득 마른 가지에 하늘이 이슬이 앉아서 타이르시나니.

언제부터 반찬이 따로 있어야 하는지, 한 가지가 얼마나 행복한지, 세월이 흐를수록 입안에 맑은 물 한 모금이,

여보! 당신의 일생이 맞바람 부는 언덕에 뒤틀어지면서 클 수밖에 없는 것은, 아리랑골 흰보라 꽃잎들이 대부분 엉성스럽게 떨어진 것은, 이 한 많은 도라지 강산에 꽃잎 한 장이나마 찢겨져서 귀접스레 휘날리지 않으시고 향기롭게 썩기 위함이 아니겠습니까? 솔잎 한 가닥이라도 마지막 길 따뜻이 보듬다가 고이 가시고자 함이 아니겠습니까? 향기는 떠나도 내 고향은 우리 모두의 어머니는 잠시 잊을지라도 우리가 만날 곳은 한 군데 그 곳이므로, '찌비! 찌비! 찾아봐! 찾아봐! 찾아봐! 싸~ 아~ 차자작! 차자작! 차자작!'(어디선가 다가오는 낙엽 밟는 소리가) 귀양살이 없는 죄인이.

파아란 하늘 높고 흰 구름은 서에서 동으로, 낮고 검은 구름은 남에서 북으로 흘러간다. 이스라엘 집시음악은 흐르는데, 고통받는 바로 건너편 이웃의 새타령 하나 없다. '사정거리 1,500키로 무얼 한국이 개발했다 카드라?' 싸움을 붙인다. 이 시간 '째재째재!' '저희는요 구름이 어디로 흐르든, 핵시설을 머시기 하던, 상쾌한 바람이 좋아요. 바람을 타는 매보다 더 호쾌히 더 거슬러 나르며, 정지할 줄 아는 이 땅에 찾아온 산제비들이라구요.'(검은 돈인게, 푹! 썩은 냄새가

나는 귀하의 언론이 되었다. 구름나그네가 언뜻 볼 적에,)

당신은 아무래도 잘못하신 것 같습니다. 아침부터 저녁까지 등 넘어 오는 땀의 무게만큼 양심꾼 스노든 친구들이, 수많은 내부 귀재들이, 어쩌면 예수 탄생보다, 부처님 탄일보다, 직권남용신들보다, 따끔따끔한 낙엽송 바늘침보다, 여기 햇밀가루로 부친 부꾸미 고사告祀가 휘청이는 쟁기끝 청숫잔 맑은 물이, 보람을 찾으라시며 풀길대로 살게 하실 것을 가지고, 우리가 끝내가는 이 흙길대로 내나 하는 소리지만 샘길대로 흘러가시게 내버려 두시지 않으시고, 어차피 짐 지며 물 마시고 숨 쉬는 지금 시원한 가슴이 말하는 이 순간, 이 땅 위에도 그대 하늘 아래서 떠받치지 마라 하지 않으셔도, 호흡하는 모든 벗님들이 바로 '나'이자 '우리들의 신'인 것을 가지고, 너무 오래 '승리'를 위하여 순명케 하신 건 아니신지요. 깊이는 모르오나, 먹어본 당신이 솔직히 그날의 물맛이게, 어머님의 젖맛이게, 사자의 춤이게, 하시지 않는다면 이보다 큰 죄가 또 있으리까?(또 저 지래할래. 빠-우!)

아무것도 모르고 그분이 된통 혼을 낸 밀밭으로 풀렁풀렁 춤추며 한 지게거리, '활 쏘는 촌놈'들도 넘어오신다.

'앗따! 우~우 ! 고놈의 고추우!' 좋소! 흠뻑 젖은 일이 저 고개를 넘는 날까지 있기를……

검은 무늬보다 흰 태가 선명한 독사 두 마리가 엉키어 있는 바로 곁에, 진동하는 하늘나리꽃 향기가 숨을 멈추게 하는 뜻은? 혹시 이 자연의 진땀을 따르라는 무언의 명령인지도 모르겠다. 예! 가을을 기다리시는 꾸등살 박힌 우리 부모님께선 오늘도 퐁당 물에 빠진 듯한 적삼에, 허느적거리시는 흙땀 밴 기도가, 줄줄 흘러가시는 그곳은 어디시온지…….

"씨감자 한 박스가 비료 없어도 35박스까지 나와. 알은 작지만 저장력 좋고 옛맛도 그만이지."

여기서 '까지'가 고속질주로 태양까지 떨어뜨릴까. 그래 기어다닐 날이 온다. 뱀의 혼신을 받는다. 여보게! 그게 귀신몰이야! 더 이상 우려먹지 말아주게. 앞날을 놀려먹지 말라고. 산신마저 울고 있잖나. 그 핏줄과 음식을 그 동안 어떻게 하였는가? 스스로 지었는가? 뒤돌아보고 잘못 짚었거덜랑 몸 바쳐 돌려드려야 하네. 잘 아시겠지만, 이 '방랑객 아씨'도 이 저녁 맥이 빠지네. 횃불이 일어나네. 또, 또.

① 뭘 믿느냐?
② 지금 직업이 뭐냐?
③ 어느 학교 나왔느냐?
④ 얼마나 가졌느냐?
⑤ 고향이 어디냐?

⑥ 무슨 일로 왔느냐?

⑦ 나한테 어떤 이익이 생기겠느냐?

　　다만, '사랑 많은 핏줄은 못 속여.' 보시오! 어느 쌀쥐공화국의 자멸한 역사를 빌어, 훗날 산 따라 강 따라 파인 선돌님을 피눈물로 써도, 가히 바라볼 수 없을 즈음에 왕의 텃밭을 밀던 덜 밀던, 이 백성이던 저 민족이던, 골고루 분배해 주지 않는 한, 이 땅에 최고 악질탄! 학연, 지연, 혈연! 특히 신연! 너로 인한 빈부 격차! 너를 닮은 자연 교란! 무차별 종파 살육! 인종학살! 생화학무기 확산! '그 사랑'에 밑 빠진 지구 재앙! 수염 난 밀보리가 마르기도 전에, 맷돌에 빻기도 전에, 올해도 된서리가 일러서 김장감 뽑기도 전에, 너를 어디다 뿌릴 꺼냐, 양식을 손아귀에 쥐니, 너희 얼어붙은 땅에 무엇을 심을 것이냐고. 지금도 '한물간 님'의 이름으로, '예잇! 이 불여우들아!' 호박씨라도 울러 매고 저 똥장군 양반들같이, 물 건너 코끼리 하마 친구들 같이, 맨등발로 걸으며 언 놈이 주인이던 노는 땅마다 심어 가며, 털어주며, 까먹으면서 가자꼬!(그 얼마나 태초에 순수하시게 낳으시고 기르셨는가를.)

　　오! 내 부신 눈가에도 벗겨진 꽃잎이.

　　'우~와! 물 맑다아!' 거름 편 밭에 망아지가 드러누워 네 다리는 허공을 차며 등줄기를 욱짝욱짝 문대고 있다. 뭐라고 우물댄다. '와! 세상 편타아! 물과 쉴물의 그리스 로마야! 힘내라! 너 지금 '어느 돌

'아래 피를 삭이느냐.' '와, 쑥향내!' 쑥 뜯으라고 손톱을 주셨나보다. 우리 짐샛갓 어르신처럼, 저 어린 아기처럼, 그 돌, 그 물은 맑았습니다. 그대로 물이셨는데, 저 낙타등처럼 아무도 긁어주지 않고 펴주지 않는 어려운 말인즉, '평등세상'에, 나도 한 지게 끼어서 같이 놀다 가면 안 되겠습니까? 이것이 아닌 그 어떤 상징물, 인쇄물, 님의 초상화도 앞서가신 영혼들께서 깨끗한 웃음을 덜 남겨 주셨으므로 꽃이 피어났다. 점점 사라지는 것은 아니다. 덮어둘 것인가, 지나칠 것인가, 진실을 두고 갈 것인가, 아니다. 터질지라도 물 맑다고 하여라~ 거기서 떨어져 나갔던, 어만데 졸렸던, 저들이 종탑을 쌓아 무엇을 가두고, 어떤 씨앗을, 그 어떤 나무를 감시 할 것이 그리 많길래, 솔직히 끝에 가면 쌓일수록 차갑기가 그지없으니, 그 근처에 갈수록 되알지시고, 기지 않고도, 풀창자 없이도 사신단 말이냐. 하오나, 2006년 7월 30일 오늘도 감사한다. 님들께선 곡식나무 모를 심기로, 산당귀꽃 칡꽃이 제맘대로 뻗고 늘어진 산마루에 서로 감아주고 받쳐주고, 크고 작은 벌나비들의 향기로운 양식이 되었나이다. ♪

또 가만히 흐르던 샘을 가두고부터 죽은 새앙쥐와 흐물한 개구리가 떠올라 왔다. '바닥에 공구리를 하면 깨끗해질 것 아냐!' '참여' 참자만 들고 나와도 '종북' 운운 하면서 없는 것 없이 사는 분들이다. 그래 알몸꾸리다. 호박떨이다.

더 이상 푸른 평화는 없으리라. 바보삼촌이나, 삼촌 바보나,

무계급끼리, 종파간 혼인으로, 물의 분배로, 그날이 오지 않는다면…….

누~구를~ 사랑~하잔~말이요~오. 그 누구를~ 미워~ 하잔~ 말이요~ 미워할 것도, 사랑할 것도, 믿을 것도, 못 믿을 님도, 주신 대로 산새 우는 이 아침, 이 땀의 보람 앞에 농주 한 사발 들이키는 소와 소생은 마냥 날아갈 따름입니다. 음메! 내 것은 아무 것도 없는데~ 혼자 지어 늘 남고 남았으매~ 저도 앞서간 님 따라~ 가볍게 날려 보낼 수 있으려나~ 내 마음만 먹으면 떠나갈 수 있음에~ 노을빛 따라 우린 산벗들과 어느 때나 짐 질 수 있음에, 언제나 마주 나는 꽃, 저희도 날아들 갑니다.

한 손으로 당근싹을 누르고 또 한 손으로 빛 나누게 꺾어만 주는 풀입니다. 우리의 희망은 초록등불입니다. 지구촌 소임은 초록등대입니다.

어머니가 보고 싶어. 어머니만 한 님이 아니 계심에, 저 고구마 밭뚝에 섶을 두둑이 쌓아 놓았습니다. 검고 누런 지렁이가 오르내립니다. 독사가 많이 불어났으니, 올해도 옛 님들의 입맛은 그대로 살아 있으심에, 어차피 당신 있으실 적 역시 4~50년 전 그 맛을 보여 주시겠지요. 이 향긋함 속에는 '혼자'가 아니었음에, 저 청둥오리 한 쌍이 소나무에 앉다가 미끄러졌나 봅니다. 'ㅎㅎ~ 야! 딱딱새야. 니 배가 그게 공이냐! 알이냐!' 아무튼 기쁘다. 가만, 그런데 왜 꼬리를 떨며 울지?(어머님! 혹시 땅이 울리시나요?)

내 흙 눈가에도 당신의 꽃잎이,

'놀라웠다구요? 위대하셨다구요?' 꿈틀대는 발밑을 보세요. 비료, 농약, 사료값 폭등 정부가 책임지라구요? 꺼져가는 땅밑을 보세요. 쎄멘트 농수로가 없었더라면 우리네 물방개도, 소금쟁이도, 들수염메기도, 그대의 설교와 강론과 설법이 약하다 하시더라도 향기롭게 빠지는 물길을 따라, 사랑의 눈길을 따라, 자연스런 그 님의 논뚝길을 따라, 오르고 내리며 우리와 함께 즐겁게 살았을 것입니다. 따라서 신의 판짜기는 끝났습니다. 왜냐하면 부분적 '농업경영인'이 최소한 80년대 무수한 메뚜기류, 나비류, 벌떼류, 거미류, 파충류의 본고향 순풀더미와 딩구셨더라도, 90년대 땅 짚고 헤엄치면서 '선진 농업견학' 등등 그 수백 조는 어디로 빠졌는지 덮어두고, 바로 등 넘어 생목숨들이 나뒹구는데, 한쪽이 '미래 복음화를 다질 세일꾼들의 응답'이라 해도, 그래! 여보소! 찍어만 주면 되는 거라? 님이여! 믿건데, 있는 자들의, 그 대물린 자식들의, 잔치판을 눈 닦고 보셨겠지요. 까치콩줄기 썰 작두날이 왜 녹슬어야 하냐고요? 다는 아니시겠지만, 지금 제 손에 붙잡힌 몸은 하얀 털이요, 눈자위는 검은 털에 붉은 눈동자, 산토끼와 뛰놀게 하면 어떻게 되는지요? 아니 합방을 시키면 껍데기가 홀러덩 벗겨지는 놈은 어떡하란 말이요. 피를 철철 흘립니다. '여기 아주까리 하나, 북간도 새들치 감 잡아라. 한식 청명에 상석하며, 나무 심고 떼 입히시는 분도 많고 하니 잘 봐주십시오.' '누구신지 모르지만, 하루만 아니라 길이길이 떠내려가도, 서로 부딪치지 않고 모두들 잘 하고 있습니다. 그 돌양지꽃 사이 산토끼 뭐만 빼고 햇해해!'(오보 소동이 일어나려나,)

'산삼' 캐 보내요, '송이' 캐 주세요. '푸른 산 맑은 물은 흘러갔다.' 너희는 이슬람교도 학살도 바로 여기서 시작되었는지 모르느냐? '또롱또롱!' '누구니?' '경쟁경쟁.' '난자기증.' 종교 간 과격성 부각 등등 '칼로 베듯 아파요, 진통제 놓아 주세요.' '병'이 신들을 낳았으니, 믿으신다면 'MR촬영 후 말씀 드릴께요.' 들으셨겠지. 그 어머님을 안장하지 못하고 넋을 잃은 소녀, 교회당 바깥에서 다시 상해당한 소녀, 소년들은 '얼마 안 되요 예!'(그 다음 번에 무얼 캐드려야 다 같이 살아남겠소?)

"서로 골고루 어울리며 무기질 에너지일 망정 함께 나누자구요."(부모님 나래로, 써레로,)

눈빛만 보아도 불자신지, 무슨 교인이신지, 상큼한 가슴이신지, 다 알아채시더라구요.

'여보! 선생! 2인실, 6인실, 통증클리닉, 그 급수가 있는 세상에서 장례식장까지, 분의 그 원시사회주의로 날아서 가 봤소? 성부와 성자와 성령의 이름으로, 아멘!' '누우세요.' '감사합니다.'(큰물 지다. 뚝이 터져갔다. 쏜살같이 숨어드는 물고기다.)

오늘은 능금나무 가지치기 하는 날이다. 참 시간, 우르르! 교회 다니는 분들, 교회 얘기 하시며 따로 놀고……

'저어 토끼아씨? 있지요! 겁나시죠?' '왜?' '비판과 비난과 평가 사이요!' '아 좋은 얘기다. 여기 샘터 풀숲에 누울 기회가 있니? 들어봐!' 한 방울, 한 방울, '소총 한 방'으로 보지 말고, 가신 분들의 꼬리를 붙잡지 말고, 그 역사의 차고 더운 흐름 속에서도, 던진 몸 날린 화살의 마지막 방향을 보고 싶어. 안 가는 소를 오늘처럼 고함 치고 발로 차지 말자고. 잘 키울 수가 없어요. 하도 배 아파 하는 세상이 왜 여기까지 왔는지를, 저 고마운 산새 물새들에게 차분차분! '쪼로롱 쪼로롱!' 안 서러 덜 서러! '차랑차랑!' 물어보자네. 매미 유충을 따라오면서 황소 등에 타고, 내 영혼 모시고.(감히, 언젠가는 두고 오실 '디지털카메라동호인' 여러분께, 대자연에도, 개인소유가 된 신의 모임층에게도, 여기 참 맑게 고이는 우물처럼 생기를, 무던한 향내를, 특정신분 없음을.)

'그때는 산꿩, 들꿩학교 같이 합격했다. 쫓기다 피를 봤다. 죽는 것보다 미쳐버려야 했다.'(왜 철조망이 생겨날까. 당겨놓고 확인 사살했다. 웃지 못할 '하나님'은 뒷통수 치기에 바빴다. '증거품'만 찾지. 불법엽구와 소설적인 로빈후드를 숨겼던 것. 이것이 분단교육 파시즘이 낳은 의문사 행렬이다. 즉, 틀에 틀을 깬, 하느님 편 개구리는 어린 넋들의 아픔을 아실까.)

이 땅에 미지근한 물은 잘 통하지 않았기 때문에, 요런 고얀 친구가 통일로 작두 짐꾼을 자청하는 것입니다.

그 나라에 가면 관광객들 중에는 복지시설을 찾으신다. 모서리마다 부처상이, 성모상이, 코란 성전들이, 커텐에 가려져 있다가 맞춤형 상품인 듯 펼쳐진다. 얼마나 산뜻한 신들의 전시품인가? 경건한 자들은 그날의 참수를 저들의 못난 짓으로 애써 잊고자 기도하였다. 그 짭짤한 봉투가 귀하고 귀하게 쓰였음을 증명하지 못하는 그날에는 새들도 더 이상 울어주지 않을 것이다. 님도 우리 곁을 칼 같이 돌아설 것이다.

비을산 아름드리 나무 밑둥치가 갈라지고 터져가다가 두 갈래 세 갈래 용들의 머리로 그나마 버티는 것은, 그 곳에 어딘가 이제 얼마 남지 않은 지구뗭이 하나 꽃 필 사랑의 뿌리를 찾아가고 있기 때문이 아닐까. 꽃이 피고 잎이 피듯이, 잎이 피고 꽃이 피듯이, 저 굽이굽이 도는 하늘 강물처럼 합류하다 돌아서서 또 합류하기 위함이 아니실까?(오! 낮은 사랑이란, 신의 뜻이란, 물굽이 평화란,)

♪ 저엉~ 마안을~ 남겨~ 두~ 시~ 고서~ ('크로스 퓨전음악'이라나 머라나,)

저희 감겨주신 눈가에도 휘날리는 꽃 잎새 꽃잎이.('크로스 퓨전음악'이 흘러서,)

보아라! 흙이 뛴다. 흙이 난다. 흙빛이,
산빛이 초자연으로 돌아섰다.
어차피 한 번 왔다 가는 길,
생년월일은 간데없고 초록생으로 착착 돌아섰다.
저 분들은 노잣돈도 없이, 관도 없이, 다들 앞서 나가
셨다. 푸르름 하나로 묻히셨다.

능소

사랑할 수 있나요?

'신들의 날개'를 그리거나, '금빛 이야기'를 늘어놓는 사람들은, 아시듯이 현실 속에서도 자진해서 눈물로 설은 밥을, 그나마 허구헌 날 야간작업으로, 자연 먹거리로, 먹혀드릴 짐을 지고서, 여러 '짐승들'과 핏기 어린 눈으로, 그 벼랑, 저 별빛 눈물로 다시 태어나지 못한 분들이 아니실까.

'도움, 나눔, 배품, 섬김, 긴급구호품' 여보소! 고맙지만 혹시 '등치 커서 빛나는 구교와 개신교' 간의, 또 '특별난 신' 간의, '천차만별 예수님' 간의 전열 정비는 아닌가요. 당장 오대륙에 넘치는 안 믿는 이들, 안 보고도 믿는 이들, 천자 혈통인 여러분! 흙 같이 물 같이 심심뿌리 같이, 믿는 신보다 폭군보다 배가 작은 생명들을 위하여, 다시 흙으로, 다시 나무로, 물로, 풀로, 돌아가심이 어떠리까. 티 안 내시고 얼마나 많은 분이 가르침을 주시고 있는지요. 그 작업도 반가우나 옛날 그 옛날 '콩팥 같이 값싼 정'이 아닌 허망한 언행, 그 모두를 걷어치웁시다. 판때기를 걷어치웁시다. 따지지 말고, 비웃지 말고, 무시하지 말고, '표시' 그 자체가 장벽인 것을 아십니까? 왜, 왜,

왜, 무차별 살육을, 급격한 멸종을, 저지르게 하십니까?

마지막 그날의 '재무관리'만은 솔직합시다. 침상을, 밥상머리를, 농장농원 저 소유한 대평원 기름창고를, 꿀과 목재와 무기고와 매스컴과 살인적 스포츠, 그 보석산과 '섹스류'까지 곡간까지 씨유전자, 교육의료출판, 제벌 중에 제벌제국! 사실상 치열한 교전상태인 이 무지막지한 상황에서, 잘 아시듯이 근본적 치유책이 아닌 그 무기류와 빈부격차 유인책과, 담장을 속히 헐어 자신들의 신끼부터 초원 푸른 나무들 아래 여기 흐르는 맑은 물! 맑은 공기로! 나는 새들과 물고기로 옛, 옛 어머니의 고향으로 처녀수로 돌려드립시다. 세계 도처 '유명한 곳'은 쩍쩍 달라붙는 무슨 교 무슨 교인이 거의 차지하고 있지 않습니까? 하물며, 이 땅 안에 저 슬픈 가슴마다 DMZ가 뭡니까? 이를 제거하기 위해 참! 수고가 많으십니다. 예! 얼마나 험난하셨나요. 큰일 하셨습니다.

다만 비우시고 다 담아 주시려는 천하의 선배 제현께서 각자 '굳은 신'들을 벗 삼아 그토록 나무라시고 타일러 주셨건만, 더 이상 지체할 수가 없지 않습니까? 보시듯이 뒷켠에는 '폭우' 아니면 '가뭄'입니다. 어려운 사람들만 잡아먹습니다. 저들은 고개를 돌리시지만 더 깊숙이 들여다보십시오.

'약속'이란 '약속'은 '말씀'이란 '말씀'은 거의 다 어겼습니다. 물과 공기가 그 큰 증거입니다. 세계 구석, 현세사 신당의 부녀자 학살은 말할 것도 없습니다. 오해하실지 모르나, 손발바닥이 매끈한 엘리트가 부득불 초록 여울가에서는 폭도입니다. 믿지 않는 것이 아니라 기층민은 믿을 것이 사라졌기에 더 고통스러워 하십니다. 이제는 '신의 모자람'도 볼 줄 알아야 합니다. 뒷면도 과감히 나무랄 줄 알아야 층층이, 골골이, 쌍쌍이, 이웃에 이웃이 살아납니다.

총기보다 핵보다 무서운 신들의 상륙정으로도 지구떵이 하나, 그 바람 하나, 구름 하나, 빗줄기 하나, 지진 하나, 화산 하나, 없이 다 날려 버리는 세상에 님은 없음이 아니 계심이 증명되었습니다. 정말이지 댓꺼리 걱정 없는 숙녀는, 배부른 자는, 모르게 되어 있습니다. '어질수록, 깨끗할수록, 온존할수록' 모르시게 되어 있습니다. '가르침'은 아니겠지만, 사실상 '어떤 욕심 많은' 당신들 때문입니다. 거꾸로 살아오셨습니다.

한 분 한 분이야 아니시겠지만, 어쩔 수 없는 가중치가 지구를 몇 토막으로 살라먹고선, 지금에 와서는 님들도 막을 길은 단 한 가지 뿐입니다. 미안치만, 농담 같지만, 그것은 바로 배때기가 조직적으로 터질 듯이 커버린 일류신들의 패망입니다. 진정, 진정코! 배고픔으로 돌아감입니다. 하인으로, 머슴살이로, 진짜 우리들의 지겟꾼으로, 하루 품팔이로, 오늘 죽어도 좋고 내일 죽어도 좋은, 대다수의 최빈민층으로, 생피맛을 보는 연극무대를 한 번쯤 바꿔보는 것입니다.

예! 그 빛나는 책갈피를 놓으십시오. 숙연한 옷들을 벗어던지십시오. 참극이 일어나기 전에 콩밭을 기십시오. 강냉이밭에서 자고 묵으면서 돗단배가 되십시오. 왼손은 감자 고랑에 오른손은 벼논 피를 뽑으면서 나뒹구는 그분처럼, 그 벗님처럼, 홀랑춤이 천연스러울 수밖에 없는, 참으로 아름답고 향기로운 인간이기에, 너무나도 인간적이시기에, 흙거름으로 쉬이 돌아서서 수억 수조의 해골뼈인 자, 떠도는 여기 혼들의 울음소리를 귀담아 들으십시오. 이 얼마나 시건방진 소리입니까?

부르는 대로 불러드려도 또 의심하기에, 다 같이 적게 먹고 다 같이 밀어내는 마당에, 바람 바람꽃을 넘어서는 인류애의 기본인, 기후 및 에너지 중대사는 가히 하늘의 경고요, 생명의 소리 보고인 환경운동연합, 녹색운동, 등등에 보통 떠넘기고 왕창 쫌 밀어 주지도 않으시고, 귀하게 귀한 척 놀았기 때문에 이 모양으로 물이, 강물이, 본심이, 흐려진 것이라고 하십니다. 아시듯이 '화약고'는 중동에만 있는 것이 아닙니다. 제3차대전은 신들의 몫이 되었습니다. '뜻'이 되었습니다. 마치 신처럼 받들어 모시도록 새소릴 죽인 것입니다.

어쩌면, '종'과 '교'는 당연히 '풀'과 '흙'으로! 우습지만 모두들 그토록 염원하는 맑은 물 맑은 공기로 개종하심이 천만 번 옳지 않겠습니까? 이런 바보소리가 어디에 있습니까? 다 잘 아시면서 앞으로 천 년이 또 갈 것 같아서, 아니 가기 전에 다 해체하고 가정살림처럼 세 식구, 다섯 식구, 나아가 삼대로, 한 20여 명 '작은집' 밖으로 들일, 큰일이 아니면 모이지 말기로, 오라, 가라, 내라, 받으라, 주라, 마라, 하지 맙시다. '비용도 비용'이지만 오염원이기도 하였기 때문입니다. 예! 이웃신과 그 후세를 죽여놓고 우리만 좋은 데 갈 것 같습니까? 세상에 맛난 것이 무엇입니까? 요즘 세상에 하루 한 끼니에 찬 한 가지가 어디입니까? 행하지 않는 그런 필과 여물통은 우화입니다.

대부분 왜 믿을수록 그 원 인간성이 차가와져야 합니까? 잘 보일려고, 좋은 데 갈려고, 그저 꾸뻑거리다보니, 일류의식 층층이 부정부패의 온상이기도 하였기 때문입니다. 예! 다 열어주십시다. 누구는 마귀라고? 누구는 성인이라고? 누구는 미신이라고? 누구는 악당이라고? 누구는 사탄이라고? 정안수가 도교적이라고? 아닙니다. 틀렸습니다. 더 정직합시다. 건드리지도 않았는데 '테러'가 일어났겠습니까? 개구리가, 새들이, 슬프고도 아름답게 울었겠습니까? 침묵하는 자가 이산화탄소보다 더 나쁩니다. 원예수는 공해품이 아니었습니다.

천지에 지금 깔리고, 갇히고, 우그러져 우시는 분들이 '님'이십니다. '만백성'이십니다. 맑게 사시는 '소시민'이십니다. 세계지하에 '사랑과 자비의 신'이 바로 우리 발밑에 깔려 있습니다. 곡식을, 양식을, 물고기를, 채소를, 과일을, 밤낮으로 거두고 운반하고, 정말이지 매일매일 목숨을 걸고, 목숨을 버리고, 목숨을 아예 생각지도 않고 뛰어들고 있음에, 그냥 넘어갔음에, 유별나게 길러서 별나게 믿는, 그래서 특별하게 차가운 종교인들이 보시듯이, 오늘같이 며칠 비 온 뒤 오솔길에 튀는 색깔, 독버섯으로 피어난 것입니다.

'멍! 멍멍! 까불지 말어!' 들개가 따라 짖는다. 고만하란다. 춥다. 떨린다. 불을 지펴야 되겠다. 2004년 8월 23일 여치, 남치, 쓰르라미, 높이 우는 밤에 지나쳤다면 미안하게 됐습니다. 안 터질려고, 빠질려고, 소설 같이 엮어 보려해도 메주방이 막걸리방인지라, ㅎㅎ ~ 참! 이거 미치겠습니다. 예! 짧지만 여러 달 지겟발 사이사이 물로 버티며 모두들 그 새타령 하나로 종합해서 '받아 적었다' 하면 몇 분이 믿으실런지? 그저 스쳐가는 알쏭 푸른 향기로 봐 주시길 빕니다. (물 뜨다 말고 들어와 혼자 풍장 치는 날에,)

꺼지지 않는 촛불이 밝혀준다. 여러 여인들이 한 옛날 산녀를 할아버지라 부르며 따르신다. 경배에 가까웠다. 모두들 한때 남의 집 모진 일에 지금은 힘든 일을 하지 못하신다. 깨어짐으로 깨침을 넘어서셨다. '주체사상도 공산사회교종'도 넘으셨다. 그렇게 착할 수가 없으시다. 아! ♪참을 수~ 없이~ 흐르는~ 뜨거운~ 누운 무울들~

우리도 동성연애, 여성 사제, 여 주교 탄생, 이마저 넘어 자연, 대자연, 그 꽃정으로 흘러갈 것이다.

그 어른은 집안이 가난하면 신학생도 될 수 없는 시절에, 원주를 중심으로 알게 모르게 마음 고생이 컸던, 부제부터 사제로 해서, 진보적 목회자, 수도승, '운동권시비'가 없는 성공회 신부까지 더는 알지 못하나 3~4십여 분을 그 험난한 시기에 '성직의 길'로 인도하셨다. 더구나 지역성을 벗고자, 평화민주당의 재야 지렛대인 '평민련'의 맏형이셨고, 진취적인 한겨레신문 등의 소리 없는 맹주이셨다. 누구의 장난인지 모르나, '똥값'이 되어가는 감자, 무, 배추 등을 웃음끼 어리신 걸걸한 말씀 한마디로 거두어 주셨다. 아~ 그 이름, 진짜 통 큰 사나이! 평화시장 내 '압록강' 방제명 회장님이시다. 형님 역시 청빈한 '장군'이셨다. 얼어터진 자연 먹걸리를, 실없이 굴러다니는 씨알맹이들을, 말없이 거둬주시고, 팔아주신 여러 정다운 상인분들의 그날의 눈물이 이 땅에 더운 피가 되었습니다. 말로 다할 수 없는 이 작은 군소리가 '더 넓은 사랑과 평화'로 가는 험준했던 길에 허물없이 넘나드는 늘푸른 일꾼들이 되셨습니다.(어쿠! 황혼녘, 패랭이꽃 무덤 좀 봐!)

'만약에 내가 진짜 소설가라면 까짓꺼, 침투론, 날조론, 용공조작론, 약제론 등으로 엮어 출세 한 번 해 볼낀데, 이게 잘 안 된다 말이씨.'

보아라! 흙이 뛴다. 흙이 난다. 흙빛이, 산빛이 초자연으로 돌아섰다. 어차피 한 번 왔다 가는 길, 생년월일은 간데없고 초록생으로 착착 돌아섰다. 저 분들은 노잣돈도 없이, 관도 없이, 다들 앞서 나가셨다. 푸르름 하나로 묻히셨다. 님들의 거름 한 줌이 더 없이 향기로우심에 거듭 '선신의 통일'로 가는 길목에도 이름 모를 꽃들이 길이길이 만발하셨다! 여러 선배님들! 좋은 일 많이 하셨습니다. ♪ 임진강 어느 하늘가~ 물잔을~ 받아~ 올리고오~ 우는~ 사아라 ~ 암아~ (오늘은 청숫잔이 얼어 쩍쩍 달라붙나이다.)

"아빠! 아빠 마음 이해해요."(비핵화 한반도 위한 묵은 잎 기도이기를,)

걷자. 건너드릴 보따릴 울러매고 걷자. 나부끼는 '혁명의 깃빨'은 언제나 지저귀는 새들과 함께 걸었다. 참으로 영감 어린 여러분의 '평화깃폭'은 저 기아선상으로 가장 인간적이셨기에, 심심찮게 걸치지 않고 '원수'를 향해 걸어 가셨던 것이다.

'다른 재판관들이 (횡령)하듯이? 좋다! 하나님 사역? 우리 민족

서로 돕기 운동에 뛰어들래? 녹 쓴 작두날을 갈래?'(헌재소장 청문회 '물을 가두면 썩게 된다'는 욕을 삼키며,)

　　'나'는 톱밥향이다. 나를 살려라. 깊은 흰 눈 속에서 새파랗게 치솟은 녀석은 어린 대파들이셨다. '쓰레기'가 있었나? 누가 비닐에 흙덩이를 싸두었을까? 보랏빛 촉이 텄다. 오늘 하루 다 살다 간다. 새 잡아 먹는 매가 날을 때는 왜 까마귀들이 둘러싸면서 쫓아갈까? (살리서 놓고,)

　　'곧잘, 사찰에 기부, 안 탈세!' '잘 했다! 님이 오시기 전 황폐한 땅을 위하여! 자연 꽃밭으로 돌려놓아라!'(빈혈이라 욕설을 재우며,)

　　이제 가둘 수 없는 물이 되십니다. 그 물 향한 마음이 믿음이 되셨습니다.

　　만악의 근원, 수자원공사와 뭐뭐를 당장 해체하라. 조양강이, 동강이, 한강이, 막 울고 있다.(1999년 11월 5일)

　　마라톤은 꽃인데, 지나는 가게는 문 닫고, 손 흔드는 이들은 멀고, 감시자는 촘촘히 서 있다. 무릎 꿇고 성호를 긋는 승리가, 케냐 친구의 손 흔들며 웃는 모습이, 참으로 흙같이 친근하다. 허나 뒤쳐진 자들과 성호에 낯선 자들을 껴안는 뒷모습이 조금 아쉽지 않은가. 이겨서 점점 멀어지는 것은?

아! '밖으로 표시'를 하지 않았더라면, 골 덜 깊은 그 어떤 평화가……. 님께서 잘 아시듯이 자본주의와 사회주의, 신비주의와 자연주의, 창조주의와 진화주의, 부자주의와 빈자주의, 뛰는 자와 걷는 자, 모두모두 그 분의 '빅뱅론'에 떨으신 건 아닌지. 일례로, '달러 가치 하락'과 '설탕 가치 상승' 등에 겁먹을 새 없이, 세상 만사 난데없음의 연속 질주는 아닌지. 0.1초 안에 '번쩍! 꽈쾅!' 당신의 자녀를 가리지 않으시고 십자가에 꽃을 피우신다. 귀한 생명 보내던 그 불멸의 언덕, 그 노동기도, 그 죽을 자리마저 '너희에게 돌아온다'는 기쁨도, 묵상한 위대한 신빛마저 짊어지고 가셨다. 그 분의 뜻이 엄청 날수록 모자란 저 해일 같이 경마 잡은 잔챙이 '영생교'가 단숨에 부딪치지 않았을 것을! 무릇 '서로를 존중하는 신뢰심, 자애심, 신앙심, 독립심'을 '진리, 근본, 원리, 교리주의'라 칭하지 않아도 될 것을! 나아가 나라 간에도 셋넷 갈라진 종파적 지형적 특성! 아마도 신의 하늘나라 특이성? 소수민족 단일성? '전능교'답게 변화 없는 관료, 군사, 성직, 집단성? 장 밖으로 가득히 꽃 피울 수 없는 썩은 권위성? 더 앞으로, 더 뒤로, 자유로, 더 자유로, 본마음 그대로 민주로, 더 민주로, 한없는 벌판으로, 초원으로 간 흙먼지에, '일심주의' 앞에, 싹은 틔워주셨을 것을! '심령적 폭약'은 누가 만들었나? 철천지 왠수는 누군가? 김구 선생은 어느 쪽 예수가 쐈는가? 마시며 즐기는 자 누군가? 소나무와 대나무는 누구신가? 결국은 한 형제 경쟁 없는, 져 주는, 등수 없는, 주의로 마침내 너희 제국주의, 세계주의, 초일류주의도 끝내 꺼꾸러뜨릴, 만질만질한 초지풍파주의만이 모자람 없는 자자손손을 위해, 인류의 공멸론 역시 잠재우게 하시지 않을까 싶소! 혹시 님들 같은 찢어 벗겨진 움막주의가 흙챈바보주의가 염소양똥주의가? 위로만이 존재하는 물지게주의가, 풋풋하신 풍물주의가, 더 가누기 어려운 초록빛주의가, 부활하지 않는 한, 영원한 즐거움이 죽지 않는 한, 그렇소! 검은 대륙을 넘어 원래 늘푸른대륙을 찾아주시자는 것이요! 이참에 우리 함께 흙춤을 추시자는 것이요! 풀렁이는 젖땅을 껴안고 파종하시자는 것이요! 묘목을, 씨앗을, 져나르며 옛 마라톤답게 오솔길을 걷다가 원두막을 스치며 노래 부르자는 것이요! 맨발에 속삭이는 님들과 혼들과 조상님과 놓치지 말고 지어미와 손잡고 말씀인 즉, 여보게! 자네 꽃신 혼자 다음부턴 저 갯세마네 동산에 퍼붓는 '무인폭격기' 뒤쫓아오니, 저 하늘만큼 뛰지들 마시고, 희생자들을 뒤로하고 골 넣자, 숨도 안 쉬고 푸성귀 밟고서 무릎 끓지들 마, 마시옵시길. 차라리 금융과 석유와 인권개선으로 혼을 빼지 않는 미래 중화신을 반쯤 믿고 싶지 않은가. 음! 저녁노을에도 지조가 있는법. '애라! 오동나무 장구 어디 갔나? 떵따따땅! 우리사 이~ 멀어질까~ 두려워!' '어머! 멋져 버려! 토끼아씨! 저희들 벌초하러 왔습니다. 인사 받으십시오.'(왓따! 왜 이리 식은땀이 나는지,)

고기 55,000. 무 6,000. 막걸리 7,500. 쪽파 10,000. 대파 3,000. 고등어 8,000. 두부 5,400.(2013년 1월 17일, 어떤 불평등 모임에 구슬땀이 흘렀길래,)

내 고향은 넘어진, 넘어진 그대 통나무 아래 있다. 파아란 쌨들을 옆에 두시고서 폭설에도 덮어주신다. 이름 모를 생들을 들락

날락 숨겨도 주신다. 나도 맘 놓고 너희의 품에 안겨서 이토록 향기롭게 년년히 피고 또 피어날 것이다. 왠♪ 아 엠~ 셀~ 링~

그렇구나. '늦가을풀' 몇 고랑 뽑는데도 하루가 금방 가는데, 언제 눈 돌릴 새가 있겠나.

님은 사랑입니다. 사과는 '유혹의 대상'이 아니었습니다. 주신대로 자연히 흐르는 '향기로운 성체'였습니다. 들건데 50대를 넘어가면서 신께선 '또 하나의 성문'을 열어주신 듯합니다. 어김없이 새움이 트시는 여기 찔레순, 다래순, 싸리순, 그리고 산사과 꽃봉오리에 얼음이 쌓였는데도 피어나는 모습을 보면서, '감사와, 신성한 기쁨'의 계곡을 꿈속에서나마 아슬아슬히 넘나들기에, 역시 향 자체이신 당신은 진실하고자 인간이고자, 그래서 성스럽고자, 더욱 자연스럽게 흐르며 한 몸으로 타오르는 통나무를 사랑할 수밖에 없나 봅니다. 어쩌면, '능금이야기'를 할 무렵 우리는 그분의 상큼한 사랑을 맛보고 있지는 않았나요?

♪신령님 전~ 빌고 빌며~ 학처럼~ 떠도시는~ 님~ 떡꿍떡꿍~ 솥쩍어~ 솥쩍어~

아~ 가엾어라! 단 한 번뿐인 생, 단 한 번뿐인 어머니 되심! 온몸으로 사랑할 수 없었노라고.(짧은 생에, 너무나도 귀한 이야기들은 수천년을 갈고 닦아왔으므로, 자연스럽게 저항할 수 없었노라고.)

잣 향기 날립니다. 푸른 가지가지 청설이와 숨박꼭질 합니다. 님들 간 '한 하늘'이 하도 향긋하여, 아래께 저 산토끼 다람쥐새끼들도 잣송이 하나씩 입에 물고, 하하하! 하늘같을세. 오! 너도 신, 나도 신, 죽음 거둬가신 신! 이 순간, 우리 모두 한 몸이신 그 님! 그 분의 향그로움이여! 찬미여! 벗어제침이여! '야야! 너희 밥통대로, 식구 수대로, 겨우살이 순대로 물고 가아!' '떠들지 마시고, 아씨나 조심해서 내려와요.'(선불산 파숫꾼.)

그동안 기상이변으로 인해 눈에 띤 봉화치 진화가 있다면,

① 나비들은 자신과 닮은 꼴 변한 꽃잎으로 모여든다.

② 어울려 싹트려고 깊은 자연으로 튄 밀알이 수염도 길어지고 수확이 많다는 사실. 평균 89알씩 맺힘.

③ 초록개구리는 얼굴이 익어가는 계절에 떠내려가지 않는 돌에 먼저 알을 실으려다 죽음을 불사한다는 사실.

④ 한겨울 눈마당에 모여들었던 새들이 목청껏 울면서 둥지 틀고 고라니, 노루, 그리고 평소 보이지 않던 산친구들은 겁도 없이 대낮에도 어슬렁어슬렁 잡히던 말던 다 포기 한 건지, 기분좋게 앞세워 온다는 사실들이다. 즉, 신과 인간의 야만적 중간 심부름을 우리 벌과 토종 목사들처럼 더 간절히 맞이하고 있다.

'물새야! 올라오느라 수고 많았지, 이 산참외, 수박, 들어봐~' '어휴! 아저씨! 껍질이 나무 같아요.' '쩍! 자자!' '어머나! 뭣이 탁탁! 튀는데요.' '우아! 진짜 애벌레가 꿀맛이에요! 저희들 산에서 살면

안 될까요?'(촛불 눈매로,)

넝쿨이 뻗어가다 보면 못 생이 드신다는 생각이 옳아. 암! 잡아 땡길 필요 없는 것이,(가르침도 지혜심도 터뜨리고 보면,)

새소리 물소리 좋다시며, 왠만하면 놔두고 걸어 오시지들.(문 닫는 소리, 천국열쇠 소리, 울려 바위골이 흔들린다니,)

그대 오늘도 똥통을 지고 어디로 가시는가? 마음을 놓으십시오. 기쁘게 '운명'하셨습니다. 왠 ♪ 향솔~(러브스토리 대목이,)

오! 때가 되니, 바라보는 '신'을 홀~ 홀~ 홀! 이 산 저 산마루 뼈 실려 내려간 길에 '혼' 날리라 하십니다.(꽃양귀비 도사들의 한계치.)

♪입으로~ 듣는 소리~ 가슴으로~ 우는 소리~ 여러 어르신처럼~ 흐~ 흙으로~ 가시는~ 소리. 다 떠나시고 연기를 덮으면 산신께선 숲내음 풀벌레소리는 어쩔 꺼냐 하네~ 그냥 다 놔두고 인~ 인간으로~ 돌아오라 하시네. 세상을~ 스친 듯한~ 그 '번뇌'가, 그 높낮이가, 역으로~ 진정한~ 내 이웃신을~ 버린 것~ 같아서~ 우! 오셔서~ 공들이시고 기도해 주실 때야 왜 고맙고 위로가 되지 않게만 보시오. 갈수록 혼자 홀로 가시는 분이 더 많지 않소. 천재지변 말씀이요. 이미 그 '멋진 신'께서는 새끼돼지 같이 칡구랭이 같이 핏줄마다 철사줄 같으신 손바닥, 발등, 세상에 힘줄로 부여

잡았으면 한을 푸신 거라, 이 분들이 잘못한 게 뭐가 있나요! 그래! 있는 집안, 굴린 집안, 배운 집안, 먹은 집안, 끼리끼리 아는 집안, 박사 집안, 사이사이 믿는 집안들! 예? 그 밖에 당신들 옛날에 우리 어머님, 그 옛날 그 자리, 그 샘골, 그 정든 터전들을 끝내 버렸잖소. 하늘 밖을 망쳤잖소. 구렁이가 다 됐잖소. 갈라선 신들끼리 오늘도 난데없이 이 가마니 말린 님을 곁눈질로 분간하도록, 누굴 믿느냐고, 슬며시 구별 짓게 공동묘지에 와서까지 역차별 하시오. 그 누가 눈 감고 가르쳤냐고? '끼륵~ 끼륵!' 그냥 그렇게 안 됐어! 썹팔! 안 된 이웃이라고! 이 고고한 망자들아! 후세에 죄 받아! 돌이킬 수 없는 인정에, 너네 돌이킬 수도 있는 개파벌 신정에, 또하나의 지구가 지금 같이 염할 때면, '골골골!' 니미! 곡소리 떠나간다고! 죄 받지! 여보시오! 이 땅을 파헤쳐도, 최소한 천도교적 관점에서 '성지 이전의 성지'를 파헤쳐도, 독립투사의 물과 향은 못 다, 못 다 흘리신다고. '차장창창!' 이게 무슨 소리? 가세! 가! 저 구천을 떠도시는 님아! 내일 내 혼아! 돌라면 완전히 도시던가. '어화! 우리네 그 옛날 물방앗간 어머니를 돌려주시오! 낮밤 없이 그 자연스런 사랑, 그 평화스런 물! 물물! 맑게끔 해주시요! 자자손손 자자손손.'(집도 절도 없는 그대를 묻고 보니, 떠나며 할 말은 이것뿐이요.)

"원래 착하신 당신! 너무나~ 그 님을~ 그리워하다 보니요."
"토끼아씨! 저도 달, 달궁 물 한 잔 주쑤!"
"어어! 서언해! 잇빨 시러!"

아! 공염불에~ 기울어져~ 청개구리와~ 놀다가~ 산국화~ 휘들어져~ 우리 선산 할배들과~ 씨족끼리 신종끼리 살다가보니 ~ 그만, 이 나라가 걸음마 신생 에너지를 혼합하고도 어떤 '온실가 스'가 삼배나 높대나요.(억측일 께야.)

♪릴리리~ 봄봄~ 이렇게 좋아할 수가, 푸실푸실 웃겨버릴수 가, '어어, 챈다 채!' 버섯 피는 참나무 하나 턱! 기대어 쓰러질 것만 같은데, 호미질로 배추떡 따라오신 아주머님들 말이시더. 거 뭐로 가열차게 개미 틈도 없이 매달린 거시기 개복숭망구가 다 챈다, 채 ~ 쑥대거름이~ 좋아~ 얼마나~ 뒹굴고~ 맛나는지~ 쌔곰달콤 ~ 항아리마다~ 우리 할매 뒤뜰 꿀단지마다~ 우리 어머이 젖낫산 마다~ 그득그득, '어이, 나도 한 중발 줘보게! 이 봐 토깽이, 나는 사람 아닌가!' 호호호 끄륵끄그윽! 부으응! 술방구다. '토깽씨이~ 여기도 부어봐요~' 클났네. 다 새나 봐! 괜히 뚜껑을 열었잖아. '붕붕붕붕~ 하마 하마~ 차써! 찼써!' '와따~ 디게 다네 달아! 핫핫핫하!' 꼴꼴! 이 제 와 깨진 도가지 닫을 수도 없고, '아따아! 이 넘어 열무나 잘 고르시 지이~' '내 냄비는~ 어디가 엎어졌지.' '어! 아까 참 드신 일회용~ 거 또시락~ 연장~ 거 녹지 않게~ 샘돌 밑에~ 떠다니는~ 샘 바가 지~ 무꾸딴 밑에~ 바로 놓게로~' '하하하~ 호호호~ 버리지 마우 ~' '껄껄껄~ 막 잡아 물지 마우~' '랄라라~ 낄낄~ 삼키지 마우~ 야!' '자아! 한 술 세상~ 쉬엉쉬엉! 우리카~ 가시데이~' '아따~ 웃따 보니~ 눈물이 다 나네~ 흐흐핫하~ 핫하하~ 필리리~ 봄봄♪'

고급술이든, 저급담배이든, 방아쇠가 되었습니다. 또다시 착취

와 전쟁과 피의 능선이 되었습니다. 치고 받은 노동자와 농어민이 버림을 받고 있습니다.(믿어도 되나요.)

"바티칸이 부자가 된 것은 독재자 무솔리니의 검은 핏돈이래요."(신의 투기꾼들이 비밀결사 하던 날.)

얼씨구우! '쿵!짱짱!쿵짱!' 또 똘아가네~ 잘 똘아가네~ 묵자고~ 사는 인생~ 오늘 떨어져도~ 내일 꽃 담고~ 열매나 좋을낭고~ 어짤라꼬 신께서 알아서 다 하실 일~ 꽃시루 양만큼 드실낭고~ 다아 고쌍고쌍시레 살다 가신 여러 어르신네들~ 저희 지나가면~ 낭구낭~ 그 성목신이 다아~ 자연히~ 허실라고오예, '예예! 댕기오쏘오.' '잘~ 굴러~ 가요~ 엇차! 짐삿갓 사촌 아니요?' '쿵! 땅땅! 쿵땅!'

'어허이, 이 양반! 앗따아 디게 취하네.' '난 한 잔 입술에 빨지롱~ 안해롱롱~ 다 같은 우리 어마씨만 봤다카만 몸부림 친다 아임니껴~ 서서 낭낭 토 토지신에 여여성성 황당당 보리재각 넘어로 댈꼬 갑니데이~' 자아! 여러분! 뜨끈한 사랑방에 모셔드려요. 단 하루밤이라도, '당체 뭔 술이길래, 이 삿갓어른이 다 해롱대실까.' 어! 이 낭자는 누구서? 앳햇이~ 신랑은 마카 저 하늘에 가 계시고야. '멀롱멀롱~' 어헛이! 다 디비졌써! 토끼아범! 인자 진짜 클났다! 몇 년이나 묵었길래. 내가 알우! 주신주인님이 담그신 걸요. '내일 또 보입시대이. 잘못된 게 있으면 빌라꼬예!' '한 자루 지고 오거시. 묏돼지 새끼 달아서 추석도 가까워오니 송이가 났나 어데 살피시.' '예예! 이 얼마나 반가운 만남이니껴. 님을 따라 오늘 같이 이래 살다가 갈라꼬예.'

'그리여! 꽃밭이 따로 있남요.' '우리 할매팀보다 이쁘신 얘기, 꼬시이 한 늦사랑이 어디 있갔시오.' '저이는 또 누구요?' '네네! 여는 대로 팍 팍 제끼는 대야 누가 갈갯능교.' '그 하늘에 그 양반이 있 따카이끼네.' '진짜로 외따른 숲길에서 상처뿐인 우리 아버님 늘 만 난다니까요.' 왔따! 혼이야 넋이야 다 빠지네야. 장독에 그 머씨님에 사랑바다 들구 빠지는 거야 그렇다치고 불 타는 장작은 있건만, 방방 이 이 거름뱅이 걸객들께서는 내일 아침때거리가 영~ '맨날 후회여!' '아주무이 한 분만 우리 동네 계셔도, 이럴 때 알아본다니까.' '문 열 어! 아이고우! 고마워라!' 여긴 딴 세상이잖아! 언제 다들 업고 오셨나 그래! 촌인심은 그래도 여긴, '얼씨!' 새벽 두세 시에 잠 안오시는 도 라지 달래님네들 날 따라와 보오. 징말임다. '흐흐흐! 단단단 술술술! 야! 다 풀리셨죠?' 그 옛날 목화밭 넘어 오르랑 내리랑 꽃피던 노랑나 비 시상! 그 배차밭에서 만나유~ 얼마든지 솦아가셔유!' '암요! 살아 있는 생음악은 아무나 녹음하는기 아냐. 허리야 꼬뱅이야 녹아날 때 서로 주고 받는, 이 아자씨야! 뭘 알아? 마이크는 노래가 아니라니께.' '알았당께로.' ♪해는 지고 어두운데~ 찝찝찝~ 찌롱찌롱~ 철퍽~ 철퍼덕~ 파도 치는 소리앨랑랑~ '뽀롱뽀롱!' 여러 어머님 전~ 사람 이 서로 정으로~ 죽고나서도~ 찝찝~ 건강~ 껀깡한 세상에서 만 나보드랑께~ 요~ ♫ (아! 내 넋인가 네 혼인가. 찝찝새 임 그려 우는 마음! 이같이 필름은 끊어져도~ 한바탕 어정처루~도가 넘어서~ 겉으로는 언행이 꼬 여 있다 한들, 오만 부정선거에 불여유곡에 찡겨갖고, 다 밑 빠진 독에 빠져갖고, 참! 뜨겁게 흘러간다 한들, 머 우리네 만정타령만은, 깨진 꿈이 아니셨기를,)

저마다 왜 돌아서서 눈물을 삼키셨을까. ♪생각을~ 말자 해도

오~ 야속타.

　그날 이후, 저희에겐 어떤 철책선 같은 한으로 남아 있습니다. 당신은 전통공예품으로 이 땅에 천연히 부활하신 적이 없습니다.

　'실례 많았습니다. 짐보따리 여러 어르신네! 소생이 너무 흔들었죠?' 하도 심심한지라, 팔레스타인과 아프가니스탄, 동남아 중동 어딘가, 또또 난민촌 현장 소식을 기다리다 옆길로 빠져, 한 '중간지대' 거기도 '과거사를 잊게끔' 하는 '잠재우는 주막'을 짓고 보니, 피의 보복은 갔으나 진실왜곡은 남아도니, 그제사 아름다운 전통 여인들 가슴마다 다 한솥밥 식구가 되었다 하시드라. '삐이~ 삐이~' 뒷따라 '째롱째롱!' '여러분! 삼가 기원합니다.' 숫컷인지, 밤피리새 올 처음 울다. (2009년 4월 3일)

　자아~ 들어갑니다. 우리네 풀베게 흙이불로 꽃대마다 낙엽마다 약초마다 깊어가는 향으로 싹 갈아 치우는 초가을이 돌아왔습니다. (이쯤에서 남정네는 뒤로 돌아! 내일의 숲씨를 뿌리세. 듣기 좋은 새, 세상이, 신재 인재로 마구 터지지 않을, 길고 긴 평화를 위하여!)

　'외지인들 집 들어 와 봐야.' 아닐세. 얼마나 머이 했으면, 예전 버스깐에는 통일호 열차깐에는 시끌 정다운 경상도 아지매 목소리가, 80년대 중간부터는 북쩍 정담 어린 전라도 아짐씨 목소리가, 어느덧 누이 좋고 매부 좋으시던 90년대말부터 그 찰기찰기 진기진기

하신 충청도 강원도를 향 좋게 돌아드니, 깔끔담백 토박이님 서울 북녘땅도 물길 산길 따라 한 바퀴씩 휘돌아 드시니, 얼마나 정겨워 하시는지요. 덜컹쿵덕! 물방아! 떡방아! 나도 돌아라! 너도 돌아라! 그리하여 살아났다! 살아나셨다! 사랑 찾아 '님들이 오시기 전' 따뜻한 정이 살아났습니다! 희한한 인간들이 찾아 오셨습니다. 함께 살고 싶어 찾아온, 모셔온, 저 지구 바깥 거대한 조각신들보다 어쩌면 더 정다운 님, 촌각시들과 서방님들아, 두루두루 처처에 이불 보따리만은 짊어드릴 테니, 한 고랑씩 냉겨드릴 테니, 많이들 내려오시게나. 절도 교회도 거리낌 없는 저 두견이 울음소리에 깃드시오니 이제는 말빨이 어울려 지시기를! 세상에도~ 내치지 마시라고 연연이 꽃구름 하나 한가롭게 스쳐간다네. 아! 잘 되려나보다. 숨 멎게도 향기로운 사람들이 목소리가 흘러갑니다. 그토록 메말랐던 인생고개, 7부 능선 돌삐알, 절반 통일, 그 진달래 언덕에 고향을 헤매시는 무수한 넋들께서 물통 찬 허리뼈만은 부디, 추석 잎새 풀향기만은 가르지 마시라고, 다시는 저 신들처럼 크고 작은 그리고 안 보이는 울타리들 치지 마시라고, 주인 잃은 여기 산천은 고요히 맺지도 못하시니, 걷기도 이젠 버거우신 최저 기층민의 이 피 어린 목소리에 담아 마지막이 될지 모르니, 아무쪼록 길이길이 고하라 하셨나이다. 오! 천상의 모친요! 저 역시 기억이 깜깜하여이다. 예예! '동포애'란, '인류애'란, 서름 많아 멍울 진, 꽁지꽁지 들썩이시는, 이 구성진 작은 목소리로! '꾸구! 꾹꾹! 꾸으윽! 꾸으윽! 꿍꿍!'(2010년 5월 18일 03시 15분, 후드득, 반가운 못비 내리다. 다홍개구리 한 마리 몹시 기뻐하며 쏘옹! 뛰어드시다.)

독거미와 개미가 앞다릴 들었습니다. 누구든 물리면 죽습니다.

'야야! 물러서게!' '더듬더듬! 부지런히 먹고 살 수만 있다면 우리 사이 싸울 일이 없잖아! 그지?'

귀엽다. 털빛은 밤빛이고 목 아래 하얀 줄 하나, 낙엽을 헤치며 다가온다. 오소리도 아니고, 너구리도 아니고, 쪽제비도 분명 아니고, 청설모 새끼도 아닌 생이, 등줄기 이 땅의 산맥은 잘라먹어 내려앉았는데 꼬리도 없는 생이, 이 세상에 신을 따르는 이 '남는 게 없다'며 별고을 도랑으로, 쓰레기장 침출수 강으로, 맹추인 날 따라오라고 질러 가신다.

사과, 바나나, 감, 오렌지, 배, 무화과, 호도, 포도, 그리고 저 나무, 이 나무, 열매 열매, '그 무엇을 믿던, 누구든지 따 잡숴!' 세상에 멋모르고 타올라 간, 그이의 으뜸명예직에서 추락을 해 본, 사람은 두말없이 이처럼 유언하셨다.

자리 없음! 햇쌀, 내 것이 아님! 꽃향기 주기로 함! 보지 않을수록 어울리는 분홍 진분홍! 노랑 샛노랑! 희디 붉다. 보랏빛 꽃잎들! 서로서로 바람맞이 하시다. 우리 부모님! 큰 나무 곁에 부딪치지 않는 꿋꿋한 자세로 하나같이 쓸어안고 아름답게 우리 자식들 잘 되라고 맑은 영혼으로 피셨습니다. 오! 그대 꽃입술! 숨기신 듯, 꽃마리 어깨동무 하신 듯, 꺾지 말라 하십시다. 씨 맺혀 떨어질 때까지 햇살도, 자리도, 향기도, 사랑도, 그러니 신께서도 '내 것'은 없음. 아! '죽음'으로서 받쳐야 될 터전은 어디인가. '응~ 응~ 응~' 밤새도록 물

논에서 묵밭에서. (다시 바라보아라.)

안아주게. 설움일랑 뒤로 하고 보듬어 주게. 순바보가 되지 않으면 자연으로 돌아갈 수가 없네. 하루 몇 번씩이라도 솔껍질 벗기듯이 진솔한 꺼물을, 하루같이 산새들이 손바닥에 편안히 앉아 임을 먹게끔, '꽁! 꽁! 화드득득!' 생각난다. 배 아파 남의 자연초 마늘밭에 국산 제초제를 뿌리고, 해바라기꽃에 미국 제초제를 뿌린 두 '남자의 꽃마음'이 자주 생각난다.

나 죽어 향기로운 흙으로 돌아갈 수 있을까?(좋고 좋은 미생물들이 살아계시게끔, 나 지금 무얼 하고 있는 거지?)

'질척거리고, 미끄러지고, 굴러 떨어지는 길 왜 가느냐?' '그런 것은 도경에, 성경에, 불경에, 춘추경에 다 나와 있다고 해서요.'(진눈깨비가 꼭 솔방울 많은 가지 옹이를 속 빼며,)

점점점 어렵다신다. 농사꾼이, 오늘도 세상없이 부지런하시고 정직하시고말고, 선하시기가 그지없으신 어르신네들이 연이어 목을 매셨다. '나'의 목을, '내'가 낳은 생목을 이유 없이 매셨다. 하늘도 천만 번 무심하시지. 볼 수 없는 '하늘'이, 못 보는 것은 못 본다고 해야 옳지. 갈수록 믿을수록 얼마나 잽싼지들. 머릿속, 그림 속, 노래 속, 바람 속, 성상에 매달리는 흙덩어리가 드디어 구멍을 내어 언뜻 보시기에 좋으심마저, 천하 장난치는 언어마저, 기록마저, 저 '핵

기류'에다 '꽉 막힌 법'에다 임의 '흐르는 진실'마저 거꾸로 쏟아지는
것은 아닌지 자꾸 의심이 들어간다.(나만 그런가, '아침 물기도'가 잘못되
었나.)

'아무리 착하게 살아도 안 믿으면 좋은 데 못 가요.' '왜?' '그렇
게 다 나와 있어요' '씨벌! 오뎅하고 순대에 케찹이나 좀 발라 주슈!'
(항쟁의 씨를 말리며 비대해진 보궁당, 유사 석가당, 차사 예수당, 찾아갈 곳이
못 되더라.)

♪어머~ 님의~ 손을~ 놓~ 고~ 떠나~ 올 때~ 엔~

말로 하면 부서진다

비온 뒤 살이 좋아, 심성이 좋아, 마늘은 그냥 뽑혀지는데, 보내고 싶은 곳이 하도 많아, 너희에게 사랑한다는 말도 못한다. 술술술! 날마다 식물성 산동무들의 과자인심과 당근을 뿌리면서, 님께선 가을을 기다리는 이 여린 심정을 익히 아시는 듯, 성화로 깊이 묵은 내 가슴속 흙에 묻는 것이, 아름다운 말씀 또한 한결 덜 부서진다 하시네.

춥다. 불부터 지피자. 아, 모두들 사랑할 일이 하도 많아 언젠가는 뜰 수 없겠지만, 그때 '비행기 요금' 있었으면 모란봉엔 못 가봐도 한 짐 짊어지고 흙길 따라 터덜터덜, 선배님들께서 돌리신 그 밀국수공장에, 또 남은 것이 있다면, 토종씨 구해서 대륙마다 촛불광장에 우리 친구들, 뿔 달린 놈 한 쌍씩 얹어 앞세워 갈 수 있었을 낀데.(요렇게 말로 하면 쉽지만,)

'샘물을 살려라. 억수로 차갑다. 아직은 지게목이 붙어 있다. 한 톨이라도 건져내어라.' 예예, 산할아버지!(6월 29일, 그땐 속았다마는,)

"여보소! 뼈 빠지게 일하시는 노동자, 농어민들에게 또 날아다니시며, 신권이니, 상생이니, 해탈이니, 영성이니, 도통이니, 그래도 은은히 이뻐! 자주꽃으로 피는 산도라지 꽃나라라 하시니."

혼자 먹으려고 떠받다가 절벽에서 미끄러진 숫놈이 꽉 끼인 바위틈에서 발버둥치고 있다. 하늘 보고 종 치는 붕알이 터졌는데도 웃고 있다. '그 봐라! 고소하다야! 꼼짝 말고 가만 있어. 너희 신성한 집에 가야 신통한 실바늘 찾지!' '엄매애~ 애애애.' '뭐라고? 즐기는 부정세력! 줄사기꾼 천국! 생활물가고! 신식 인지화된 비정규직 창조! 화투짝 금고지기들! 재물상 변호인단! 짜고 노는 국정원 국기문란! 다 점령한 지배계급! 야이~ 꼬부랄 넘들아! 찌저먹어라~ 찌저먹어! 발라 처먹어라!'(아무리 발버둥 쳐 봐라.)

올여름엔 빈집으로, 소금끼 있는 설거지물 뜨락으로, 송화가루가 고였던 마른 돈길로, 유난히 불어난 검은나방들이 판을 친다. 알을 낳는다.(기상 이변인가, 산소 부족인가, 신생대 거시 경젠가.)

'야, 장수하늘소야. 네가 이 나뭇가지에서 가장 높임 받고 있다고 생각하는 거야?' 글쎄다. 어떤 보이지 않는 쟁탈, 부름 받고 있다는 착각 속에 빠진 동종의 벌레가 이제사 더듬이 울렁거리며 타이르시길…….(신돌아, 니가 좀 나서라.)

백합꽃 향기 진동할 때, 무릎 높이 나는 반딧불빛은 작으나, 뉘

모친네 7부능선을 환히 비추어 주신다.(1997년 6월 30일, 구름에 가린 밤하늘가에는 저 '사각지대 인권'도 '파는 정의'도 '어떤 신들림'도 저 실개울 따라 간 씨토끼 강산이 몇 번 파혜쳐졌겠는가? 뒤돌아가고 있었다. 아하! 나는 왜 '분단된 어머님'을 자연스레 찾지 못하는가?)

근세사 황소는 길 한복판을 걸었다. 농민의 두뇌도 좌우 편향됨이 없었다. 허나, 당신들 얼룩소가 미네랄에 비타민을 먹이는 것과 성장촉진 호르몬이 없더라도, 나 같은 망아지들 학교 안 가고 배질러 타던 시절에, 산천에 풀이며 콩깍지를 먹이며 '열려진 한민족'이란 우리 소와 어찌 비교할 수 있겠시요. 그 '신약' 독약은 말할 것 없이 '미친 소'를 낳게 되므로, 한 집에 한두 마리씩 키우며 떠받지 않으며, 어만데 가서 공 닦지 않으며, 오오, 한 식구처럼 지내던 날이, 풍만신처럼 모시던 날이, 땅을 봐도 흐뭇! 하늘을 봐도 흐뭇! 소도둑놈을 봐도 다 잡지 않고 흐뭇하던 날들이, 그 물앵두 인정이 그 맑은 물 속 인심이 철철 넘치는 소 귀 닿은 그날이, '팔랑! 팔랑!'(언제 다시 살아오시려나.)

코스모스 일찍 피던 날, 밤꽃 향기 온 마을 덮고, 강냉이 개꼬리에도 벌들이 화분에 찾아들고, 능금은 몰라보게 커져가는데, 저마다 살아온 그 세월 저 긴 의자, 짧은 의자, 빈 의자, 빈집에는, 노인분들이 마냥 누워 계시는데, 오늘따라 산 넘어 철망 넘어 드디어 감자라도 캐신다니, 어느 쪽부터 찾아뵙고 떠날까? 그려, 이 빈 지게, 터진 소쿠리 변명 삼아 머슴질만은 어데 없겠는지요. '정화수야, 꼬마물

떼새야! 우리 같이 날아가자! 이 빈털터리도 밀월여행 중인 그 양반을 대신해서 축구 같은 사랑이나마 한 몫 챙겨 초록바다를 건너자고! 앗따 물 한 번 달다아~ 껄~ 껄~ 껄~'

꽃밭에 남 몰래 제초제 뿌리실 때, 그 질통 무게도 있었으리라.(은퇴하신 저 신들의 양심 무게는 얼마일까?)

눈 덮인 산하라도, 언 가슴이라도, 더 넓게, 더 위로, 옆으로, 날개끼리 부딪치지 않으시나니, 오! 그대는 실구름! 없는 서열화! 없었던 돈치기! 정말 아름답잖나! 저 봐라! 재밌게 밖으로 후려내는 척, 서로 오늘 하루 날만큼 쪼아먹으며 조화를 부리는 산 노을새를 쳐다봐라!(좁쌀 더 가져오랑께.)

감사합니다. 열무, 근대, 무, 당근, 씨 뿌리자, 비 오고 햇빛 비쳐주시고, 물 맛 한 번 얼얼하게 해주시고, 씻은 듯 부신 듯 까치독사 너 땜에 더위 잊게 해주시고,

오, 태양이요! 초록이요! 사랑이어요! 푸르고도 푸르신 숲속 도련님과 작은아씨들처럼 웅장하지 않으신 그 모습으로 언제나 그 자리에 꽃피시니……(어데 가지 마요!)

♪산신이~ 나를~ 버리면~ 이 몸은~ 도라서서어~ 피눈물을~ 떨굽니다~ 어차피~ 돌아설 바엔~ 봄이면~ 뽕가슴마다~

아야~ 물 한 잔만 퍼줄래~ '깔깔깔!' 마니 뜯었냐. 그 옛날 옛적 참
꽃으로 피거라아, 씨 속에 향글리는 생과 부들 집구석으로도. '아얏!
아퍼야!' 말간 샘으로~ 촐촐촐~ 따끔따끔~ 흘러어~ 가거라아! '잘
해! 잘해!' 내려가자, 비 온다! 야야, 촐랑방구들아! 이쁜아! 말짜야!
미옥아! 선미야! 끔순아! 그 나물 보따리들 얹어!' 이히, 하하하! '타지
말라니 에 참.'

  '여론조사기관입니다. 선생님께서는 MBC PD 수첩건을 표적수
사로 보십니까? 이 정권의 중간평가로 보십니까? 민주노동당을 지
지하십니까?' '쏴아악!' 국내외적으로 학살자들이 천부적인 존엄성
을 독차지하기 때문에, 지금의 신들은 저들만의 오만으로 가득 차
말씀과, 법언과, 경전과, 천심과, 흙심과, 물심과, 그리고 사랑이 넘
치게 하신 나의 뽕심과는 정반대로, 스스로 썩은 줄 모를 만큼 전 지
구적으로 썩었기 때문에, 그 넘어 하루같이 콩 심는 믿음도 팥 가는
불공도 소 묻는 저 '핏빛 도도'마저도 없고, 남루한 본 모습도 간데없
고, 실제로 우리네 피멍울진 이 맨발의 짐꾼 간에도, 사막의 아이들
간에도, 빈부격차는 끝없이 벌어지고, 그 분 아래, '평등과 정의와
자유와 창조'는 말짱 거짓이고 보니, 그 속에 일부 종교계는 말씀마
따나 대사기꾼들이고 보니, 그 곁에 일부 정치권은 야바위꾼들이고,
그 밑 일부 언론계는 협잡꾼들로 보기 때문에, 소설 속에 숨은 저 토
끼아씨께서도 약 올리고, 큰소리 치고, 또 토낄려고, 아무도 못 말리
는 '청숫잔에 흙탕물' 떠놓고, 토종머슴과 지겟꾼이 한 것이 뭐가 있
다고, 그 따위 재수꾼도 아니고, 미쳐도 보통 미친갱이가 아니 되어

말도 안 되는 그 뭔가? '사랑과 죽음과 평화론'을! 지금이 어느 시대인데, 맹추같이 어리숙하게 팔아 잡술라 하십니까? '와카는데.' '기냥요.' 앗따! 이제 고만 오지. 억수로 후려친다. 장대비가,(이러고 있을 때가 아닌데,)

사랑과 죽음이 앞에 가면서 자연의 믿음이, 그 반전된 인간성이, 이토록 수치스러운 사회 대안문학이, 뒤쳐져 간 것은 아닐까?(신의 연명이 이럴진대 님의 저항마저 소멸된다면,)

"모두들 펑펑 울었습니다. 무언가 서글퍼서 울었습니다."(예, 너무 많이 가졌습니다.)

한라산 처녀는 유달산 총각과 저장 무우와 김치공장으로 재미를 보았다. '발로 툭툭! 배추밭때길 차며 얼마 줄 꺼냐고. 그러니, 반티부대와 땡크부대를 데리고 다닐 수밖에.' 그랬다. 타지인을 모두 투기꾼으로 보는 것처럼 서로 문제가 있었다. 돌아가며 짐빵이 되어 똥빠까지 매어주며 지게 일거린 간 데 없어도, 재미 본 만큼 초원에서 무릎을 꿇고 이국땅에서 기부해준 만큼, 솥단지 걸어준 세월이 크게 진취된 것이지, 재벌 앞에 나약한 저 '무차별학살'처럼 성취된 것은 아니었다. '깨끗한 농산물로 출마'한 우리는 농담 삼아 영국과 일본처럼 무엇보다도 근면성에, 친화성에, 때로는 약탈한 문화재에, 그 관광수입원에, 평화유지군에, 그리고 혹시 모를 '제국의 섬 근성'에 찰랑거렸다. 저 멋진 파도는 자원전쟁 앞에 두 사람의 연대를 삼컸다. 이 땅의 심처럼 송이처럼 김치맛까지 넘겨줄 수는 없었다. 남도의 꽃바람은 동남아, 태평양, 대서양을 넘어 씨앗 저장고가 되고자, 빛나는 유산을 대물림 하고자, 어쩌면 UN이 못 다한 나름대로 큰손인 두 해당화와 숨어서 좋은 일 하는 영국, 일본 거주 문화, 예술계처럼 3세, 4세들과 함께 해양 생태계 및 철새를 보호하는 일 등등, 제 3세계권의 기아선상을, 버림받은 정을, 무, 배추 절임 등으로, 오로지 인간성 하나로, 종족 종파를 넘어 자연식품 나눔으로, 나아가 조금이나마 진정한 부의 원천을 거두는 수행적 투신에 오늘 같은 꽃샘바람 따뜻이 맞이하며, 무수한 발효식품을 펼치다 간 두 영혼의 이름으로, 어설프지만 '그 분의 의문사' 편지에 답한다.

얼마나 정이 많은 서로의 이웃, 이우재 그 도공다우신 사랑의 흙품인가요. 배울 점이 많으시고 웃음빛 넘치는 우리 한·중·일 친구들 간에 저 방사능으로 돈 찍어내는 것은 파도만 넘으면 저 큰 기러기처럼,

"여보시오, 고 따위로 바다에 밀어버린 게 좋습디요?"

죽음은 매미소리다. 싸리순이다. 참나무 아카시아순처럼 새롭게 움트는 나 아닌 당신의 기쁨이시다. (억수로 바보니까 해보는 소리야.)

"여기 돌부처 열셋! 가서 거들어드리고 난 다음 과태료 얘기 하는 게 좋을 거 같소. 오늘같이 골바람 부는 날은."

감자골 기는 사이에 감자향을 마신다. 그래서 알자는 굴러 내려야 하는지도 모른다.

21-6-3:질소 붕소 칼리:무슨 소리지? 퇴비하고 똑같대요. 그런데요. 이파리가요. 새카맣게 새파랗더군요, 우리 꺼는요. 님께선 참 가냘픈 듯 투명한 듯 노르푸름한 기야. 그것이 곡식인지 풀인지 막상 멀리서 보면요, 바로 나! 전쟁 치는 신! 그 첫 번째 천상계, 화해를 생각한다면 다 꽃같이 아름답더라구요. 자라는걸 보면~(예, 그거 안 뿌려도예.)

연줄밥 앞에 스님이, 농협 쉰밥 앞에 목사님이, 공공조합 앞에 신부님이, 갯지네처럼 간간이 스쳐간다. 꼬치꼬치 전달된 봉투의 일생을 캐묻는 분도 계신다.(묻어둔 5만 원권에 검은 곰팡이가 핀 이유 중에,)

차지고 습하고 깊숙한 흙을 좋아하는 임! 8잎인가요. 9꽃인가요. 올올이 샛노란 꽃이 피기 시작했습니다. 향기는 무어라 말할 수 없습니다. 한 포기 곰취라니요? 향취요, 아름치라고 부르려 하옵니다. 예, 연잎처럼 둥글어지시는 님을 애써 닮아보려구요. '축생'들이 자고 간 자리에서 자라나 얼마나 둥글고 큰지요. 기분은 천지에 양 팔을 벌려도 못다 껴안을 것 같습니다만, 어루 와! 밤새껏~ 층층이 ~ 다~ 피고~ 질세라~ 부~ 웅! 나~ 날아~ 갑니다~ 네~ 향취 가슴에 일착으로 찰싹찰싹! 손톱만 한 청개구리 돌아오신 날에, 그대는 고향 잃은 어느 분 혼신이시길래, 우째 곰, 곰취향에 숨어 향글리로~ 깃들라 하시나이까?

빗줄기가 아예 후려갈긴다. 뒤틀린 민주주의가 특급 발암물질이 되어간다.

"쪼로록 빵울~ 쪼로록 빵울빵울~ 카악~ 카악~ 휠~휠~휠~ 해는 지고~" ♪

백도라지꽃이 우뚝 섰습니다. 자주꽃들이 낮게 피었는데, 눈이 띠였는지 정이 가는지 하여간 어머님의 저고리가, 울음 진 그 모습이, 언제나 외진 곳에 숨은 듯 피어나시니, 참! 애처롭게도 아름답네요. 예, 같이 쳐다보고 계셨기에 두 분이 정겹게 보인 건 아닌지요? 이 땅에 그래도 너그러우신 꽃들이 하도 많으시기에 숱한 의문사의 고비를, 못도 박고 끈도 고치고, 다리도 이으며, 삐딱한 이 우상지게로 '참! 한 술씩! 얻어먹고 살다 가나이다. 헛헛허!' 어느 날인가? ♪ 콩비지~ 덮어쓰고도~ 껄껄껄~ 웃고 넘는 기임~ 사앗~까앗! 여전히 친일 역적놈이 대개 부자인 것이 덜 속상한 게 아니어라. 호랑 사또! 외양간에 하룻밤 지샐 때 콩깍지 한 줌 처먹으라는 그 천성이 그 근성이 못 되먹었다 이 말씀이요. 이 세상 부유한 종파에서 솎아내야 할 이유 중 최상의 규율이어야 했소. 보시오! 그 누구도 그딴 신의 반칙문 한 자 없었소. 돈 좀 있다고 반성 하나 없는 알량패들을 보시오. 그 옛날 계수나무 아래 그 채마밭, 그 '법정의 밭'에 외마치

장단 울리며 윗물이 맑던 때가, 똥거름질 하던 때가, 천하를 먹여 살리시던 물길이 흐르던 그 시절이, 아 요럴 수가, 뻗쩍거리면 다 축제인 줄 아나벼. 여보게, 선생! 똥바가지 제일 끝에 남는 것은? 혹시 구수한 남의 인분이 좋아서이겠소? 아니네! 대자연이 머슴법을 감싸주시는 알몸뚱이오. '스마트 폰'에, 전자파에, 핵과 원전과 묏자리만 남는 신들의 불씨 간에 무슨 향이 있나요. 무슨 신이 맑아졌나요. 비나니, 장난들 고만 치시우. 이 땅에 백도라지 혼백! '우리'도 죽기 전에 만나뵈올 수 있으리까마는, 세상법 물 맑게 죽음을 넘어서서 도라지 어머님 뵈러 가요. ♪시임시임~ 산천에애~ 배액 도오~ 라아~ 지~ 이~ 한두 뿌리이마안 캐어도오 조옷타아~마는 아주버님! 자주빛 고름 없이 황갈색 선민의 흰 저고리가 어찌 빛나리까.

저 넘어가는 석양빛에 물든 강여울을 왜 자꾸만 그 전쟁질 인용구로 또다시 오싹하게 만드시는지들.

한 송이 필까말까, 깎아지른 산에 필까 말까, 올해도 참나리꽃으로 피지 못하신 넋들이 참으로 많사옵니다.

흙 묻은 옷이 일상옷인데 때랍니다. 소금끼가 흐르는 몸이 일평생 삶인데 씻고 자랍니다. 어디 누가 그 분인지, 새신랑이온지, '핫핫하~ 두고 보십시다~ 이거 참, 내 일처럼 알면 벌써 님세상 된 거죠. 예! 살맛만 나겠수?'

♪모오지일게에~ 사라아가아는~ 님에~ 심~ 정을~

오라 안 해도 우리 스스로 모시고 있습니다. 모이면 물부터 고
이거든요. 천하진리가 맞는지 몰라도,

화, 한 줄기 금빛으로 수놓은 빛나는 초록개구리가 꽃 진 찔레
덤불로 뛰어드신다. (2013년 6월 27일, 천둥 후 회오리바람 치던 날.)

거미줄이 허공에서 내려왔다. 보이지 않는 힘이 차이나고 딸라
와 하와이고 딸러 차이만큼 커갔다. 아마존 소떼보다 강냉이 따준
품이 우리네 악어 같은 평화의 강에 맑게 흘러내렸고, 외줄타기 거
미도 땅을 딛고서야 자유롭게 통나무를 건너갈 수 있었다. 그날 물
긷던 한 자리에서 꽃 피우다 가시라고, 강물을 잡아놓고 토착신이라
민족신앙이라 선정교라 이름 지음이 어쩐지, '몰려다니는 신'과 함
께 뒤따른 매연과 박물관식 논문이 낯설지 않으신가. '선생님요, 그
냥 마 고향으로 돌아오이쇼오. 일을 벌이지 마소. 자꾸 머릿빡 부
추기면 좋은 것만 찾심데이. 원주민은 각 중에 진토 되시고요, 카메
라에 이웃 감자는 썩어가고요, 등 넘어 저 높은 서까래부터 한 가락
씩 걷어내는 일부터요, 고요히 잔일부터 시작하입시더.' '아이고 우
짤끼고! 이 천만 년 농사를 갖고 눈에 띠지 않아야 할 님의 초자연
병고 속에 슬픈 소식을 놀리기 삼으신 건 아닌지 모르겠다.' '꼬고고
~옥꼬꼬꼬!' 농부의 머리 위에 선 예수상, 부처상, 수많은 부적들,
돈신 큰신은 건드리지도 못하고, 지 살라고, 토벌과 간벌로, 종파 간

경쟁을 일으키는 삐까삔쩍 저 '신판 매스컴'이 결국은 세상에 '나'의 체질하며, 당신의 흙기마저,(숭늉 바가지에 모여든 폭설 속, 뱁새를 기리며. 2008년 1월 9일.)

강가로 나가 배를 조금 채우고, 산으로 가서 저녁거리를 조금 마련할 수 있는 이에게, 이 하나뿐인 병든 지구상에, '전략적 방어동맹'이 신의 처남쯤 되느냐고, 그래, 뭐 하는 거냐고 물었더니, 개오줌 떨지 말라고 그럽디다. 저 밤하늘 셀 수 없는, 짚어보고 싶지도 않은, 저 샛별이 니들 꺼냐고,

땡볕에 모여 죽으라고 풀 뜯어먹는 녀석들은 뿔이 좁은 암컷들이었고, 거렁지에 퍼드러져서 자빠져 자는 놈들은 뿔이 굵은 숫컷들이었으니.(아무래도 지구를 바로 세워야 할까 봐.)

얘들아, 초록 세상에 치자색이 보라색 같이 돋보이는 꽃이 폈단다. 하늘 향해 사랑이 버거울 때, 세월이 흐를수록 적막함을 지나 차분함이 끝간 데 없을 때 피는 꽃이 무슨 꽃이겠니? 비로용담일까? 용궁화이실까? 아무도 모르지롱! 그이는~ 마른 풀 마른 밤에~ 살지~로옹! 폭설이 내린다 해도 해바라기꽃이 지구 저 편 희망봉으로 배 돌아가는 곳마다, 조랑말을 타고 넘는 산맥마다, 그님이 계시기에 전설적이신 그 젖가슴 다 헤쳐주시고, 포동배 어머님들이 늘 반겨주심에 콩밭이 목화밭이 사탕수수밭이 다 타버린다 해도, 그분의 야생마는 살아야 함에, 기름장수, 술 커피장수, 건초장사만 살아

남아라, 마라, 하지 않으서도 천 날 만 날 기후협약, 그것 가지고 빛 깔 좋으신 신주마저 다 사라지고 말 운명에 이름에, 가스 태우지 말 자는데, 어쩌자고 5일장 톱 써는 영감 자리 하나 못 주고 쫓겨다니 게 한단 말인가. 손 톱이 많을수록 어르신 일자리도 불어날 낀데 산 새들 다 쫓아내고 저 신배나무도 기계톱에 넘어지지 않았을 것을. 안되겠어. 이글거리는 태양을 보게나. 나부터 화장을 달리 생각하 라네. 선진신의 운명을 보았겠지. 추악한 침략사를 읽었겠지. 일류 대신의 기만을 들었겠지. 우리 사랑하는 천하 학생들이여! 대자연 의 꽃! 원시적 육상선수의 근육질을 보셨겠지. 여보게들, 총칼을 내 려놓게나. 과학엔진을 끄게나. 대장간은, 옹기장은 말발굽 굽던 주 막 옆 '제와'다운 생기도처는 하고 많다네. 오오, 흙향기 속으로! 사 랑하고 싶으냐, 죽도록 다시 사랑하고 싶으냐, 땅강아지, 지렁이, 두 더지, 뱀, 개구리, 메뚜기, 벌나비, 산토끼 새끼들과 눈 한 번 마주쳐 보고 구슬러도 주면, 여러해살이 꽃이 아니라도 좋으니, 그 뭐나 연 구론, 분석론, 번식론, 경계론, 철저론, 믿지 말고 같이 자고 가거라. 그리고 낙엽 아래 위대한 사상가가 녹아있으니, 그 한 줌의 '빛나는 책'들을 다시 놓아라. 뭐~ 밥상? 이즈음에,('밥상'이 다 뭔가 그래!)

'의인이 가진 적은 것이 악인들의 많은 재산보다 낫도다.'('쓰인 말씀'이야 다 옳지만. 시편 37장 22절.)

'꽃이 아무래도 안 붙어나겠어! 하도 매달려 주물러서, 관광차 가 밑에 또 와 있어!' '안 그래, 야생화 동호인들은 근접 촬영하니까.(기독교 성경 들고 이슬람권에서 수없이 추방당할지라도?)

　거 보서요. 원주민 여러분! 작은 마늘이 맵죠? 누군가 눈꼽만큼
이라도 거 먼 포대에 담긴 걸 뿌렸으니까. 이 굵은 감자 안이 둥글어
서 십자로 열십자로 검으스름하게 갈라지고 썩어있는 게 보이잖아
요! 벌써 몇 가마니 째요? 어쨌든 또 선전포고식 저 전교다 포교다
선교다 뒤로하고, 옛날로 돌아가 지금대로 풀숲 그대로 작게들 지어
먹고 살았다면, 여러분께서도 넘겨다 볼 겨를이 어디 있겠소. 안 그
래요. 저장력도 약해지고 딴 병만 도지고요. 서로 벗할 맑은 물 한
방울도 못 살리잖소. 자아, 저 하늘 꼭대기서 따온 잣이옵니다. 자
시고요. 서로들 자시는 데야 다 한 하늘 아래 한 그루 나무 아래 한
꼬생이들 아니겠수. 이 점이 다 같은 믿음 아닌가요? 어서 드시유.
예!(떠들어서 미안하구마!)

　'이슬람사원 안팎에서 폭탄에 총격에 무고한 시민이 살상되다.'
한 분 한 분 사람 좋은,(카톨릭 국가 필리핀에서,)

　예예, 하긴 그래. 땅바닥에 둘러앉아 서로 터놓고 드시는 마음
에야 무슨 터울이 있겠소. '우우~ 꼬습따아! 앗따! 고것 또! 누구 죽
은 줄 모른다더니. 야아, 향 좋아 죽맛이 신도 살리겠소. 핫핫핫하!'

　♪아, 맨발의~ 생긋함! 언제나~ 돌아올~ 우리 어머니 가슴이
아니었더냐~ 비록 몸은~ 늙어도~ 다들 개구쟁이~ 어린 시절~

흙풀에~ 묻혀~ 우시는구나~ 그 세상길에 무엇을 두고 이토록 편하다 하셨는가요? 시어머니와 남편 병수발 하시며, 마산지역 억울한 현장 각 중에 자식을 가슴에 묻으시고도, 나랏님들 공공 떼강도 난무함에도, 간이노점으로 하루 생계꺼리 떼어온 생선을, 서울로 야간열차로 다른 유가족들께도 심히 대접하신 님, 참으로 거룩하신 그 마음, 진동 앞바다 경식이 어머님이십니다.

이슬아침 진분홍 나팔꽃이 피었습니다. 눈 뜨자, 더 높이 핀 하얀 박꽃 줄기 따라올라, 더 앞서 선두싸움일까 경마질로 당겨잡고, 또 앞선 노란 호박꽃들이 꽃가루 떨어지는 저 높은 두릅낭굴 기어오르고, 한 백년 돌배낭굴 용트림하시는 듯 타고 올라서니, 너울너울! 슬렁슬렁! '엇차! 축 늘어져 뚝 떨어뜨린 것은? 잡아채 부러뜨린 것은?' '하이고오! 어마요! 뭐시 간밤에 댕겨와서 다 파묵었삣네에. 참, 얄굿다!' 아니, 당신이 살아계시다니, 우리 대신 미루지 말고 숨기지 마시고, 아무것도 아닌 것 같은, 이 평민들의 진실 기록과 상처뿐인 '민주화 쑥대김운동' 몇 가닥일지라도, 나중을 위해 머지않아 2020년쯤 반듯한 나라에서 큰 맘 먹고 단단히 신청하라고 한 것이니, 다음 세대를 위해 더 떠내려 가기 전, 앞서 지샌 합덕, 시종, 정선 영월, 평창, 봉화 무배추밭을 중심으로 거의 몸이 불편하신 어머님들과 따뜻이 만날 한마당을 위해서도, 우리네 토끼아씨껀도 많이 부족하지만, 여러분께 삼가 푸닥거리 삼아 보고를 드린 바 있습니다. 독도, 사할린, 또 무슨 도라더라! 이마저, 감추어두신 여러 이웃신들을 작으나마 찾아나서기 위해서라도. 저희도 여러 선친님! 이슬 맺힌

앞꽃을 섣불리 둘둘 타오르겠습니다.

새봄에 눈보라가 날린다. 물오리 떼 날아와 살얼음 깨뜨리자, 새끼 뒷다리들 물고 늘어지며 신이 났다. 아, 먹고사는 풀잎 사랑아, 수달 같은 물범 같은, 돌고래 같은, 벗 찾는 수심 깊은 저력 있는 말만 좀 해다오!(♪당신이 '나'를 버린 후,)

사람아, 침샘을 고이지 않게 하여라. 성도 채이지 않게 하여라. 네 더운 피가 식기 전에 돌려주기만 하여라!('물방개'가 잠수하며 이르시길,)

의식주를 싹 걷어주지 않고 종교인 행세를 하기 때문에 앞에 섰지만 믿질 않으신다.

빨갛다, 새콤하다, 파랗다, 달콤하다. 다같이 돌담 사이를 두고 떨어졌다. 벌들처럼 꽃을 찾아간다. 어떤 자비의 숫자보다 잘 보이지 않는 숲속이시다. 어느 토끼길보다 더 밝고 향기로운 언덕 아래로 깃들었다. 사랑의 체험? 악수로부터 크게 4단계로, 임께서 더 이상 신비를 꿈꾸지 마시라고 하셨듯, 우리 모두 김매던 손으로 수확하는 양파가 빛을 보았다. (2007년 8월 9일, 점점 짧아지는 저녁해는 앞에 지고, 산 넘어 뻘건 번개불은 뒤로 지시고,)

필름아! 영상아! 믿음아! 이제 사라져 가거라! 생명에서 생명으로 막을 내리는 중이란다.

하얀 나비로 날아와 날개만 살며시 건드리고 갔습니다. 어디서인지 날아온 노란 나비가 폴랑폴랑! 이 땅은 유독 '일류학벌증상' '선두종교망상'을 꼭 풍기며 원을 그리자 따라올라 사라졌습니다. 처음 보았습니다. 잠자리가 작은 날개를 꺾고 빠득빠득 씹는 것이 무엇인지를, 그리고 수평을 유지하면서 어쩌면 평등의식이 배어 더 진보적이시고, 더 자유롭게 제비처럼 높이 더 아래 식구끼리 어울려 도는 사연을, 머잖아 돌아갈 저 푸른 산하를! 이내 푸른 가슴을! 아, 때늦은 구원투수여!(암만 해 봐라.)

눈이 내리면 큰 새들은 모여든다. 배가 고프지 않아도 부엌문을 두드린다. 저들은 이미 이 세상에서 다 받았다. 폭설이 내려, 폭우가 쏟아져, 하늘이 막혀, 길이 보이지 않았으므로.

입맛이 없도록 짐을 지십시오. 스스로 그 분이 되십시오.

의식주가 변변치 못한 막노동판 세상에 자본신들만 재주를 넘고 보니 끝이 보이는 것이다. 뭉칠 수 없는 끝, 다행히 장이 아직 서지 않는 새벽 네 시가 좀 지났을까. 스님은 천 원짜리 한 장과 개복숭 보따리를 들고 근처 밭으로 쫓아왔다. '평생 빚이 될 뻔했소.' 백두대간 어느 무너져가는 백봉령 가는 길, 그곳은 소복이 모여 사는 '친자연 안식일교회' 들판이었다. 덤으로 우리는 제멋대로 생긴 과

301

일과 전생에 구두수선공 어르신이 기른 옛날 배추향기에 살짝 빠져 한 판 잔치가 벌어졌다. 지게에 꽃이 핀 건 처음이다. 그걸 날마다 숟가락 뜰 때 새겼다면 신의 이름으로, 너희가 눈 속인 '인민해방전선'의 깃발 아래 깔린 성스런 사람들이 탱크였겠나, 따뜻한 정이었겠나. 이때다. 우르르릉! 검은 구름이 덮더니, 하늘이 갈라진 듯 소나기 퍼붓는다. 오늘은 서로 어울려 먹는 것 하나 놓고서 믿었던 바다 벗어던지고 날아갈 듯 비 속에 작업할 수 있었으므로, 연잎 아래 연꽃 생각 한 줄기가 흘러내린 것이다. 다들, 참 맛나게 아름다운 사람들이시다.(한풀 벗고 보니,)

종가 며느리는 빈 솥에 맑은 물이 다 줄도록 계속 끓이고 있었다. 이날은 작은 설날이었다.

아~ 대자연에 내일 마지막날이 올지라도 스스로 살러 나온 우리 꽃님들께 만복이 있으시라!(삼가 흙맛을 아신 깜둥발 여러 누이께 먼저,)

나래들이 물결 차고 날아간 뒤에 퍼져오는 동그라미들, 그리운 얼굴들, 또한 향기롭다.

어른거리는 그 양반을 의식하고 어쩌면 중세기적 복종에 싸여 베푸는 깍듯한 친절에 냉기가 흐르는 것은 왜 그럴까?(박히면 박힐수록 그 능선에 피는 가시가, 저 수수한 산도라지 사랑이 흐르는 저 풋풋한 정에 덜 취한 듯, 격식을 차려 문턱을 높이며 고매한 척 했겠지. 그 산은 가까이 계셨으나 멀리서 굽어보고 게셨겠지.)

　오오~ 꽃잎~ 꽃잎~ 강심에~ 들판에~ 젖 물리시는 어머니
~ 우리 어머니가 세상에 평상심~ '평화의 녹·회·꽃'이십니다.

　째롱째롱, 뽀삐뽀삐! 쪽쪼롱쪽쪼롱, 삐욱삐욱, 뽀삐욱~ 맑다
맑으시다. 참 맑으시다.(2010년 5월 11일, 쪼롱새 해 뜰 때까지 운다. 강냉
이술 돌리는 시각에,)

　어두무리할수록 숲속은 맑은 시냇물 소리와 맑은 새소리가 태
초에 '정절'이란 지도도 없이, '사랑'이란 개념도 없이, 오로지 흐르
는 향이셨습니다. 여울 지며 흐르셨습니다.

　온 아침도 이유 없이 우셨다.(1987년 그때나 20여 년이 지난 지금이
나 그분이 '틀렸어요.' 하면 가책을 느껴야지, 뒷조사나 하면서 또 봉투 챙기는
'가자미 같은 눈까리'들이 스친 게야.)

　'오늘의 님'은 흙구덩이에 계시지. 저 닭새끼들처럼 벼슬을 물
고 올라타야, '하늘같은 총구'가 늘어지는 건 아닌 것 같애.

　그분은 '님'자로 올린 거를 오늘도 안 좋아하셨다. 그 살벌한 시
기에도 철조망 사이에 두고, '아랫사람'으로부터 얼마나 대접을 잘
받았길래, '아롱사태가 뱀중탕이냐'고 물었으니 말이다. 막연한 약

자여! 차라리 자연스런 쑥방망이가 되자!

　　누구나 샘가에 웅크리면 거울 같이 맑으시다. 생기가 콸콸 넘쳐 일어나신다. 그 신뢰보다 밑진 것에 풍당 빠져 허우적거리신다. 잘 흐르긴 하오나, 이제껏 헤아릴 수 있는 나무와 풀뿌리, 돌부리를 뒤집으면서도 샘을 모든 생명의 근원으로 믿을 수밖에 없으므로, 종교마다 신형무기, 내일이 지나면 감히 이렇게 또 노래 부르리라. '흘러갈 꺼나~ 넘치는~ 파아란 정으로! 파도 치는 가슴을 연 당신은~ 샘나는 바우뗑이로~ 오, 청태 끼인 그대 젖꼭지가 샘솟는~ 모모강이라 하옵니다!' '핫핫핫하하! 야, 바보 쑥때기야.' 하하! 예, 바라옵건데, 몇 만 년이 흘러 원대로 정겨움으로 흘러가시게 하여이다. 죽음이란 없었으므로 신들의 문상이 있기 전에 해맑은 우리가 물이 되었다네. 물향기에 녹으시며 생초에 감기시어, 민물고기가 퍼들어지게 많았던 옛 시절 그 강물을 떠다 먹을 적에 누구나 '창조질서생명진화'이전시대에 넘쳤던 우리 큰어머니 품에 안기면, '하하호호호! 세상없이 그렇게 좋을 수가 없었으리라.' 암, 이보다 꿈결같이 아름다울 수가 없으리라. 저 도시빌딩 아파트 자동차 매연에 물가고에 지지고 볶고 정말 정 떨어지니, 신의 장난 치고 인간의 젖줄 치고 한 세상 빌어먹기도 힘든 판에 도대체 무슨 소용이 있냐 말이다. '자아, 쪽대 들고 날 따라 와라!' '토끼 처녀, 통발에 고기 반 재미 반 물 반 된장 반 맞아요?' 해해랄랄! 요 가시나들이 가만, 우와우와! 쭐딱 미끄러지면서도 다들 입이 이만큼 째지셨네. 요럴 때 할매 앞섶에 파고들어 꼼지락거리는 날 보고, '아이고오!' '내도 징그랍다!'(요년의 지지바!)

'야, 참 잘 하시오!' 모두가 짚새기 신고 산악자전거를 끌고 '여성결혼이민자'와 손잡고 폐농약봉지류 1kg 1,380원, 개당 30원을 마다 않으시고 산더미 같이 싣고서 내려와 주셨으니, 빙어, 산천어, 은어, 가만있자 생각이 안 나네. 북태평양 알래스카 어디로 갔다가 고향으로 돌아와 알을 낳는다던가? 여러분과 함께 저 이름 모를 꽃들의 향기가 참으로 고맙구려! 그러기에 가능한 고만 밟으시고 고개를 들어보우! 인간의 향기로움을! 전리품이 된 여인들의 기도를! 저마다 삼바의 계절 속에 문명은 무엇이며 문화는 뭐란 말이요. 그 바다의 그 숲을 또 건너 푸른 가지 파아란 가슴으로 춤추는 계절이 따로 있는 게 아니지 않소. 실례지만, 하늘님이여! 보아하니 그곳마다 성전을 세우셨지만 맑고 검은 흙마당으로 붉은 땅길을 넉넉히 열어주셔야 했소이다. 당신께서 스스로 흙춤으로 돌아가며 몇 일 몇 주 여러 혼신들을 깨우시고 문화적 성문도 문명적 탑문도 박차셨어야 했습니다. '남자는 뒤로 빠져라.' 했어야 옳았소이다. 안 그래도 동네 삽살이 뭐 보듯 슬슬 물러가는 지구촌에, 젖줄을 살려주신 계절이 돌아오면 농어촌은 지절로 살아날 거구만! '글씨, 알았당게로!' 에, 소똥이 어디요. 여봐라! 백분의 일만이라도 저 길 잃은 아낙네 몫이게 하여라. 그 섬세한 손길 보아라! 저 꾸밈 없으신 온 마음 온 미소를 흐뭇이 바라보아라! 왜 잘날수록 가질수록 넋이 다 빠져가시겠나. 윤회설마저 벗어난 그 물 한 모금이 어디시냐. 곡식 한 톨 그 누구시냐. 비나니, 우리 서로 꽃에 꽃둥우리 길생으로 돌마당도 좋으니, '물 잘 흐르고 물 잘 빠지는 타작마당'이게 하렸다! 알겠느냐! 야이 쫑내기들아! 어깨에 고만들 힘주고. 안 챙겨도 돼! 죽어서도 쫑! 쫑살이 몰라? 이상은 오락가락 짝두마당 예행연습 실황이었다. 산악자전거 동호인들도 우연찮게 만나 여기 변변찮으나마 토끼가족네 기록 거짓말은 사실이었다. 무릇 힘없는 백성이 혹, 신의 계절은 취미삼아 기도할 가자지구가 어딘가, 하소연 할 길 없었던 그 나그네가 웃어넘기기에도, 이때다. '태댕 탕!' 자두가 떨어진다. 굴러가는 뒷소리 있다. 뭐가 뛰어간다. 여보게 친구, 보리를 잇빨로 잘랐겠나. 낫으로 쳤겠나. 다 반가운 것을. 누렇게 익은 뒤끝을 이삭이라 말씀하셨겠지만. 아, 한 줄기 보리 익은 향이 님을 바짝 껴안으셨으리라. 다들 고맙소이다. ♪저고리~ 고름~ 입에~ 물고~ 저도 따라~ 날아가겠소! '예, 고마워유. 여러분! 훌륭하심다!' '아씨, 다음부터는 전국의 녹 슬은 작두 주워오라고 하지 마세요.'(끝내 들키고 마는군. 가만, 어느 쇼비니즘? 이번이 고물 엿장시 열두 마당이었나?)

야, 딱따구리 친구! 매일 두세 번 날아온 고목나무에 뭐가 나오냐? 닥치는 대로 먹는 저 산꿩한테 배워라! 빨강 중에 검고 흰 빨강, 신의 빛깔은 참하다만 안타까워 죽겠다야!(이 땅에 하나뿐인 너의 꿈이,)

아이들 목소리가 얼마나 반갑겠나. 솔향기 피는 단칸 오두막집에 한 번쯤 사람이라도 사는지. 아빠 엄마가 아닌 인기척이라 해도 저 높은 인물들이, 별빛들이, 산천을 가리고 낮조차 뜨겁게 하지 않을 터인데. '우리가 누구 땜에 언제부터 신을 찾았남.' 새벽 세시 무렵이면 이 청청한 별들과 정화수는 콧노래를 부른다. 빤짝빤짝, 어른거리는 얼굴들 부모 가슴에 난데없이 묻은 눈물 속에 피어난 노래가 또 이 무딘 가슴에 절절히 흐른다. 하늘을 괴니 달빛마저 진실은 한참 멀었다고, 누구 하나 속 시원히 엎드리는 이 없다 하신다. 능선 아래 산맥 위에 꽃별! 성수 엄마가, 종태 엄마가, 종원이 엄마가, 태춘이 엄마가, 경대 엄마가, 호수 아버지가, 종근이 아버지가, 원근이 아버지가, 선영이 아버지가, 아, 자꾸만 저 학처럼 훨훨 날아오르신다. 저 바다 절벽 칼새처럼 굽이굽이 가물거린다. 때 아닌 눈은 무릎까지 빠지는데, 쓰럭쓰럭! '토끼아씨, 시래기 남은 거 없어요?' 초롱초롱하시다. 홍건하시다. '야들아, 겁먹지 말고 들어와. 안 잡아먹을 테니.' 아아 가슴에 박힌 눈빛들아! 뭇 사랑아! 아주 변치는 말아다오! 너네 친구들 이 땅에 꽃별로 하강하셔서 굳세게 박혀있단다. 새움 티워주셨단다. 정말이지 우린 진짜 '큰 작업'이 남았구나야. 한번은 하나님이, 다음은 하느님이, 특히 군부독재는 굽도리식 부처님이 대강 말아먹고 보니, 오뉴월의 두 주먹을 쓰디 단 '보리밭 밟기'가, 그 날의 밭갈이가, 여물 썰기가, 또 '으으~웅! 으으~웅!'

이 순간 파릇한 꼬리가 싹 지나갔다.

저 쪽 육백 마지기가 번쩍거린다.
'짜짜짜악!' 죽을 똥 살 똥 쫓겨간다.

"천둥아 번개야. 아이구우매!"
"위이잉위잉! 탕! 탕탕!"

부처님도, 예수님도, 곰탱이도,
성은 다르나 다 똑같은 우리들 친자식이란다.
그럼 젖마음을 풀었구나.

닭의장

며칠 굶은 이가 듣고 있다. '우리를 살리시는 한없이 큰 사랑'
이, 그 덕에 나를 비우고 영으로 가득 찬 직장을 쫓겨났으니, 온 가
족을 대신해 나 앉으셨다. 어떤 이는 영원한 밥이 있으니 더 굳세
게 밀어낸다. 푸른 잎에 숨는 것은 뱀꼬리가 아니라, 그 좋다는 땅은
다 사 모을 수 있는 '자유와 정의와 종단'의 이름으로 오늘도 지구 곳
곳 점령군 행렬에 깔리는 생을 보라. 눈 감기시고 최고 점잖게 빼앗
아 가지 말라고 그렇게 말했건만 굶기면 믿는단다. 배가 부르면 날
아온다. 이 저녁 9부능선 아름드리 솔가지에 거의 일 년만에 나타난
저 사람 얼굴 같은 커다란 새, 검은 독수리만 한 올빼미 같기도 하
고, 나무색과 같은데 수리부엉이인지, 작은 새들이 매서운 부리를
감추고 있는 줄도 모르고 저들끼리 폴랑거림도 다르지 않다.

애들아, 오해하지 말고 잘 들어 봐! '밀보리 애인, 까실까실 사
랑! 맷돌 신앙!' 또 '하하하하~ 호호호호~' 야, 노루새끼들아. 왜 깔
깔거리냐? 한 종파에 끼이지 않으면 우수한 환경농산물도 때가 되
어도 안 팔아준다 이 말씀이야. '믿고 먹을거리'도, 알아들어? 그래
서 다 포기하고 씨만 건지고, 맷돌아! 돌아라! 방아야! 찧어라! 옛날
로 돌아가게 되더란다. 니네들 사랑하곤 맛, 님의 차원이 다르다니
까. 내 배는 또 꼬르륵! 꼬르륵! 니 배는 짜글짜글! 뽀글뽀글! 꼬꼬꼬
오!(날 샜다!)

오늘따라 하늘 끝에서 크게 들리는 소리향이 있었습니다.

'들리나? 앞가슴을 해쳤니!' 오, 복동이도, 공자님도, 알라신도,

부처님도, 예수님도, 곰탱이도, 성은 다르나 다 똑같은 우리들 친자식이란다. 그럼 젖마음을 풀었구나. 저 제비처럼 박새처럼 골고루 물어주고 가거라! 보았겠지. 철렁이는 인디오 어머님들! 그 분의 작품 중 작품이신 우리들 작은 숲속은 너희 '아멘 친구들'이 실례되오나 '간교한 예수 제자들'이 먼저 무찌른 산 역사의 잔당들이 더 잘 알리라. '총알도 비켜가다 만' 팔레스타인 모녀, 위구르 모녀, 이라크 모녀, 이란 모녀, 아프카니스탄 모녀, 콜롬비아 모녀, 다같은 우리 동네 '동굴 속 성모'께서는, 지금 어느 가슴속에 안장 되었느냐! 이젠 이 식어가는 땅덩이를, 생피 같은 인심을, 되살리는 유일한 대안이 하나 남았구나. 새싹이 돋는 옛 지팡이를 붙잡고 잘 새겨들어라. 물, 물이 좋아 자연농산물 그대로 잠숫고도 불어터졌던 어릴 적 우리 엄마의 젖가슴을 묶어놓고, 감쳐놓고, 넘치게 먹여 주시지 않고, 그래! 더 이상 사랑도, 어머니도, 평화도, 이웃도, 웬수도, 가상적 핵전에서 찾지 마라! 왜냐고? 외짝 신은 벌써 외면했다. 믿었던 단짝 아버지도 지나쳤다. '나'도 이 그물망에 잡혀 있다. 다만 흐르시는 '모성애'를 순순히 체험하시고 한없는 피눈물이, 감사의 눈물이, 온천지 맑은 강줄기를 따라 선빛 하나로 흐르신 우리들의 달래, 진달래, 산목단, 들장미, 그리고 펄조개를 탈피한 그날의 생도라지 꽃님아, 님이 찾지 못한 넋들아! 자, 그대 달빛 나그네 칡꽃 향기에 넋을 잃었는가. 그 군수공장은 죄다 꺾었는가. '말로만' 하룻밤 산마루턱에 이슬을 가리며 받아적고 보니, 아직도 로마 근처 총알 튀는 노예시장이 실제 있더란다. (2008년 8월 10일, 오, 폭격 또 폭격! 드디어 속빈 신사회주의! '속수무책'이었다고 점잔빼는 신들이 자인한다. 오버!)

♪사랑아~ 다시 또 한 번~ 이 어수릴~ 뚝뚝 분질러~ 된장에
~ 지져봐유~ 우~

어머나~ 깜짝이야~ 이건 뭐유? 날도깨비 아자씨! 하! ♪뚜루
~ 뚜루~ 손에 손잡꼬오~ 다 놓으시고~ 따라오랑께~ 떨렁떨렁
~ 울뚱불뚱~ '으핫핫핫하하~ 으이씨~'(야, 속지 마.)

말씀으로 하면 더 부서질 거.